谍案上海

DIEAN SHANGHAI

由宝儿 著

上海社会科学院出版社
SHANGHAI ACADEMY OF SOCIAL SCIENCES PRESS

- 1
- 70
- 171
- 223
- 282

谍案上海

目录　CONTENTS

一·················她是谜

二·················迷雾重重

三·················摇摇欲坠的梦

四·················不是结局的结局

五·················尾声

一 她是谜

月影浮窗,
晚风清凉,
往事静静在一旁,
轻轻被吹响,
是谁剪下一段段的旧时光,
拼凑在枯黄的信笺上,
一页页情长。

1. 暗夜

一九三六年初秋——上海

深秋,夜风习习,飞快旋转的车轮在黑夜中发出"嘎吱嘎吱"的声响,将夜幕下的上海滩划分成了两个世界。

弄堂里的几户人家点亮了油灯,星星点点的光透过窗,也使得整条巷子有了些许微亮。临街的几处小摊偶尔传来的叫卖声与之相呼应,显得这夜越发寂静。

这一天,上海滩上最轰动的新闻是——青龙会"四大杀手"之一的萧海被暗杀。而比这更要紧的是,一个叫陈子明的人被青龙会秘密带走,他是青龙会的死敌——洪门的成员,虽然他并不知道青龙会是如何知晓他的身份的。而抓捕他的人,正是与萧海并称为青龙会"四大杀手"之一的方庆生。

在整个青龙会陷入死寂的同时,对陈子明的审讯也正在进行中。

阴影笼罩下的另一头,绚丽的霓虹灯正越过半个上海的夜空。歌舞声仿佛是从四面而来,响彻了整条街巷。嘈杂的人声中混合着靡靡的乐声,这里的一切都好像有一股神奇的力量,叫人心存幻想,心甘情愿将大把的金银挥散在这迷眼的奢靡之中。

"不夜城"舞厅,是个令所有男人都趋之若鹜的地方。旋转木门镶嵌在门框中,地面上铺着看起来永远全新的鹅绒红毯。门口时而莅临的洋车在绚丽的霓虹灯下勾勒出道道光晕,服务生毕恭毕敬地上前,开了车门,将达官贵人们迎入舞厅。

没有人会感觉到，在这座城市的奢靡中，正充斥着没落、腐败的气息，是那样强烈的不安。

丁守财小心翼翼地推开化妆间的门，见秦静菲还坐在妆台前，两手用力一击，"哎呦"了一声，显然是着急了。

"我的大小姐，你怎么还在这儿化妆呢，韩少爷都已经到了，正坐那儿等着呢。让他等你，你是有多大的面子呀！"

秦静菲全然不理会丁守财的话，依旧对着镜子，仔仔细细地勾着两条眉毛，纵然脸上的妆容已是那样的精致。

"韩孝诚……"她在心里默念了一遍这个名字。上一次听到有人向她提到这个名字是在一个多月前。作为青龙会隐藏最深的特工杀手，她的任务是不惜一切代价地接近他。而现在，他终于出现在眼前了。

她不知任务的缘由，只知韩家家业极大，由韩孝诚的父亲韩泽鸿一手打下，光从生意上来说，赌场、酒庄、黄金珠宝，甚至到煤油、木材等，都有涉足。韩泽鸿去世以后，由长女韩孝慧暂为接管，几年后，两个儿子终于成人，但因长子韩孝俊生来体弱，又是个不问世事的读书人，所以一切生意也就自然而然地由次子韩孝诚打理了。

坊间对于韩孝诚的传闻，最多的就是，商场上的他比父亲韩泽鸿更心狠手辣。韩家不仅在商业界呼风唤雨，黑白两道的势力，甚至英、法租界的人也都要给韩家几分面子，世上似乎没有韩家走不通的路。上海滩几乎就是韩氏的天下。

所以，不知在何时就兴起了这样一句话，"上海滩，没有韩孝诚办不到的事"。

这样的势力自然成了青龙会统治上海的阻碍，所以对于韩氏有两种计划，要么收服，要么毁灭。

"丁老板，可别着急了就说浑话，人人都叫我'四小姐'，我可不敢随便高攀'大小姐'这个称呼。"

关于她这个"四小姐"的头衔，也算有些来头，源自一年前的一场"歌后"大赛。虽是比赛，哪里有真的公平，前头三个名次花落谁家，早就被人提前定下了，秦静菲并不在其列。她倒也十分与众不同，不愿倚靠任何达官贵显，即便是那样好的歌喉也不争不吵顺其自然地屈居到第四，所以自此以后，大家都乐意叫她一声"四小姐"。

这一声"四小姐"一喊就是一年多,倒成了名字一样的称谓,也就鲜少有人知道她的本名"秦静菲"了。如今她成了"不夜城"最红的歌女,自然也是对她真实身份最好的掩护。

丁守财亦将她当成了一棵摇钱树,他常说,若是能再有一场堪比一年前的歌后赛事,那么头魁一定非她莫属。他也一直在酝酿这样一场赛事,那可是捞钱的好时机。当然,他这样的自信不是没有来由的,现如今,每一位来到"不夜城"的宾客,无论男女,都是为一睹"四小姐"的风姿而来,她与那些万众瞩目却又遥不可及的电影明星不同,她的美不在荧幕里,不在胶片上,也不那么遥不可及。

她也绝不同于普通的歌女,无论气质还是谈吐。她读过书,而且喜欢读书,钢琴弹得也是一流,更稀奇的是,她的法语、日语都说得相当好;她的穿着打扮亦是不同于交际场上的女子,更像是大户人家出来的小姐;她不允许自己依附男人,所以甚少与客人往来,那应该是从骨子里透露出来的争强好胜。当然,有人将这看作是"假清高",风月场里的女子何来清白,只不过这些言语她从来都不在乎罢了。

但既然是摇钱树,自然也就是丁守财手心里捧着的宝贝,对着她只能赔一张笑脸。

"行行行,四小姐,我的四小姐,今天可是康源百货开业五周年的大喜日子,韩少爷都来了,无论如何你给个面子,千万好好表现。"

"他五周年还是十周年关我什么事,我还是老规矩,只唱两首,唱完就走。"

丁守财并不晓得,她嘴上虽是这样不屑的口气,心中却是另一番打算。

他只以为这是她一贯的脾气,何曾将谁放在眼里过,所以只好顺着她哄道:"唱两首就唱两首吧,可是姑奶奶,韩少爷今儿能上咱们这儿来,一定也是冲着你来的,你又不是不知道那韩家是什么样的人家,咱们得罪不起呀。"

"韩家怎么了,凭他是谁!"

"韩家怎么了?韩家他……"丁守财已经坐到了她的妆台前,"我就这么跟你说吧,现如今大名鼎鼎的电影明星项雨浓项小姐你总是知道的吧?"

见丁守财坐到了眼前，秦静菲倒是站了起来，悠悠地往角落的衣架子那里去，避得他远远的。

"想说什么就快说，我还要换衣服呢，让那位少爷等久了，可别怪我。"

秦静菲越是不在乎，丁守财便越是滔滔不绝。他细数了一番项雨浓的身世经历，当初那个无人知无人晓的项雨浓不就是因为得了韩孝诚的力捧，如今摇身一变，成了上海滩响当当的"电影皇后"。倘若有一天，韩孝诚也肯出面捧秦静菲，日后她或许真的能取项雨浓而代之呢。谁都知道，只要是能与韩孝诚扯上关系的女人，在上海滩就能红个半边天。

秦静菲不禁觉得好笑："他捧我？做梦呢吧！我看啊，是你整天做梦想着有一天咱们这'不夜城'能成上海滩最红火的舞厅，所以什么疯话都敢说。"

舞台之上，灯光大亮，瞬间激起了一片金碧辉煌的颜色，最后汇成一束，打在她的身上，如梦似幻。

秦静菲不露声色地往台下看去。人群中，一眼就看到了那位韩家少爷韩孝诚，他坐在离她不远的地方。她见过他，在报纸上。那副不羁的外表下，永远透着棱角分明的冷俊，他确实让人觉得神秘而又独特。

这一天，她依旧还是只唱了两首歌，便下了台。

"嘿！唱啊！怎么不唱了！快给老子再唱几首！"

秦静菲才走下台来，身后竟响起一个醉鬼的吼叫声，那个人显然是冲着她而来。

不等秦静菲回应，服务生便已经上前阻拦，态度倒是十分恭敬的："这位先生，您是不是喝醉了，我叫人扶您去边上休息。"

那人不管不顾，用力一把狠狠地推开服务生，摇晃着步子走到秦静菲的跟前，一切行为都十分无礼。

"听见没有，老子要听你唱歌！"

秦静菲不是第一次遇到这样的情况，倒是不急也不恼。那服务生又接着在那醉鬼耳边低声相劝道："先生，您在这里闹事影响到别的客人就不好了，更何况，今天韩少爷也在这里。"

那人果然是醉透了，听到韩孝诚的名字，更像是被刺激到一般，说话声也越发大了起来:"你是个什么东西,韩孝诚在这儿又怎么样,他老子要是活着还得卖我几分面子,他算老几?滚开!让'四小姐'上台给我唱!"

秦静菲的眼神不由得看向韩孝诚那一头,醉汉说的这些话他应该已经听见了。她不慌不忙地走过去,和气道:"这位先生,我今天的场已经唱完了,想听歌,请明天再来吧。"

见秦静菲走近,那醉汉脸上竟渐渐浮现出笑容,只不过这笑容叫人十分厌恶:"老子难得花钱来这儿听你唱歌,你不搭理,今天韩少爷包了场,你还是只唱两首,未免太不给面子了吧!"

秦静菲白了他一眼,摘下手上的蕾丝手套,道:"这是我的规矩,无论谁来都是一样的。"

"哎哟哟,啧啧,"那醉汉竟满是嘲笑,"今儿真是开眼了,我还是头一回听说,一个歌女还讲什么规矩!在你们眼里,除了钱,规矩是什么东西!我给你钱就是了。"

秦静菲的脸色越发不好看,却依然有礼:"这位先生,看来您是真的喝醉了,应该去醒醒酒。"

那醉汉亦变了脸色,抓着她的手腕道:"别给脸不要脸!"

秦静菲奋力甩开他的手,努力压制着心头的怒气:"你最好给我放尊重一点。"

醉汉一个踉跄没有站稳:"在这儿卖唱的歌女还想立牌坊吗?"

贵宾席那里,他们说的每一句话韩孝诚都听得清清楚楚,跟在身边的陆永贵倒是先坐不住了。

"不长眼睛的东西,不知道今天少爷在这儿吗!竟然在这里给我闹事!"

手下的人在他跟前耳语了几句:"阿贵哥,外头好像也有些不对劲,晃着几张生面孔。"

韩孝诚依然没有什么反应,陆永贵却已经知道该怎么做了。

"外头的先不管,先把眼前这个不懂事的东西弄出去就是了。"

"等一等,"韩孝诚忽然站起来,整了整衣裳,将身上的藏蓝色羊绒西服拉得笔挺,"我去看看。"

2. 初见

"这位先生,大家都是来玩儿的,图个乐,你又何必非要为难这位小姐呢?就当是给我个面子,算了吧。"

这个声音清清楚楚地在秦静菲的耳边响起,她转过身去一瞧,身后站着的正是韩孝诚。

那醉汉越过秦静菲,晃晃悠悠上前几步就凑到了韩孝诚面前。

"韩孝诚?"他不屑地喊了一遍他的名字,放肆地大笑起来,"小子,你刚才说什么?面子?我为什么要给你这个面子?别以为什么事你都可以插手,我告诉你,今天老子的事你就是管不着。"

此话一出,周遭的空气仿佛凝结住了,在场的人无一不注视着韩孝诚的反应,心里不免奇怪,这醉汉当真不晓得韩孝诚是谁吗?

韩孝诚倒是显得异常冷静,他取出烟盒,抽了一根香烟咬在嘴里。身后的陆永贵最识眼力劲儿,立刻递上火柴盒。他悠悠地抽出一根火柴,轻轻一擦,将烟点燃,然后甩灭火柴。

"你的事我当然管不着,但今天这里是我的场子,我就管得着。"

韩孝诚的话音才落下,陆永贵将那醉汉从韩孝诚的面前推后了几步,轻声在他耳边提醒道:"提醒你一句,最好老实一点,别在这里闹事。"

"哦,我晓得你的,"那醉汉反倒是更猖狂,不给半点面子,指着陆永贵鼻子骂道,"不就是韩家的一条看门狗嘛,也敢理直气壮站在这里跟我说话,韩家的人真是越来越没规矩了,你们老爷子要是还活着,还得给我几分面子呢,你又是个什么东西,敢这么跟我说话!"

"你说什么?你再说一遍。"不及陆永贵反应,身后韩孝诚不紧不慢地说出这短短的九个字,语气里是一种深不可测的威严。

那醉汉似乎是开始害怕了,却又不想在众人面前失了面子,硬着头皮道:"我……我刚才说,你要是再插手的话,老子就弄死你!要不是你爹给你铺了这条路,就凭你敢这么跟老子说话?一个小赤佬,还真当自己是个人物了。"

醉汉越发有了底气,说话的同时,一只手一次又一次重重地敲打在韩孝诚的胸膛上。韩孝诚看着他碰触着自己的那只手,不禁怒火中烧,出手扣住那醉汉的脖子。醉汉一个不稳,快速地倒退,韩孝诚只跨前了两三步,就把他的脑袋按在了酒桌上。酒桌边的人惊叫一声,四散开来。

"你……你……你想干什么你!你知道我是谁吗!"醉汉用尽了力气想从酒桌上撑起来,但他使不出一点力气,一切都是徒劳的。

"我管你是谁?"韩孝诚掐灭了嘴里的烟头,淡然道。

那醉汉的意识终于慢慢恢复,韩孝诚松手间,陆永贵立刻接过手,将他从桌台上拖起来,面向韩孝诚:"给我看清楚这是谁!"

醉汉这才服软:"韩……韩少爷……"

"你知道我平时最讨厌什么吗?"韩孝诚说话的样子依然不骄不躁,"我最讨厌别人拿他根本不敢做的事情来威胁我。你刚才说要弄死我?好啊,今天你弄不死我,就别想从这里出去。"

那醉汉吓得不轻,纹丝不动地站在原地,愣愣地看着眼前的韩孝诚,只听韩孝诚再一次怒声喊道:"动手啊!"

醉汉两腿明显打着哆嗦,说话吐字也不再利落:"韩少爷,方才是我有眼不识泰山,求您放了我吧……我真的错了……"

韩孝诚不再计较,只听陆永贵吩咐道:"扔黄浦江里去,给他醒醒酒。"

那人被抬出去,事情就这样结束了。秦静菲愣在那里,正不知道该怎么办时,便见丁守财笑脸迎上来:"韩少爷,实在是对不住了,这么小的事儿还惊扰到您。"

韩孝诚的目光却不由自主地落在丁守财身后的秦静菲身上。其实,他对她是有一些了解的,"不夜城"舞厅若是没有这位"四小姐",恐怕根本撑不起如今的排场。

丁守财知道是韩孝诚替秦静菲解了围,当然要抓住这个极好的机会,服务生在他的示意下立刻托着一杯红酒过来。丁守财将托盘上的酒递给秦静菲,又将她推到韩孝诚跟前:"快快快,菲菲,快敬韩少爷一杯。"

韩孝诚看她一眼,嘴角一抹满不在乎的微笑:"哦,原来这位就是'四小姐'?"

韩孝诚分明是知道她是谁的，这会儿却故意装作糊涂。

"是啊是啊。"丁守财一边回答着韩孝诚的话，一边不断地向秦静菲递眼色，要她快些敬酒。

秦静菲一时间还揣度不到韩孝诚的心思，这个人并不像预想中那样容易接近，就在她端起酒杯试图与他说话时，却见韩孝诚的嘴角微微上扬着。他从来不善于刻意伪装，所以总能让人清楚地看到他眼里的冰冷，那一双傲气凌人的眼睛淡淡地扫过来，只缓缓一句："不必了。"

青龙会阴潮的地下室内，对陈子明的审讯工作一直从下午进行到了天黑。此时的陈子明已经经历了一番酷刑，遍体鳞伤之下却始终没有开口。

青龙会"四大杀手"是日本方面一手培养的特工，成为了整个上海滩闻风丧胆的名字，死去的萧海更是堪称四人之首，负责审讯陈子明的方庆生与其得力干将贺启楠，依次排行二、三。

至于这第四位是何许人，大抵是整个青龙会中最顶级的秘密，从未有人见过这个人，就连四大杀手中的另三位也不知道这最后一名成员是谁。如今，杀人于无形的杀手却反被杀，这无疑是对青龙会发起的挑战。

贺启楠是跟着方庆生一起进入审讯室的，他看着满身是伤的陈子明，终于耐不住性子了。

"还不打算招是吗，那就先关两天，人只有在绝望的时候，才会知道活着的意义。"

"关他两天？"方庆生走上前，在陈子明面前俯下身，近距离地看着这个已经奄奄一息的人。

"陈先生，我看我们还是不要再浪费彼此的时间了，"方庆生嘴角微微上扬，鄙夷地扫了一圈四周的刑具，"每一个来青龙会的人，面对这些刑具，总觉得自己能扛过去，于是我就陪着他们耗。但你和他们不一样，你只有几个小时的时间了，我已经得到了线报，你们的人，今晚还会有行动。你在这里死扛，没有任何意义，因为你对他们来说已经没有任何价值了。"

陈子明像是没有在听他说话似的，两只眼睛迷茫地看着前方，他吃力地呼吸着，身上每一个细胞都因为刚才的酷刑而发痛。

"不过，你家人的命对我来说还是很有价值的。"方庆生道。

听到"家人"两个字，陈子明终于有了反应，他的眼睛开始有神，凝聚成一束光，瞪着方庆生，这是要杀人的眼神。方庆生看到他这样的反应十分兴奋，使出了最后的杀手锏："你儿子是才学会说话的吧，他刚刚叫了我一声叔叔，那么纯真的声音，我真的不忍心……"

一旁的贺启楠不禁一愣，因为连他都不知道，陈子明的儿子是什么时候被带到青龙会的。

这或许是压垮陈子明的最后一根稻草，他吃力地抬着头看着方庆生，他想杀了眼前这个人，但比起杀了他，他更想救自己的儿子，孩子只有两岁，绝不能因为他而断送了性命。

方庆生显然已经没有了耐心："我再给你最后十分钟的时间，十分钟以后，你听到的枪声，就是打在你儿子身上的！"

陈子明愤恨地咬着牙，然后绝望地垂下头，身上的伤口还在滴着血，说道："好……我说……"

他的招供，打破了这个宁静夜晚所有的祥和。

据他交代，今晚，洪门内代号为"螺旋"的成员将在"不夜城"舞厅和他的下线"蜘蛛"接头，交代下一步的任务，陈子明猜测这个任务应该就是暗杀青龙会最高指挥官——渡边建一。他还交代，据说这个"蜘蛛"手里有一份绝密的名单，是洪门在上海的所有成员名单，这一信息对青龙会而言，简直是踏破铁鞋无觅处，得来全不费工夫。只要得到这份名单，洪门在上海的势力几乎可以在顷刻间被摧毁。

当晚的一切行动，都是青龙会的最高机密。

夜下歌舞升平，直到将近十点钟的时候，青龙会十几号黑衣人带着巡捕房签发的"抓捕令"突然冲了进来，将"不夜城"舞厅各个出入口围了个水泄不通，台上的歌声也在此时戛然而止。

"从这一刻开始，'不夜城'里的所有人，禁止走动。"没有人知道，青龙会这样的阵势，究竟要做什么。

"怎么回事，你们杵在这儿干什么，凭什么不让老子出去。"那个男人应该是在酒精的作用下才会有如此的举动，"老子可是韩少爷请来的人，老子就是要出……"

贺启楠拔出枪，正好对准那人的脑袋："你可以试试看！"

男人仿佛是瞬间清醒的："抱歉抱歉，我这就回去，这就回去。"

陈子明几乎是被方庆生扔进"不夜城"的大门的。

"给我一个一个地认，谁是'蜘蛛'！谁是'螺旋'！"

他仔仔细细地看了一圈，最后失望地摇摇头："没有……没有'螺旋'……"

"那谁是'蜘蛛'？"

陈子明依旧摇头，眼里的泪水落下来："我只知道他的代号，但我没见过他，我真的不知道他的样子。"

方庆生相信他的话，道："那也好办，这里在场的每一个人，都要进行身份排查以后才能走。"

韩孝诚就坐在离方庆生不远的地方，他不屑一顾地瞥了一眼方庆生和贺启楠两人，然后缓缓起身，朝他们的方向而来。

"带着这么多人来，要干什么？"

"呦，韩少爷，没想到您也在这里。"方庆生礼貌地伸出手来，却并未得到韩孝诚的回应，所以他很识趣地收回手，"对不住了韩少爷，我们正在执行公务。"

"哦……"韩孝诚缓缓地点头，嘴角浮起一抹略带讽刺的笑容，"什么样的公务，连我也要一起被查吗？"

"当然，有人杀了人，嫌疑犯就藏在这里。"

"我是嫌犯？"

"是不是，要等检查以后才能知道。"方庆生似乎是有意要激怒他。

韩孝诚没有动怒，语气缓和道："那我要是不答应呢？"

"如果韩少爷执意要离开这里，我会认为你就是洪门的人。"方庆生的眼神越过韩孝诚，用几乎所有人都能听清的嗓音喊道，"今晚每一个出现在'不夜城'的人都要进行依次排查，谁都不能例外。"

韩孝诚随意找了个座位坐下来，冷静道："我要跟江主任通电话！"

3. 代号

方庆生与贺启楠顿时脸色刹变，韩孝诚口中的江主任正是青龙会最高指挥官渡边建一的亲信江士仁，与韩孝诚是远亲。往来虽然不多，但到底是自家人，又受过韩家的恩惠，韩孝诚在这个时候找他，他不会不出手相助的。所以，后面会发生什么事情几乎都不用想。

果然，几分钟以后，接完江士仁电话的贺启楠与方庆生耳语了几句，那些话让方庆生脸上很是挂不住，却又不得不按照电话那头的意思来办。

"既然如此，韩少爷，您请便吧。"

韩孝诚带着人离开，走到了门口，又忍不住回过头来向方庆生道："刚才还有一个被我扔进黄浦江的人，是不是也要捞上来盘查一下呢？"

很显然，他这是在故意挑衅方庆生。

话音才落下，韩孝诚就大大方方地踏出了"不夜城"。

青龙会的这次突击行动，秦静菲事先是毫不知情的，所以一个小时后，她也只能任由一无所获的方庆生带走了丁守财。

夜色浓重，路上几乎没有人，车子往回行驶着，韩孝诚半躺在后座上看着窗外，面色凝重。

虽是深夜，木子庄园却依旧是灯火通明，管家在客厅一直候着，见韩孝诚的车子终于回来，总算是放下了心。

"二少爷您回来了，大小姐正在小客厅等着您呢。"

"大姐？她等我做什么，这都几点了？哦，对了，大哥是什么时候回来的？"边说着，韩孝诚不由得加快了步子往二楼小客厅走去。

管家跟在后头一路小跑着，回答说："大少爷很早就回来了。"

"很早是什么时候？"韩孝诚又问。

管家不明白韩孝诚为什么突然对韩孝俊的事问得这样仔细，只回答说："大概七点钟的样子，这会儿已经歇下了。"

跨进小客厅，韩孝慧果然正等着他，韩孝诚的神色终于放松下来："大姐，这么晚了，怎么还不去休息？"

韩孝慧立刻收起手里的一件小孩子的玩意儿，似乎不愿意叫他瞧见："你也知道这么晚了，你不回来，我能睡得着吗？"

韩孝诚笑着在她对面坐下来。她细细地观察着弟弟的脸色，问道："五周年庆，还顺利吗？"

每一次韩孝慧这样问他的时候，一定是知道了他在外头发生的事。

"嗯，挺好啊。"韩孝诚每一次也都是这样回答的。

"是吗？"韩孝慧又问道，"我怎么听说，刚才青龙会带着巡捕房的抓捕令闯进了'不夜城'，而在这之前，有个人从'不夜城'里被人拖了出去，扔进了黄浦江？"

"大姐您开什么玩笑呢，青龙会怎么会和我扯上关系？"韩孝诚明显是心虚了，所以只答了韩孝慧前半句话。

"我问的是后一件事！"

面对韩孝慧越来越严肃的神情，韩孝诚只得嬉笑道："这么小的事怎么还惊动大姐了，是那个人活该。"

"只说到底是不是你干的！"

韩孝诚只好点头承认："好吧好吧，是我干的。"

"还是为了一个歌女，那个舞厅里风头正劲的'四小姐'是不是？"

面对韩孝慧这样的追问，韩孝诚越发招架不住，连脸上的笑容也变得勉强："这才多少会儿的工夫，怎么就全传到大姐的耳朵里了，我先申明啊，这事儿和那个'四小姐'没关系，我是气不过那个人在我的眼皮子底下挑事，分明是没有把我放在眼里，不把他扔到河里清醒清醒，别人还以为我怕他呢。"

韩孝诚在家人和外人前的模样是完全不同的，尤其是在韩孝慧跟前，总一副孩子气，这也是韩孝慧从来不知道自己的弟弟到底有多心狠手辣的原因。

"尽做些惹眼的事，这是要出人命的，别以为我不知道，要不是给江主任打了电话，你这臭小子现在已经在青龙会被审问了。"说着，韩孝慧忍不住一掌打在韩孝诚的身上，叫他来不及躲闪。

原来韩孝慧是将这两桩事混作了一团，韩孝诚倒也放心了。

"大姐，他们要抓的是洪门的人，关我什么事，到时候，他们怎么抓的我，还得怎么放了我。"

韩孝慧听他这样一说，便安心了，但还是忍不住瞪他一眼："不管是抓什么人，青龙会是什么地方，你今天做了这样无理取闹的事，就算把你带走也不是没有道理的，到时候可有你好看的。"

"大姐您就别生气了，我以后不这样了还不行吗。"韩孝诚挠着脑袋，这些年来，似乎没有比这句更有说服力的话了。

"你哪回不是这么说的。"

韩孝诚讨好地拉着韩孝慧，将她送回卧房，这一路上自是免不了好一顿哄。也许在韩孝慧的眼里，韩孝诚依旧还是她没有长大的弟弟，或者永远都是。

才替韩孝慧关上了卧房的门，就听见身后传来轻盈的嬉笑声。

韩孝诚顺着声音回头，韩孝茹正赤着脚，用一双灵动的大眼睛看着他。才从法国留学回来不久的她，身上竟是连一丝中国女子该有的淑女气息都不复存在了。

"这么晚了不睡觉躲在这儿干什么，你鞋呢？"

"穿鞋的动静太大了。"韩孝茹贼贼一笑，蹑手蹑脚地小跑到韩孝诚面前，指一指韩孝慧的房门道，"刚才，是不是又挨大姐教训了？"

"大姐为什么要教训我？"此时的韩孝诚又成了爱和小妹斗嘴的哥哥，他两手交叉在胸前甚是神气，"我又没做错什么。"

韩孝茹噘一噘嘴："你呀，大姐尽为你一个人操心了。"

韩孝诚宠溺地瞪了她一眼，道："谁同你你呀我呀的，真没规矩，叫二哥。"

就算所有人都惧怕韩孝诚，韩孝茹也一定是排除在外的，就像此刻，她一点也不肯吃亏。

"哼！还二哥呢，总让大姐为你担心，我在法国读书的时候，都用不着大姐这么提着心。"

深夜，长廊里只有兄妹俩的说话声，韩孝诚伸手轻轻捏一把妹妹的鼻子，极力压低了嗓音："深更半夜的，你这小丫头也来教训我？"

韩孝茹轻轻向后一仰，躲开了他的手："我哪有，我也是为你着想呢。"

"今天晚上的事不会连你也知道了吧？"韩孝诚忽然很认真地问她道。

韩孝茹点头道："我当然知道了，可你知道大姐为什么生气吗？"

这句话倒是提起了韩孝诚的兴趣，他问道："为什么？"

"一个项雨浓就已经弄得满城风雨了，这回你又搭上一个'四小姐'，大姐能不闹心吗？"

韩孝诚轻"哼"一声，在他看来这实在是一件没有必要解释的事，可他还是解释了："什么四小姐五小姐的，你们这都听谁说的，我告诉你啊，就现在这一刻，我连她长什么样都不记得了。"

见他这是急了，韩孝茹忍不住嘲笑道："这话谁信呢，反正我不信。"

"你呀爱信不信，行了，别缠着我了，赶紧睡觉去。"话音还未落下，他已经跨步往自己的房间走去，倒是叫身后的韩孝茹越发觉得好笑。

直到第二日的傍晚，丁守财才终于从青龙会审讯室回到"不夜城"，他像失了魂似的走到化妆间，随便找了个空座，整个人几乎是跌落在那把椅子上的。见此情形，尹露是第一个迎上去的。

"丁老板，你总算是回来了，可担心死我们了，他们打你没有啊？"

尹露上下打量着丁守财，丁守财虽是未受半点皮肉之苦，却也一样受到了惊吓，所以直到这会儿还没有回过神来。

"我还能自己走着回来，已经是万幸了。"

"那个洪门的人，他们抓住了没有？"尹露又问。

丁守财忍不住白了她一眼："我哪有工夫关心他们有没有抓到人，我现在只知道，那个青龙会，当真是个比死人堆还要可怕的地方。"

"不是说只是去问一些话吗，怎么就待了一整晚呀？"秦静菲大概能猜到丁守财在青龙会里的情况，他不过是一个简单到爱财如命的人罢了，哪像是和洪门有关联的人。

秦静菲在丁守财的眼里是整个"不夜城"的头挑，不仅能替他赚钱，更是最聪明、最精干的一个，这会儿心里头的滋味也只有和她能说得明白。

"他们倒是没对我怎么样，只是问了我一些话，但是他们说，他们肯定昨天晚上洪门的人就在我们'不夜城'里头。"

"那可真是奇怪了，丁老板，你怎么不跟他们说清楚，洪门的人怎么可能在我们这儿啊！"颜丽丽一口软绵绵的标准吴侬软语，却在这样的时候，听得人不免心烦起来。

"你以为青龙会的人都听我的吗？"丁守财懒得再和颜丽丽掰扯，他依旧看向秦静菲，"菲菲，你说，昨天晚上闹了这么大的事，今儿怎么一点动静也没有了？"

"没有动静不是挺好的吗，难道事不找你，你还非要找事吗？"

丁守财这样怕事的人，这会儿又才从青龙会回来，对自己眼下的处境自然甚是担心："青龙会的人应该也不会再来找我的麻烦了，我现在担心的是韩家那位少爷。"

秦静菲丝丝惊讶："你说他？"

"青龙会的人问起了韩少爷把那醉汉扔黄浦江里的事，还叫我仔细说，我不敢不说仔细……"丁守财越说心里越发慌，他确实为难，若是不说，青龙会的人是不会放过他的，这会儿说了，韩孝诚怕是要来找麻烦了。

"那个醉汉的确是他叫人扔到黄浦江里去的，就算出了什么事，也怪不到你头上啊。"秦静菲道。

丁守财紧蹙着眉，摇了摇头："话是这样说，可万一……"

秦静菲不禁笑他多余的忧心："昨天不还盼着他最好天天来咱们'不夜城'里坐着，怎么今天就改变主意了？"

丁守财摆摆手，"不夜城"舞厅能夜夜笙歌，靠得就是那些有头有脸的人物，却恰巧也都是些惹不起的人物。

"得得得，真要有什么事儿，就算作是我倒霉吧。"

4. 旧事

两天以后，虽然依旧没有"螺旋"和"蜘蛛"的下落，但方庆生还是遵守了承诺，亲自将"立了大功"的陈子明送出了青龙会的大门。

终于走出那间阴潮的房间,烈阳之下,陈子明有些睁不开眼睛。他问方庆生,他的孩子现在回家了没有。方庆生回答说,其实他从来没有想过要伤害孩子,所以孩子此刻已经回到家里了,请陈子明放心。

　　陈子明仍是不安,又问,现在,他是不是真的可以回家了。

　　方庆生嘴里叼着烟,十分肯定地点头回答:"当然。"

　　然后他往陈子明的口袋里塞了一卷钞票,看起来十分有诚意,然后眼神很不经意地看了一眼陈子明身后的两个人,告诉他说:"他们两个会送你走的。"

　　"我还是自己回去吧……"陈子明已经恨透了这个地方,恨透了这些人。

　　"送陈先生走。"方庆生下了命令,便转身大步往青龙会里头走去。

　　陈子明拿了钱,已经在心里开始暗暗盘算起来,洪门一定是回不去了,那么他该带着他的家人去哪儿呢?或者离开上海吧,这些钱,足够他们花好几年了。

　　都不要紧,只要还活着就是最好的了。

　　方庆生回到办公室,拉开窗帘,上海的天空极其晴朗,陈子明已经被带出了青龙会,而让方庆生不能理解的是,陈子明到底也是个特工,难道他真的不知道,他再也回不去了吗……

　　按照方庆生的命令,那两个人没有将他送回去。

　　贺启楠并不知道方庆生为什么最后还是要了陈子明的命。方庆生说:"叛徒是没有好下场的,而且他提供的唯一情报最后也没能派上用场,就当是为洪门的人出口恶气吧。"

　　这一年,上海的初冬并不算冷,只是夜里的风刮得厉害。秦静菲慢慢地从"不夜城"的木转门里走出来。

　　晚上九点多钟,夜色浓重。

　　上海的冬夜是冷漠的,连无眠的霓虹灯也无法给这样的夜晚增添几分生气。她小心翼翼地踩在石子路上,隐隐地感觉自己就像是那被人随意踩在脚下的石子,没有未来,没有希望,也无法逃脱。

　　"秦小姐,我送您回家吧。"林正的声音打破了这份宁静,这里的人都习惯喊她"四小姐",唯独林正,他从来都不会这样叫她。

"阿正?"秦静菲脸上的表情舒和了许多,说道,"你总是得了空就送我回去,叫我多不好意思。"

林正极不自在地挠了挠头,几乎不敢直视秦静菲的眼睛:"保护秦小姐是丁老板给我的任务,我应该做的。"

"其实真的没有关系的,你瞧,我每天回家的时候,街上还这样热闹,倒是你,送了我再回去接林曼,就该晚了。"

林正原来是跟在丁守财身边的,他身上的功夫很好,又是跟着丁守财最久的人,所以自然而然也就成了"不夜城"里的"大哥"。

他的父母早在几年前就去世了,他有两个妹妹,一个叫林曼,一个叫林好。林曼今年十九岁,林好更小,才九岁,正在上学。林正走了好些门路才把她送进上海一间不错的学堂里念书。林家世代务农,怎么样也该出个读书人了,只是,这又得费好大一笔钱。

所以,妹妹林曼便也在"不夜城"里头谋了一份差事,以唱歌为生,贴补家用。她说话不多,更不擅交际,是"不夜城"最不出挑的一个,唯独与秦静菲交好,所以秦静菲对她极为照顾。

林正知道,秦静菲从骨子里就是与众不同的。她神秘而又遥不可及,完全不像表面看上去那么简单。她虽是"不夜城"的"四小姐",但又不仅仅是"不夜城"的"四小姐"。可她究竟是什么样的人,他不知道,也无从知道。

他不想看透她,只是想对她好。

"今晚不用送我了,时间还早,我想一个人沿街走一走,你早些接林曼回去吧。"秦静菲道。

"也好。"

他目送着秦静菲走远,见她身上黑色的长风衣在深夜的风中飞扬起来,血红的高跟鞋稳稳踏在石子路上,霓虹在她的周围似乎也暗淡了。这样一个女人,是盛开在天边的云彩,是他怎么努力也接近不了的梦。

"秦小姐。"

在"不夜城"旁边小街的转角处,秦静菲不知道陈志卿是从哪里来的,她的心跳微微加速,只是因为觉得很突然。

"陈先生?你不会是在这里等我吧?"

陈志卿笑着低下头，手里拿着一支玫瑰花，但似乎并不知道这花应该在什么时候献给这眼前的姑娘，所以脸上多少有些怯怯的。

"是啊，刚才看见你在跟别人说话，我就只好到这儿来等你了。这花……这花是送给你的。"

"谢谢，"秦静菲礼貌地接过那支玫瑰，"外头这么大的风，怎么不到舞厅里头坐坐呢？"

"我……我……"陈志卿摸着头，只是笑着说不出话来。

秦静菲看着陈志卿，也忍不住笑起来。他是上海富泰粮油公司老板陈应雄的长子，和韩孝诚的妹妹韩孝茹是法国留学时候的同学。他眉目俊朗，有一副十分惹人注目的外型，平时架着一副眼镜，所以外表看起来很斯文。他和他的父亲不一样，他是个标准的读书人。

"你瞧我，我差点忘了，你不喜欢那样的热闹。"

"不是不喜欢，你知道的，我只是怕人多的地方。"陈志卿话中的意思是，他只是不喜欢那样的场合，并不是对秦静菲的工作有任何的轻视。

"特意过来，是有什么事吗？"秦静菲没有在意他的这番解释。

陈志卿几乎不敢看她的眼睛："听说昨天有人在舞厅里闹事，青龙会的人也来了，所以特意来看看你，你还好吧？"

秦静菲微微一惊，微笑道："连你也听说这桩事了，放心吧，我很好。"

陈志卿的表情稍稍放松了一些："何止我一人听说了，只怕昨晚在舞厅发生的事，这会儿半个上海滩的人都知道了。不过还好还好，你没事就好。我还听说，昨天，韩家二少爷也在？"

秦静菲一丝不易察觉的犹豫过后，道："是啊。"

其实，陈志卿要问的并不是这件事，他想问的是韩孝诚为"不夜城"的四小姐解围一事，因为这桩事也一并传开了。可是，话就在喉咙口，他却怎么也说不出来。

"倒是还有一件事，"既然无法问出口，陈志卿便扯开了话，边说着，边从西服口袋里掏出一张叠得很整齐的画纸，递给秦静菲，"昨天我去了孤儿院，囡囡托我带个东西给你，她说你许久不去看她，特别想你。"

秦静菲小心翼翼地打开了那张叠得十分仔细的画纸，画上的姑娘，是那个叫囡囡的孩子照着报纸上秦静菲的模样，用铅笔一笔一画临摹的。她不由得感叹一声："哇！囡囡画的是我吗？"

"是啊。"

"我也怪想她的。"秦静菲道。

"那改天，改天我陪你一起去陪她玩？"陈志卿的笑容开始变得不自然，他总是容易将心里的想法流露出来。是的，他想到的是，这样又能多见一回秦小姐了。

"好啊。"秦静菲的回答让陈志卿不自然的笑容瞬间舒展开来。

他们相识的时间并不长，第一次见面就是在孤儿院，也许是因为她的气质不俗，也或许因为他甚少接触到这样与众不同的女子，于陈志卿而言，秦静菲像是一个岁月里久违的人，他喜欢和她在一起。可是他并不知道，对秦静菲来说，他只是一个普通到再不能普通的朋友，他们之间不会比这个关系更进一步了。

月光下的小路上没有人，微风拂面，地上倒映着的影子也随着变幻。

"小……小菲……"陈志卿忽然这样叫她。

"嗯？"秦静菲不曾在意到他对她的称呼，她只是清楚地看到陈志卿已经涨红的脸，却只装作没有发现。

"我……可以这样叫你吗？我觉得咱们已经是朋友了，总叫你秦小姐，听着怪生疏的。"

颊边松散的头发随着夜风在她的耳边轻轻飘动着，她说道："当然可以。"

陈志卿高兴极了，本能地以为他又走近了她一些："你知道吗小菲，我每次看见你的时候，总有一种错觉，你的一举一动特别像一个人。"

这句话倒是让秦静菲提起了一些兴致："是吗？是因为我和她长得很像吗？"

陈志卿试图去拾起那一段已经模糊的记忆，但那个人始终不过是一个影子，他实在不记得她的样子了。

"太多年过去了，只是记忆中一直有这样一个影子。"

秦静菲只当是玩笑，大概是因为陈志卿太过书卷气，他说的话，更像是书里写的,在许多时候,都是让人难以琢磨的。

"那里有糖炒栗子。"秦静菲指着不远处亮着路灯的方向,有意岔开了话。

话音才落,她已经跑向了那个摊位前。

"老板,给我称一斤糖炒栗子。"

"好嘞。"

"唉,"旁边馄饨摊的老板叹着气,话语间甚是羡慕的样子,"你的生意倒是不错啊。"他看着自己的那口大锅里熬着的新鲜骨头汤,始终冒着热气,却也始终无人问津。

"有什么用,明天又要交保护费了。赚来的钱都不够交的。"栗子老板道。

一听这话,周遭一众小摊主们皆愤愤不平起来。

"不是我老爱讲从前,可当年程先生在的时候,哪有这档子事,生意大家一起做,从来没有什么保护费不保护费的。现如今交了保护费,那些个小瘪三还不是照样该偷偷,该抢抢的。"

"就是,程先生在的时候,大家都有饭吃,大家都赚钱,现在呢,唉……"

"小姐,您的糖炒栗子,拿好喽。"栗子老板将一包热乎的糖炒栗子递过去,秦静菲却还发着愣,"小姐?"

"小菲,栗子。"陈志卿不知何时已经走到了她身边,轻轻在她身边提醒道,秦静菲这才回过神来。

上海的夜是极静的,亦是极清澈的。抬头望去,星空近得仿佛触手可及,悠悠的脚步声也成了这夜色下特有的情调。

"你知道他们方才说起的程先生是谁吗?"陈志卿问道。

大抵是夜色太过浓重,陈志卿并未注意到秦静菲的脸色已经十分难看,只听她回答了简简单单的三个字,不清楚。

"这个程先生就是当年叱咤上海滩十多年,鼎鼎大名的程宗耀程老板,这个名字你总听过吧。"

她脸上不禁浮起一抹苦涩的笑容:"哦,原来是这个程先生呀,听到过的。"

拐过街角,穿进一个小弄堂,那里像是两个世界似的,脱离了喧嚣，安静得很。地面清晰地传来她踏着高跟鞋的声响，这条弄堂叫"安居里"，是秦静菲住的地方。

"他虽然没有受过很高的教育，但思想却开明得很。他说这世上没有穷人与富人之分，在他手底下做事的都是穷人，跟了他以后，都过上了好日子，大家都是心甘情愿跟着程先生的。可惜，一场大火，程先生、程太太，还有他们一双可爱的儿女，都不在了……"

一双可爱的儿女……

那个画面再一次出现在秦静菲的眼前，那是一个永远也无法醒来的噩梦，距今已经过去十一年了。

正是经历了那个夜晚，她体会到了什么叫一夜长大，自那以后，她不再是程家花园里的大小姐。十一年后的她摇身一变，成为了上海滩有名的歌女"四小姐"，没有人知道这十一年里发生了什么。

一切都已偏离了它曾经的轨道，向着另一个她不敢想的方向延伸。

"这件事你也知道？"她急忙紧咬住下唇，抑制住即将溢出口的哽咽。

陈志卿轻轻叹出一口气："当年可是轰动了整个上海滩的，许多人都说是仇家来寻仇了，可是程先生这样的人，哪来的什么仇家……"

秦静菲忽然停下了步子，身边的陈志卿一惊。

"小菲？你怎么了？"

"没什么……没什么……"此刻，她不由得感谢夜色的遮掩，陈志卿不会看到她脸上的变化。

十一年前，程宗耀的意外离世，给那个属于他的时代画上了句号。而上海滩的恩恩怨怨仍在继续，又有谁能真正说得清呢？

5．心思

月色下的上海滩，无边的霓虹光晕，追逐着街上来来往往的行人，日日如此，像是天堂，地狱般的天堂。

静谧的小弄堂里，虽是褪去了白天的嘈杂，却隐约可以听见从舞厅传来的婉转的歌声，如梦如幻。这是夜上海赋予它的迷蒙的、独特的色彩。

大概晚上七点钟的时候，"不夜城"的客人开始陆陆续续多起来。前头是灯红酒绿，而后边的化妆间可比舞台上的"表演"热闹多了。

"丁老板，是不是应该给我们姐妹几个做几身新衣裳了，我的那几件都旧了，早就穿腻了，客人都该看烦了，"颜丽丽一口标准的吴侬软语，总是叫人听得全身酥软，"前几天，韩少爷来的时候，我可是连肠子都毁青了，要是我能穿得再漂亮一些，他一定会请我跳舞的。"

一听颜丽丽正在向丁守财"敲竹杠"，化妆间的几个姑娘们都向这边围了过来。

"上个礼拜新出的电影画报你们看了吗？项雨浓身上的那件新式旗袍，也不知道是哪个师傅给做的，真是好看得不得了。"尹露说这话的时候，眼神不经意地瞥了一眼秦静菲，又继续说道，"不过话说回来，她身上穿的衣裳哪一件不好看呀。"

虽是连那件旗袍是什么样式都没见过，可颜丽丽眼神中的羡慕都要溢出来了："哇，又有新款式呀，那我一定要做一件一模一样的。"

"丁老板，就算我们没福气穿项小姐身上的那种衣裳，可穿一件新衣裳的福气总是有的吧。"尹露的话里，总是带着些刻薄。

丁守财虽是这个舞厅老板，但整天窝在女人堆里的日子也并不好过，就好比眼下这样的情形，便是他最受不了的，而刚才尹露又说了这样的话，弄得他不得不答应颜丽丽提的要求，只是这又是一笔大开销。

"行行行，明天，明天我就去请个好的裁缝师傅来给你们都量一量，好好做几身，行了吧。"

"难得咱们丁老板今天这么大方，那就先谢谢丁老板了。"

几个女人齐刷刷地喊出来，那声音直刺人的耳朵，又振奋人心，尤其是男人的心，即便他方才还在肉疼那些花出去的钱，这会儿又觉得挺值得的。

丁守财见秦静菲一个人坐在妆台前，并未参与到这个话题中来，凑过来讨好道："菲菲，不然，她们说的那几本画报你也翻翻，挑你喜欢的式样也做几件，这衣服要是穿在你的身上，那一定是没得说啊。"

尹露听丁守财这样偏心，心里自然是生出了几分怨气，却又不好发作，只冷哼一声，离开了化妆间，往前头大厅招呼客人去了。

秦静菲对这样的事并不积极，从妆台上开着的一个首饰盒里拿起一对蝴蝶式样带流苏的耳环，正对着镜子比画着，极配她身上那件浅湖蓝色底子的新式旗袍。

"不用给我做了，我那些衣裳还能穿一阵子的。"

"菲菲姐的衣裳也都是很时髦的，"颜丽丽忍不住这样说，她看着角落里挂着的姐妹们寻常登台的几排衣裳，就属秦静菲的那一排最亮眼，所以十分羡慕，"不晓得菲菲姐的衣裳是哪个师傅做的，我看这做工都是极细致的，款式也好看，穿两三年也不会不时兴的。"

秦静菲听懂了她的意思："你要是喜欢，就挑几件去穿吧。"

"哎呦，这我哪里好意思呀。"话音才落下，颜丽丽已经从秦静菲那一排衣裳里挑出来了几件，往自己的身上比对着。

林曼坐在最角落的妆台，她插不上话，当然，她也不爱参与这样的话题。

秦静菲特意过去，低声问林曼要不要也做几件合身的，她身上的行头比别人确实差远了，可林曼总是怕给人添麻烦，笑着摇头谢绝了。

舞台那头音乐已起，"不夜城"的夜生活开始了，"四小姐"也该登台了。

另一头，上海世纪饭店顶层，是别样的热闹，这是韩孝诚亲自为项雨浓办的生日宴会，就连那些富贵太太们也不禁感叹，这样的排场实在是太过奢华了。

"韩先生到，项小姐到。"

他们出现以后，原本喧闹的大堂，渐渐安静了下来，到场的每一个人几乎都以羡慕的目光望着这两个人。窃窃私语中，不过是"郎才女貌""天造地设"这样的字眼。

项雨浓一身酒红色的苏绣旗袍，娇羞地挽着韩孝诚漫步而来。在灯光的映衬下，她的美是那样遥不可及，好像是天上的云彩一样，这种美是男人们审美的标准，亦是所有女人的标杆。她的每一个动作，足以挑动任何一个男人的欲望，媚而不俗的笑容，只消一个眼神，男人都愿成为她的裙下之臣。

韩孝诚淡淡地扫了一眼安静的人群,携着身边优雅的美人,径直走到赵显明面前,礼貌道:"多谢明爷赏光。"

以韩孝诚所表现出的态度来看,自然便可以明了这个赵显明在上海滩的地位不可忽视。

"我今日可是为美人而来的。"赵显明的眼神已经不由自主地移到了项雨浓的身上。

"雨浓的荣幸。"她笑容柔媚,婉转的声音中带着淡淡的慵懒,好似阵阵拂面的春风,但也正是因为这份柔情,足以让韩孝诚十分不自在。

可正是她这样的态度,让赵显明顿时兴奋起来:"一会儿是一定要邀请项小姐跳一支舞的,韩老弟不会不答应吧?"

韩孝诚微微颔首:"怎么会呢?"

他们依旧有说有笑,看起来真诚无比,但在这风平浪静的表面之下,却是不可言语的波涛汹涌。

黑夜里,街上几乎没有了人,冷清的街面只剩下车轮的"哒哒"声。贝当路十九号,那是韩孝诚买给项雨浓的一处房子。

韩孝诚松了松领带,身上的酒味还没有散去。项雨浓从房间出来,她已经换了一件纯白色的丝质睡裙,外头披一件纱衣,这让她越发妩媚,撩人心弦。

她走近韩孝诚,双手环在他的脖颈间:"孝诚,谢谢你。"

项雨浓是聪明的,她心里十分清楚,韩孝诚特意为她办这样一场盛大的生日宴,是为他自己在生意上与人互通、交际找些理由;但无论他是出于什么样的目的,她都是上海滩最让人羡慕的女人,这一点不会变。

韩孝诚揽上她的腰,问道:"谢我什么?"

项雨浓挑逗似的在他的唇上轻轻一吻:"谢你为我办这样一场生日派对,这是我二十二年里,过得最快乐的一个生日。"

昏黄色的灯光下,她那一双好似会发亮的眼睛越发好看,韩孝诚凝视着这双眼睛,不禁感叹道:"刚才,那些人的眼睛都盯在你的身上。"

项雨浓靠在他的肩膀上,无比妖娆妩媚:"他们还不都是看你的面子。"

"赵显明……"

"嗯?"

韩孝诚突然喊出这个名字,他明显感觉到项雨浓的惊讶间竟还有些不知所措。

"他对你似乎十分感兴趣的样子。"

项雨浓希望他问下去,至少能证明他正在因为这个人而吃醋;但又不希望他问,因为她怕自己流露出容易察觉的心虚。

在韩孝诚的身上,她已经花了太多的心思,她正在利用赵显明,刺激着韩孝诚能够多花一些心思在她的身上。当然,她更计划着未知的以后,如果她在韩孝诚身上的赌注输了,那么赵显明就会是她的一条退路,不过,她希望这一天永远都不要来。

她勾起嘴角,扬起一抹魅惑的笑容:"怎么,你吃醋了?"

韩孝诚的神色却没有任何的变化:"你觉得,我会吃他的醋吗?"

"可是……"项雨浓再一次依偎进他的怀中,抚摸着他白色衬衣上的领子,淡笑着说道,"我想要你吃醋啊。"

温存了片刻后,项雨浓拉着他的手,往小客厅走去。房间是暗的,靠窗外的月光透进来,能看见四方桌上提前放置好的蛋糕和红酒。她擦亮一根火柴,点燃了蛋糕上的蜡烛,整个房间也随之一同亮起来。

"刚才在世纪饭店的都不算,从这一刻起,才能算你为我过生日。"

韩孝诚没有任何的准备,只看着跳动的烛火,嘴角泛起一丝浅浅的微笑:"那就,许个愿吧。"

这好像不是她想听的话,所以有一瞬间的出神:"其实,这些年,我心里只有一个愿望,但是这个愿望,只有你才能帮我实现。"

韩孝诚看着她的眼睛,缓了片刻才道:"说说看。"

面对眼前的韩孝诚,这个对她有着致命吸引力的男人,他可以在上海滩呼风唤雨,他想要什么样的女人都可以得到,而自己能留在他的身边,仅仅是因为长得漂亮吗?不,不是,她坚决否认这一点,在韩孝诚的心里,她一定是与众不同的。为了能真正成为木子庄园的女主人,为了做他身边名正言顺的女人,她鼓起勇气,决定为自己努力一次。

"孝诚,你想过要娶我吗?"项雨浓问得小心翼翼,又极其渴望地等着他的回答。

韩孝诚的表情还是与方才一样让人捉摸不透,他静静地看着项雨浓,却没有回答她的问题。

项雨浓的聪明在于,她很能摸准韩孝诚的心思,她知道,这个答案她现在恐怕是得不到的。

"孝诚,你知道吗,和你在一起的时候,我从来不敢有太多的奢望。"

"今天这是怎么了,"韩孝诚轻轻捏着她的下巴,半开玩笑似的说道,"是不是刚才喝多了,现在醉了?"

项雨浓的神情却越发认真,继续着她方才没有说完的话:"可是越奢望就越容易失望,我总是在患得患失,就好比,今年的生日是你陪着我过的,那么明年呢,后年呢,以后的每一个生日,你是不是都会陪着我呢?"

韩孝诚笑着反问她道:"你说呢?"

"那你,会娶我吗?"

大概真的是因为酒精的作用,她竟不受控制地又问了一次同样的问题,让气氛忽然变得有些尴尬。

"怎么突然问我这个问题?"韩孝诚回应道。

"不是突然,这个问题我一直都想知道,我想知道我究竟是你喜欢的女人,还是仅仅只是你所有女人中的一个。"

韩孝诚开了红酒,在酒杯里倒了浅浅的两杯,然后递给了项雨浓一杯:"你真的很在意这个?"

"因为我在乎你。"她认为这不是贪心,这是同等交换,她将所有的心思都花在了他的身上,她也只是想要在他身上得到一些她想要的罢了。

"我要的不仅仅是在乎,还有真心。"

一瞬间,项雨浓所有想说的话都被哽在了喉咙口,项雨浓不知道韩孝诚为什么会说这样的话,可是她的心却不自禁地开始发慌,她思索着自己的一言一行,他究竟是在考验她,还是她与赵显明之间,他已经知道了什么。

韩孝诚注视着她的反应,脸上始终留有笑意,他晃着手里的红酒杯,轻轻碰了一下她手里的杯子,说道:"生日快乐。"

6. 弟弟

冬日的深夜越发地冷了,街面上的人也越发地少。依然是林正将秦静菲送回了住处。

她如往常一样,每日回去前,总是要看一眼信箱里面有没有她一直在等的信笺。虽然已经连着失望了好几个月,但她依然不肯放弃。然而这一晚,信箱里果然多了一封信,她迫不及待地拆开了那信封,里面正是她等了许久的一张相片,一瞬间,她整个人都火热起来。

相片上是一个大约十多岁的男孩子。

"欢欢,我的弟弟……"秦静菲站在夜色下,自言自语着,眼泪不禁夺眶而出。

她知道这张相片的含义,青龙会正在督促她尽快完成任务——接近韩孝诚,并随时汇报他的一举一动。

房间里,昏暗的灯光下,她依旧细细端详着手里的那张照片,弟弟高了,好像又胖了……

看着看着,那些早就因为时间的流逝而被许多人遗忘的往事又在她眼前逐渐清晰起来,她依旧活在记忆的阴影中,沉沦在同一个梦境里。

睡梦中,她亲眼目睹了冰冷的尖刀,瞬间刺穿了她双亲的胸膛。她也总是能听见,他们在倒下的最后一刻,用微弱的声音叫着同一个名字,"菲菲"。紧接着便是一片火光,凶手试图将他们全都烧死,一并毁掉他杀人的证据,程家的一切都毁在这场大火中,大火也烧光了她对人生所有的幻想。

而当年,不惜一切将她和弟弟程可欢从火海中救出来的女佣卢氏,是秦静菲的母亲李木子的贴身丫头,她是在程家时间最久的佣人。当年若是没有卢氏,她和弟弟欢欢早就在那场大火中丧生了。她对程家是忠诚的,在救出姐弟俩以后,最后才跑进火中将自己的孩子小宝抱出来,只是天意弄人,她离开一会儿的功夫,秦静菲和弟弟的命运便有了巨变,他们不见了。

卢氏四处寻找,却始终没有两个孩子的消息。她完全不知道,两个孩子是被一户日本人家抱走的,这个人不是别人,正是如今青龙会的最高指挥官——渡边建一。

十四岁那年,是秦静菲在渡边家的第三个年头,她永远都不会忘记自己答应了渡边建一的要求,开始为青龙会做事,因为渡边建一告诉她,只有青龙会才可以帮助她找到杀父仇人。也是从那一刻开始,她才知道,她所感恩的养父,已经将她培养成了"工具",而为了能更好地控制秦静菲,四岁的弟弟程可欢被送去了日本,姐弟二人自此分别。她的世界从这一天起变得暗无天日,她清楚地知道自己走上了一条什么样的道路上,这一生都不会再有云开雾散的一天了。

直到一年前,为了更好地掩护身份,秦静菲成了大上海有名的"四小姐",在建立了一些人脉以后,通过四处打听,才终于寻到了卢氏及其女儿小宝的下落。

卢氏的丈夫很早就过世了,如今独身带着女儿小宝的她住到了松江。秦静菲一直资助着小宝上学并定期支付生活费,算是报答当年的救命之恩。

她并未告知卢氏,她和弟弟是被一个日本人抱走的,当然,现在的种种她也不会提及,只糊弄说,自己和弟弟确实是被人收养,而养父母早在几年前已经去世,欢欢被送去了北平念书。自责多年的卢氏见秦静菲姐弟二人都安好,终于安心了许多。

"卢姨。"

已有三个多月没有来松江看望她们,她们的生活并没有什么变化。

秦静菲到的时候,卢氏就蹲坐在门口,身后是三四盆子的脏衣服,平常她就是靠给有钱人家洗衣服来贴补家用的。

卢氏一抬头,见是秦静菲,又是惊喜又是高兴:"是菲菲呀,瞧瞧,来也不提前说,家里都没什么准备。"

秦静菲手里还提着带给她们的礼物:"卢姨又跟我瞎客气,都是自己家里头的人,还要准备什么呀。"

卢氏将她引进屋里去:"卢姨给你包你最爱吃的荠菜馄饨哦。"

"不麻烦了,卢姨。"

"难得来一趟,这味道你在大上海是吃不到的。"

卢氏一番搜罗,取出在瓦罐里藏了许久的猪肉,天冷的缘故,肉质还算新鲜,她和小宝过得节俭,这些本就是等着秦静菲来才舍得拿出来的。

馄饨皮是她亲自和面做的,将馄饨一个个包得像个小包子一样饱满,这是秦静菲小时候最爱吃的点心。

"前几个月,我在报纸上还看见你的消息呢,你现在的名头可是不小,在上海滩也算得上是个大人物吧。"

话音才落下,秦静菲脸上的笑容也一并消散,如此"抛头露面"的日子,对她来说,哪能算得上是一件好事。

"也不算吧。"

"欢欢怎么样?在北平还好吧?"

卢氏问得突然,秦静菲的脸色似有些许的变化,只不过,不曾叫人察觉罢了。

"挺好的,前些日子寄来了相片,又长高了。"如不是强行忍着,她眼泪恐怕早就落下来了。

"他到底还小,身边就算有人照顾也叫人不放心,倒不如把他接回来,你说呢。"

秦静菲低下头去:"好……好啊。"

"小菲姐姐!小菲姐姐!"

这便是人未到,声先到,终于打破了这个让她无法喘息的气氛。小宝在门口便听见了秦静菲的声音,她一路跑进来,见着她就兴奋地扑了上去,甚是亲热。这孩子的年纪和欢欢是一般大的,也一样经历了那场大火,但是,那时候的她实在太小了,是不会有记忆的。

秦静菲摸着她的小脑袋,甚是疼爱:"这才几个月不见,小宝越长越漂亮了,也长高了。"说着,便从带来的东西里挑出一个精致的纸盒子递到她的手里,道:"这是送给你的礼物,打开看看吧,也不知道合不合身。"

小宝打开盒子,盒子里是一件雪白色的西洋纱裙,她高兴得不得了。

"哇,好漂亮的连衣裙啊,上海的摩登小姐都是穿这个的吗?"

秦静菲点点头:"当然。"

小宝抱着那件衣裳,欢喜道:"那小菲姐姐什么时候能带我去上海玩,我好想去上海啊。"

"好啊,"秦静菲是打心眼里喜欢她,摸着她的两根小辫子道,"等你上完学,姐姐就带你去。"

小宝跳了起来:"真的吗?!"

"当然是真的。"

卢氏看着女儿抱着的那条裙子,再看这个甚是精美的包装盒,不禁心疼起来:"你一个人在上海不容易,别老给她买东西了,浪费钱。"

"我心里喜欢小宝呢,哪里就浪费了。"

"她呀,要被你惯坏了。"

等小宝抱着裙子跑开,秦静菲踱步到卢氏的身边,轻声道:"卢姨,一会儿,我想去后山看看。"

卢氏停住了手里的活,情绪亦有些低落,那个大火的夜晚,也是她不愿意提起的。

"也好,我陪着你去吧。"

"不用,我想一个人陪着他们待一会儿。"

月色凄寒,挂在夜空之中,一缕幽幽的银光照在一座冰凉的石碑上,碑上冰凉的几个字,时刻提醒着她,杀死父亲程宗耀和母亲李木子的那个凶手,至今还没有被找到。

她轻轻擦去石碑上的灰尘,眼眶中的泪水忽然就落了下来:"爸爸,妈妈,我真的很想你们。"

夜风很大,也很凉,泪痕被吹干了,眼泪又落下来。

"你们放心,弟弟很好,我一定会把他接回身边的。"

这里空无人烟,寂静的夜色下,只有她凄怆的抽泣声在回响着。

"可是,害死你们的那个混蛋我始终没有找到,我该怎么办。"

她不再是程家的大小姐,这十一年来,她就像个躯壳一样地活着,她是被留在人间的孤魂,她要掩埋心里所有的悲愤,在一个没有任何人在意她死活的世界里坚强着。

为了报仇,她已经做了许多她不愿意做的事,甚至与青龙会为伍,也要将那个人揪出来。她活着的意义只为做两件事,一件是找到那个她恨之入骨的灭门仇人,要他血债血偿;另一件就是把唯一的弟弟带回身边,让他永远地离开这个是非之地。

那么,她自己呢,她根本不知道究竟还能不能从这个漩涡中全身而退。哦,不,她是有归宿的,就在父母墓地的旁边有一块空白的石碑,那是她为自己而准备的,若这一生还能如愿回到父母亲的身边,或许就是她最好的归宿了。

阳光透过玻璃窗照进来,在她的身后形成了一道光晕。一切的人、一切的事,在她眼里是这样的冰冷,日子里闻到的都是干枯、绝望的味道。

按照渡边建一的指示,她的确应该有所行动了。

那天下午,秦静菲从家里出来,早早地就到了"不夜城",径直去到丁守财的办公室。

丁守财见她这般气势进来,心中一时间浮现出好几种猜测,于是小心翼翼又讨好般地问道:"怎么了菲菲,有事吗?"

秦静菲在他对面坐下来:"从明天开始,我不想再唱别人的歌了。"这便是秦静菲,她不爱绕弯子,永远这样直截了当。

丁守财被秦静菲突如其来的话弄得有些懵了,在他的理解中,秦静菲的意思难道是要离开他的"不夜城"吗?那他的财源不就断了?

"菲菲,是不是出什么事儿了,还是谁惹你不高兴了,怎么突然就不想唱歌了呢……"他看着秦静菲的脸色,揣测了片刻,又接着道,"不过唱多了确实会腻,成成成,要不你休息几天?"

秦静菲不禁笑了:"我不是这个意思,我是想要有自己的歌。"

丁守财听得是云里雾里:"是是是,只是不知道这'自己的歌'是指……"

"我要把韩孝俊韩大少爷写的每一首诗,都唱成歌,全部都唱成歌。"听秦静菲的口气,她并不是在与丁守财商量,而是已经决定了这桩事情。

一听得韩孝俊的名字，丁守财便来了兴致，这对"不夜城"而言必然是一件好事情，可是秦静菲为何突然会这样做，这让他很是不能明白。

"这是怎么了，怎么突然想唱自己的歌了，而且还是用韩大少爷的诗？"

"这个主意不好吗？"

丁守财竖起大拇指，讨好道："好好好，这真是太好的主意，我怎么就没想到呢，到底是咱们菲菲，就是不一样。"

秦静菲拨弄着头发，一圈一圈地绕在自己的手指上："那这么说来，丁老板是答应了？"

"答应啊，当然答应啊。"

"好，我想要请华安电影公司的音乐科科长亲自谱曲。"

这似乎并不容易，"华安"正是项雨浓所在的电影公司，这里头的音乐科科长怎么样也是有头有脸的人物。但秦静菲相信，以丁守财的人脉，一定可以为她办到这件事。

"可是，这费用，可不便宜呢。"

秦静菲似乎早就料到了丁守财会有这样的顾虑："费用就先从我的账里扣，不过只要那个人同意，我就可以为你赚到更多的钱。"

丁守财一口答应下来，他暗暗猜测，秦静菲之所以这样做是不是已经准备好要为争取韩孝诚而与项雨浓一较高下了呢。如果是真的，何乐而不为？

而他好像只猜对了一半。

7. 怀疑

夜上海，华灯初上，朦胧的灯光流转着绮丽。

"秦静菲要唱自己的歌"这件事情很快就在"不夜城"舞厅里传开。尹露向来嫉妒秦静菲，而在丁守财处处维护秦静菲的言行下，她的嫉妒也就越发明目张胆。

她本就急于出人头地，原本在南京的一家舞厅讨生活，十九岁的时候给一户大户人家做了姨太太，以为从此飞上枝头成了凤凰，却不想只过了一年的光景，就被那位厉害的正房太太发现，赶出了家门，南京那边的人几乎都知道这桩事，走投无路之下，她选择来到上海。

对尹露来说，上海是一片新的天地，那一年她才二十岁，有的是本钱重新开始。

可是秦静菲的出现却断了她崭露头角的机会，她总以为凭借她的金嗓，如果没有秦静菲，"不夜城头牌"这个名头一定会是她的。

正因为尹露与秦静菲的对立，"不夜城"舞厅里，就这样被分成了两派。

此刻，秦静菲有了自己的歌，在"不夜城"的地位更是不同一些，这叫尹露越发不能忍受。

"哼，真以为自己当上个什么'四小姐'就了不起了吗，肚子里明明没什么本事，非要学人家大家出来的小姐，去读韩大少爷写的诗词，我真是弄不懂她到底装什么呀，我就不信就凭她也能看得懂诗词这些个玩意儿。"尹露越说越恨，她心里知道，日后的自己更难与秦静菲比肩了。

但凡是嫉妒秦静菲的人，自然都成了尹露的那一股势力。

"就是嘛，她装什么装，不过识了几个大字，真当自己是做学问的人了。"

尹露冷笑一声，道："这你们就不懂了吧，她哪里是在显摆什么学问，她现在这么一唱，这些歌在上海滩一火，一传十，十传百，韩家大少爷不就能注意到她了吗？到时候，她就能一步一步往那木子花园里头爬了。"

身边的人笑起来："那位季少爷，她甩得掉吗？"

"季少爷这不是不在上海吗？再说了，她甩不了，有韩少爷帮她甩。"尹露回答。

众人这才恍然大悟："可不是嘛。打得多好的算盘，和她比起来，咱们哪能想出这样的主意来。"

"小菲姐不过是有几首新歌而已，你们若是想要有自己的歌，丁老板也会答应的，何必背后这样挖苦人。"林曼极少与她们说话，今日竟会为了秦静菲出头。颜丽丽轻轻扯了扯她的衣角，暗暗提醒她，别吃了亏。

尹露大抵是没有想到林曼这个平时闷声不吭的人竟为秦静菲说了话，但知道她素来是个老实人，也不便计较："小曼啊，你年轻，到底涉世不深，你那小菲姐目光远得很，她想要的呀，是你想都想不到的。"

"你们几个聚在一起又在胡说八道什么呢？"

"丁老板……"

丁守财立在门口，方才的话自然是逃不过他的耳朵的，一时间，围在一起的那几个人也就各自散开了。

尹露却是一点也不避讳的："咱们正聊着'四小姐'的新想法呢，猜一猜一会儿她准备唱韩少爷的哪一首诗呢？"

这样的情况已经不止一次，丁守财从来是向着秦静菲的，他哪会不知道尹露的小心思，所以直截了当道："嫉妒就是嫉妒，你以为菲菲跟你们几个似的，人家可是读过书的，还能说外语，再看看你们，一个个的，不求上进。"

尹露在自己的妆台前坐下来，在原本已经毫无瑕疵的妆容上又补上了一层："她想着法子给你赚钱，又能变着法勾搭男人，自然是一举两得。"

听着尹露这阴阳怪气的话语，丁守财知道她是有意挑衅，索性去到她的身边，低语道："我说露露啊，何必说这么难听的话，你要是真嫉妒，要不你也自己想个招，我一定替你办到。"

尹露知道丁守财这话是在嘲弄她，脸上挂着似笑非笑的表情，将手中的粉扑重重地扔在梳妆台上，起身离开了。

如秦静菲所愿，不过几天的工夫，她的"新歌"便在上海滩引来了空前的关注，带动起"不夜城"舞厅的客流自是不必说，更要紧的是，这样的做法果然引来了韩孝诚。

灯光扫过"不夜城"的每一个角落，丁守财一路小跑进化妆间，脸上是掩饰不住的喜悦。

"菲菲，菲菲，菲菲！"

35

相比丁守财，秦静菲则要冷静许多，她其实已经猜到了他要说的事，却依然问道："呦，什么喜事让丁老板这么高兴呀？"

就连一旁的颜丽丽也瞪大了眼睛，等着他嘴里的好消息。

丁守财兴奋地说道："方才，韩少爷来过了。"

"哪个韩少爷？"秦静菲问这话的意思是，方才来过的究竟是韩家的大少爷，还是韩家的二少爷。

"韩大少爷是个病秧子，他是一定不会到我们这里来的，方才来的自然是韩家的二少爷韩孝诚少爷了。"丁守财满面喜色，韩孝诚这个名字就是他的财源。

"原来是他呀……"秦静菲只装作一副无所谓的样子，她这样的反应让颜丽丽也有些摸不着头脑。

"不过，他坐了一会儿就走了，就是刚才你唱歌的时候。"丁守财道。

"走了？"

"是啊，刚走。"

秦静菲看着镜子里的自己，来来回回地描着眉毛，良久，她才反应过来，她已经下了舞台，该卸妆了。

舞厅外，冬日的夜风袭过，韩孝诚从"不夜城"的旋转门出来，只觉得身上阵阵的寒意。将近十点，街上行人稀少，为这份清冷增添了几分萧瑟。

陆永贵看了一眼他的神情，问道："少爷，这么晚了，您是去项小姐那里，还是……"

"回家。"话音落下，他已经坐上了车。

此刻，方庆生正坐在青龙会的办公室里，不停地抽着烟。对于陈子明留下的那条信息完全没了头绪。可以确定的是，当日，抓捕"螺旋"和"蜘蛛"的消息在青龙会人员出动前就已经完全走漏，所以，他根本不可能抓到人。

显然，青龙会中有内鬼。

而关于上海区洪门成员的那份名单又在哪里呢？渡边建一已经下令，必须在最短的时间内，找到这张名单。

钟声已经敲过了十二点，贺启楠路过方庆生的办公室，头往里一探："还没回去呢？"

"你不是也还在吗？"他便招了手，示意贺启楠进来。

"有什么事吗？"

"还不是陈子明，虽然是死了，可他留下的事还真不少呢，洪门的人若是一个也抓不到，咱们怎么办？"方庆生不停地抽着烟，同样的问题他已经问了自己许多遍。贺启楠是他最得力的干将，此刻坐在他的对面，可是也答不上来这个问题。

"现在我就是不想找也非找不可了，陈子明那个混蛋真他妈坑人，他供出来的东西咱们要是找不着，怎么跟渡边先生交代。"

贺启楠叹了口气，他揣测着方庆生的想法，然后用很婉转的语言帮助方庆生捋清了一件事情，洪门的人要他二人死，而他二人要杀洪门的人，现在又多出了寻找洪门上海区成员名单这桩事，要是找不到，到了渡边那边，他二人也是个死，他们就这样被夹在了中间。

方庆生的神情十分玩味，他当然知道，他们只是青龙会的杀人工具。

"哦，对了，"方庆生将手里的烟头掐灭，"还有个要紧的事。前几天街面上的兄弟收集到一条非常重要的情报，我也是昨天早上才知道。"

"什么事？"

"我们抓捕那天，有人看见韩孝诚的哥哥韩孝俊也出现在了'不夜城'舞厅的门口。"

对于这个情报贺启楠倒是不以为然："这不奇怪啊，我记得那天是康源百货开业五周年的大喜日子，去给自己弟弟捧个场，应该很正常吧。"

方庆生点点头："可是他没有进去，车子到了门口又开走了，你说这事奇不奇怪呢？"

"没有进去……"贺启楠重复着他的话。

"是啊，他为什么不进去呢？"方庆生看着贺启楠变化的神色，道，"我们不妨做一个假设，假设韩孝俊就是洪门代号'蜘蛛'的特工，那么当时一定是有人给他送出了暗号，让他赶快离开，否则我想不到更好的解释。"

贺启楠的背脊突然一阵发紧，他不禁调整了一下坐姿，脸上浮现出看似轻松的笑容，却极力地掩饰着他的内心："他是'蜘蛛'？这不太可能吧，一个豪门出生的少爷，没事写几首诗词哄女人开心还行，怎么可能是洪门的人呢？再说了，就凭韩家与江主任的关系，不会的。"

贺启楠似乎是在为韩孝俊打包票，方庆生意味深长地看着贺启楠，冷不丁地笑起来，道："听你这么说倒是很有道理，但是如果你把这件事情反过来想呢，他是大户人家的少爷，没事爱写几首诗词哄女人，不也正好伪装了他的身份吗？再有江主任这把保护伞，更是万无一失了。"

贺启楠不能一味地反驳方庆生的推断，他适时道："嗯，这样说起来，似乎有这种可能。"

方庆生十分满意自己的这个推测，他一直都坚信，韩家的每一个人都不简单，只是苦于没有证据："我记得你和韩孝俊都在日本留学过，你好像还是他的师哥，对吧？"

贺启楠微微一震，但他一点也不奇怪方庆生在暗暗调查自己，他与韩家的交情早在几年前就已经断了。

"对，在日本的时候，我们是同门。"

方庆生来了兴致："既然是师出同门，感情总是与别人不同一些的，如今又同在上海，怎么却感觉你们生疏得很。"

"我回国了，后来也就没有了太多的交集。"

贺启楠显然不愿意多谈这段往事，方庆生却继续追问："怎么，是出了什么事吗？你和韩家的大小姐是不是……"

贺启楠明白，方庆生一定已经调查清楚了他与韩家的关系，连许多年前的事都给翻出来了，难道他是怀疑什么吗？无论是怎样的，贺启楠都已经无法回避这些问题了。

"看来什么事都瞒不过你，确实，韩家大小姐曾经和我有过一段，但是，他的父亲不答应我们在一起，所以还是分开了。"

方庆生又点燃一支烟，饶有兴致："难怪呢，为什么呢？"

"因为我在日本的时候，就已经倾向于加入青龙会了。"

方庆生吐了一口烟，笑起来："哦，原来是这样。"

贺启楠显然不想再继续这个话题，他看了看手腕上的表，然后站起来，目光落在桌上烟灰缸里数不尽的烟蒂上，道："我回去了，实在犯困了，你呀，少抽。"

"回吧，表该换了。"

"舍不得。"

方庆生目送着贺启楠离开，直到听不到他离开的脚步声。他们共事已久，贺启楠不仅是他最好的帮手，更是他的兄弟，他帮他赚钱，为他卖命，为什么会怀疑到他呢？他没有理由怀疑贺启楠，也不应该去怀疑他。

8. 孤儿

舞池里，裙摆飞扬间，总是带着勾人心魄的无限魅惑。男人们在一个个娇媚女子的莺莺燕燕中迷失自我。这就是"不夜城"的浮华与奢靡。

就在秦静菲的计划得以顺利进行的时候，季泽文突然从天津回来了，他的出现，让几乎已经将他完全淡忘的秦静菲再一次绷紧了神经。

季泽文是上海滩上出了名的浪荡公子，他是原国通银行行长季闵衡的儿子，去年，季闵衡突发心脏疾病，猝死在了酒桌上。大树一倒，季家再无往日光景，如今的季泽文只和他一无所能的母亲守着巨额的财产浑浑度日，也因这笔财产，他成了青龙会眼中的"香饽饽"，而他并没有发现自己仅存的价值不过是因为那笔钱罢了，反而以此为豪，以为有了青龙会这个靠山，便能执掌上海滩了，或许连韩孝诚也要在他之下了。

借着化妆间这会儿正没人，他从西服的内侧袋里拿出一个锦盒，看着梳妆镜里的秦静菲。那张精致艳丽的脸庞，早就把他迷住了。

"打开看看吧。"

秦静菲打开小锦盒，里面躺着一条澄澈透亮的水晶坠金链子，她不免露出一抹诧异："送给我的？"

"当然。"

秦静菲轻轻合上那只锦盒，又推回季泽文的面前，道："无功不受禄，这么贵重的东西我可要不起。"

季泽文看着镜子里的秦静菲，这样撩人心弦的女人，却没有把心放在他的身上，实在让他恨得牙痒痒。

而此刻更让他大为光火的是，秦静菲对自己这样的态度，莫非他听到的那些传言是真的。

"你不会是真的勾搭上韩孝诚了吧？"

见秦静菲不回答他的话，季泽文越发肯定这个传言了，心中翻涌起一阵怒意。

"真是了不得，我不过去了趟天津，就发生了那么多事，你就这么着急攀上韩孝诚吗？"

"关你什么事？"

秦静菲尽可能地躲开他，季泽文却装作浑然不知的样子，越发地凑近："关我什么事？我的心思你难道不知道吗？"

"当然知道啊，季先生对所有的女人不都只有一个心思吗？"她那一抹清丽的嗓音里，却带着讽刺的意味。

"可我对你从来都是不一样的，我说过，只要你点头，我随时都可以娶你的。"季泽文撩拨着她耳边的几缕碎发，接着又问道，"听说韩孝诚给你解了围，这事是真的？"

秦静菲甩开他的手，也不说话，但几乎就是默认。

"真是够可以啊，陈志卿那个书呆子追着你不放也就罢了，连韩孝诚你也勾搭上了，说给我听听，究竟使得什么手段？什么时候，你才愿意把这些手段用在我身上呢？"

秦静菲微微侧过头，与他保持着距离："我可没那样的本事，更没那样的兴致。"

"韩孝诚要是知道你是我的女人，你看他有没有胆量跟我抢。"季泽文的不自量力，正是导致他引来诸多轻蔑目光的根源。

此刻的秦静菲早已是怒火狂燎，她最恨听到这样轻薄的话，却忍着不能发作："季先生什么时候变得这么爱开玩笑了？"

季泽文认真道："我没有在和你开玩笑，他怎么能跟我比呢，他靠的是他老子。"

"是吗？谁不是呢？"

他被秦静菲轻蔑的眼神引得气愤又难堪，各种滋味都杂糅在了一起，所以迫不及待地想释放，他抓起她的手腕道："我不靠我老子，我就是老子！"

"季老板，您太激动了，您捏疼我了。"

秦静菲试图挣脱，却不能够。

他发狠道："我告诉你，他休想得到你，否则，我可是什么事情都做得出来的！"

"季……秦……秦小姐……"

林正是听到里头的动静以后忽然推门而入的，季泽文在惊愕之余终于松手："谁让你进来的！滚出去！"

若不是见到此刻秦静菲正向他使眼色，林正差一点就直呼出了季泽文的名字，然后大打出手。他咬着牙，握紧的拳头没有挥出，完全是给秦静菲留着面子。

"前头，该秦小姐上场了。"

秦静菲终于脱开了他："不好意思季老板，失陪了。"

弄堂里，几户人家还亮着微弱的灯光，零星落在窗上，一点一点地晃荡着，是一种略带睡意的亮。

黄包车夫一刻不停地拉车赶路。

"秦小姐，您今天好像很不高兴。"林正犹豫了许久，终于问出了这句话。

"我吗？"秦静菲似乎是在想着什么，尚未回过神，"我没有不高兴啊。"

林正不敢看她："要是……要是您心里有什么委屈的话，您就告诉我，我如果不能为您出气，您拿我出气也行。"

柔和的月色打在她的侧脸上，她浅浅地笑着，这世上还从来没有人对她说过这样的话。

"有的时候，我心里是真心羡慕林曼和林好的，她们能有你这样一个好哥哥。"

"我……"林正忽然就不好意思了，"我哪里算得上什么好哥哥……

我……我其实也可以保护你的。"

林正不禁为自己叹一口气,这样好的一句话,他怎么就说得支离破碎。

秦静菲笑了:"我知道你是不放心我,放心吧,他欺负不了我。"

"那个姓季的小子先前就总缠着您,我都烦他了,要不要我去帮您打发了他?"寂静的夜里,林正的声音显得异常温厚,正好安抚了秦静菲刻意隐藏住的焦虑。

她是需要人来保护的,可是她已经习惯了孤独。

"不用,对付他这样的狗皮膏药得用别的法子,我自己能处理好的。"

林正轻哼一声,他打心眼里瞧不起季泽文:"这个混蛋东西还敢和韩少爷相比,上海滩上,但凡是受过韩氏商会恩惠的,谁不是打心眼里佩服韩少爷,他呢,一个草包也想当老大,连我都瞧不起他。"

秦静菲微微诧异:"怎么,听你这话,你也很佩服韩孝诚?"

若在平时,林正的话是不多的,今晚倒是奇怪,滔滔不绝地说了许多。

"当然,要是放在二十年前,别说是跟韩泽鸿韩老爷比,就是跟程宗耀程先生比,韩少爷也未必会低一等。"

"他能有这么好?"秦静菲疑惑道。

林正目光坚定,道:"反正,我这辈子要是能跟着韩少爷做事,也就值了。"

这大概是男人的世界,秦静菲完全没在韩孝诚身上看到林正说的那些好处。她忍不住要问:"他在你的眼里,究竟是什么样的人?"

"他是好人,是条汉子。"

林正想起了三年前,带着两个妹妹刚到上海的时候。他很快在码头谋了一份扛包的差事,为了多赚一些钱,即便身上带着病也依然坚持,直到在码头晕过去。这样的小事本不会传到韩孝诚那里,可恰巧,这一幕就发生在他的眼前,见有人在日头下晕过去,他嘱咐手下将林正送去了医院,又给了一些钱。此举于韩孝诚只是多一句吩咐的事,于林正却是大恩。

秦静菲渐渐感到看不透这个韩孝诚:"男人的世界我可不懂,我只是没想到，他一个纨绔子弟，竟还做过这样的好事。"

晚风轻轻地拂过，撩起她脸颊边的一缕碎发……

这是一座在上海不多见的欧式建筑，尖尖的楼顶子和蔚蓝天空中飘着的朵朵白云相纠缠，即使是风吹过这里，也会变得温和清新。

秦静菲的公开身份是"不夜城"的"四小姐"，也是这所孤儿院的义工，但这个身份不过是她用来伪装的。

在这样一个世事纷扰的岁月里，唯有这个地方始终单纯干净，安抚着人们疲惫的灵魂，洗涤一切的罪恶。她看着那些嬉戏玩耍的孩子，唇边不自觉地扬起平静的微笑，她虔诚地祷告着，但愿这群孩子的生活可以安宁、自在。

"小菲，你可来了。"伊娜迎上去，又见秦静菲身后同来的陈志卿，"陈少爷也来了。"

伊娜是这所孤儿院的主任，法国人，她远远地就看到了他们。

陈志卿斯文地推了推眼镜，笑道："其实，我今天是特意陪着小菲来的。"

伊娜殷勤地上前拉着秦静菲，道："许久不见你们两个人一起过来了。"

"是我最近太忙了，没有过来看他们。"

"孩子们正在吃午餐，要不要跟我去看看他们？"

陈志卿才要答应，秦静菲却抢先了一步："不了，一会儿孩子们就该午睡了，我们就不进去打扰了，小宝还好吧？"

和这个孩子的缘分，结在五年前的一个冬日，一阵孩子的啼哭声引起了秦静菲的注意，她小心翼翼地抱起被人丢弃在桥下的那个孩子，轻轻地摇晃着，片刻之后，啼哭声竟然停了下来，两颊冻得通红的孩子沉沉地睡了过去，小嘴不时地咂吧几下。秦静菲愣愣地看着这张不识愁滋味的小脸，孩子的手里紧紧握着一把钥匙，应该只是一个装饰品，蜡烛包里还有一封信，可以肯定的是，这个孩子已经被遗弃了。她想起了她的弟弟欢欢，甚至还想着要不要把这孩子留在身边，但显然，她不能。

"你是知道的，这孩子的身体总是差一些。上回，在你那里住了几天回来以后，天天惦记着以后就跟着你，不回来了呢。"伊娜笑道。

听过这番话,秦静菲心里不由得欢喜起来:"过些日子我再来接她去我那儿住几日。"

"真是不明白,你怎么会这么喜欢小宝这孩子?"伊娜道。

秦静菲摇摇头,那好像是一种说不清道不明的缘分:"我也不知道,大概是一种缘分吧。"

天空很清晰,清晰到让人误以为脚下的这片土地是不是也很空旷。

陈志卿执意要送秦静菲回家,她不好再拒绝。

只是两个人一路无话,他几次想要开口,却见她始终心不在焉。从相识的那一天起,陈志卿就情不自禁地想要靠近她,可是秦静菲的笑意盈盈下总是刻意与他保持着距离,他看得出她心里郁结着许多心事,也许是委屈,也许是秘密,他很想听她说,可是她却从来不愿意提起,也或者,是不愿意跟他分享。

9. 规矩

清晨,阳光穿过薄雾洒下来。木子庄园内,已经忙碌开来。

韩孝慧三十岁的生辰就在这一周,韩孝诚吩咐了,整岁的生日一定要大办的。所以这期间的大小事宜,他都要亲自过问。

庄园内都在为生日宴而忙碌,是少有的热闹。陆永贵急匆匆穿过长廊往小客厅跑去,他的脸色极其难看,因为出了大事。

"少爷,咱们酒庄新进的一批酒不见了。"此刻,陆永贵的心跳极快,他全身都冒着汗,这批酒丢了,可不仅仅是钱的损失。

韩孝诚脸上飞快地闪过一丝讶异,但很快就恢复了常态:"不见了?"

"码头的人说已经被提货的人提走了,可是我们的人去的时候,并没有提着货呀。"陆永贵道。

韩孝诚坐下来,沉默了一会儿,说道:"看来是有人存心要为难我。"

陆永贵放低了嗓音，像是怕惊了谁似的："那些酒倒是小事，只是货里头……万一是青龙会干的……咱们怎么办？"

"如果是一批酒全被劫走……"韩孝诚思量了片刻，肯定道，"知道我们从码头提货时间的人不多，一定是家里出了内鬼。"

陆永贵琢磨着他的话："那……"

韩孝诚的眼神中飞快地闪过一道光，他敛下双眸，正在酝酿着处理的办法："抓内鬼这事先不着急，外头的局势先要稳住。"

"我明白的。"

韩孝诚似乎依旧觉得不妥，片刻后，又嘱咐道："咱们丢了东西，如果不去找，一定会被人怀疑的，所以，马上以大姐的名义光明正大地查这批酒的下落，就说大姐寿宴上准备的酒被人劫走了，然后再告诉巡捕房一声，让他们帮着一起查。"

陆永贵又一次佩服着韩孝诚的沉稳："知道了。"

"还有，"韩孝诚踱步到窗台前，此刻他已经有了一个好主意，"这件事情应该与青龙会无关。等到中午的时候，你让街面上的兄弟们放话出去，任何的酒庄敢接下这批酒，就是和我韩孝诚过不去。无论是谁干的，我得让他知道，他捧着的是个烫手的山芋，脱不了手。"

"好，我都记下了。"

韩孝诚才吩咐完话，便听丫头说韩孝慧醒了，正在餐厅等他吃早餐，他的表情尽可能地放松下来，心中仍盘算着，直觉告诉他，这件事是有人故意冲着他来的。

按照韩孝诚的吩咐，到了第二日中午，韩家被人劫酒这桩事已经在大半个上海滩传开了。虽说对他的酒庄而言失了一批酒不算是一件大事，但对旁人来说，只要是木子庄园里的事就都是大事，所以一时间，又多了一份谈资，并纷纷猜测，以韩孝诚往日的手段来看，那个人一旦被揪出来，必没有好下场。

事情虽然已经是闹得满城风雨，巡捕房派出的人也不过是在场面上做做样子，一切有价值的调查都只在暗中进行，韩孝慧的生日宴还是要照常进行。

"不夜城"如往日一般灯火通明，悦耳的歌声从里头传出来，连卖花女都听得入迷。

"哎呦,陆先生,您可真是稀客呀,"丁守财将陆永贵引进去,他嘴上虽是这样说,眼睛还是不由自主地往陆永贵身后瞟了一眼,然后忍不住问道,"韩少爷怎么没有和您一块儿来呢?"

陆永贵坐下来,没有了韩孝诚,他倒是多了几分气场:"我们少爷哪有这么多闲工夫老上你这儿来啊。"

"是是是,我听说,韩少爷丢东西了?"丁守财问道。

陆永贵没好气地看向他:"丁老板什么时候这么不懂规矩了,这是你该问的事儿吗?"

丁守财顿悟,轻轻打了几下嘴:"是是是,该打嘴,打嘴。"

陆永贵端起眼前的酒杯,抿了一口:"我来呢,也是有个要紧的事与你说。"

丁守财瞬间提起了兴致,陆永贵吩咐的要紧事,自然也就是韩孝诚吩咐的要紧事。

"您尽管吩咐,我一定办好就是了。"

陆永贵很是享受这样的待遇,他拿了根烟咬在嘴里,果然,丁守财便立刻取了火为他点上。

"是这么个事儿,我们大小姐就要过生日了,二少爷准备亲自操办,当然了,也是想借这个机会好好地热闹热闹,哄大小姐高兴。"

这对丁守财而言,自然又是一桩能赚钱的好事:"是是是,韩少爷实在是有心了。"

陆永贵接着道:"所以,想请你这'不夜城'里的两位小姐在我们大小姐生辰当日,去府里唱几首歌,你看……"

"好啊,当然好啊,只不过……"丁守财才答应下来,复又小心翼翼地问道,"这是韩少爷的意思吗?"

陆永贵霎时懵了:"怎么,不是咱们少爷的意思,丁老板还不愿意吗?"

丁守财知道自己问了蠢话,向来,陆永贵的意思不就是韩孝诚的意思吗?只是,像韩大小姐寿宴这样的大事,竟找上了他,难道……

此时,他心头只有一个人的名字,秦静菲。

原本，木子庄园的差事找上门对丁守财来说简直是天大的好事，只是若没有秦静菲出席，恐怕会拂了韩孝诚的面子，这就叫他头疼了。

秦静菲早就与他约法三章，第一，不陪客人喝酒；第二，每晚只唱两首歌，任何特殊事情她都不会加唱；第三，也是最重要的一点，她拒绝出场任何形式的堂会，所以，她又怎么会答应去木子庄园呢。

化妆间的姑娘们在听说能有机会去到木子庄园亮嗓时，个个都兴奋得仿佛能够去的人几乎就是自己了。

"韩少爷到底是韩少爷，回回都是大手笔，上回项雨浓过生日的时候，那个舞会办得可是相当体面的。"颜丽丽道。

尹露接过颜丽丽的话，又酸道："人家可是将来韩家的二少奶奶，能不体面吗？"

"唉……"丁守财叹了声气，他瞥了一眼秦静菲，听着她们议论的这些甚是无用的话，心里越发没了主意。

"丁老板，你叹什么气啊，这是多好的事儿啊。"颜丽丽道。

丁守财扫了一眼那一张张在妆容的遮盖下甚是妖艳的面孔，极是烦躁："好事儿？看看你们这一个个的，都好好看看，哪一个我能拿得出手！还多好的一件事情，真是愁死我了。"

颜丽丽率先不乐意了："韩少爷能上咱们'不夜城'来挑人，那就证明，咱们姐妹几个谁都能拿得出手啊。"

丁守财翻了个白眼，再次偷着瞧一眼秦静菲，又道："人家韩少爷可是点了名的，要咱们'不夜城'最顶尖的，韩大小姐的生日宴，那可是彰显咱们'不夜城'门面的事儿，你说是不是啊菲菲？"

秦静菲没有接话，尹露终于恼了，摔下手中的化妆盒，开口便没好气："说了半天我算是听明白了，丁老板就是瞧不上我们几个呗。"

丁守财轻哼一声，完全没有在意尹露的态度，见秦静菲仍不动声色，他觉得反倒是机会："菲菲，你说这事儿，我还真是不好办呢，韩少爷怠慢不得。"

"丁老板，你是知道的，我做事向来有我的规矩，"她忙着化妆，只看着镜子里的自己，"不过这回嘛……"

丁守财愣了片刻，他误以为自己是不是听错了，他已经准备好了一肚子用来说服秦静菲的话，似乎都用不上了。

"这回如何?"

秦静菲目光转向丁守财,脸上没有一点特别的表情:"这回我去就是了。"

丁守财完全没有想到秦静菲这样爽快地答应了,他兴奋地来到她身边,复又确认了一遍:"你真答应去了?你不是向来不喜欢和那些达官贵人打交道吗?"

"上回是韩孝诚帮我解了围,这回就当是我谢谢他吧,也算是帮您丁老板一个忙。"秦静菲道。这个借口倒是十分理所当然。

一颗定心丸到手,丁守财自是欢喜:"那就太好了!"

见秦静菲这样爽快,尹露反倒是不自在了:"其实,倒是不必让小菲这样为难的,姐妹们可以去韩府唱啊。"

丁守财知道尹露的用意,他忍不住白了她一眼,生怕秦静菲因为她的话而反悔:"既然菲菲愿意去,自然是再好不过的事了,那就定了菲菲去。"

"这样吧丁老板,"秦静菲道,"不如让林曼和我一块儿去吧,也好有个照应,你看好不好?"

林曼听秦静菲要带她去木子庄园,心里自然很是愿意,她在意的不是与那些达官贵人接触的机会,而是去这样的大户人家,红包一定是少不了的,她需要这些钱。

"好啊,我跟小菲姐一起去。"林曼道。

化妆间的姑娘们渐渐散开,秦静菲也就罢了,她们不服的是林曼也能占这样的好处。

得偿所愿的丁守财哪顾得上她们,欢喜道:"太好了,我这就派人去韩府说一声,到时候就让小曼和菲菲一块儿去,好好见识见识去。"

10.端倪

午后,缕缕细碎的阳光透过树叶的缝隙,照在整洁的地面上,冬日的上海难得如暖春一般惬意。

这一天，林正才替丁守财办了事回来，见着了林曼就是一顿数落，他从丁守财那里听闻了林曼要去木子庄园的消息，不免生气，又顾及这话让林好听见，所以极力地压低嗓门。

"这事儿你怎么也不跟我商量就自己决定了！你平时不是不喜欢和那些达官贵人打交道吗？"

林曼对于林正这样的反应反倒有些惊愕："怎么去不得，再说了，是小菲姐要我一块儿去的，正好去见识见识那个庄园，整个上海滩，有几个人能进到那里头去。"

这番话叫林正越发觉得不可思议，秦小姐也会去？这怎么可能呢？

卸下了夜生活里与灯红酒绿相配的浓妆艳抹，林曼包揽了家里所有的活，才一会儿的工夫，洗完的衣裳已经晾满了两根竹竿，她边与林正说着话，边用力扯平衣服上的褶子。

"怎么不可能，小菲姐亲口答应丁老板的。"

一听这话，林正的口气渐渐软了下来："那我得送你们去，结束以后再接上你们一块儿回来。"

林曼忍不住笑了，哥这样的警惕实在是多余了。

"韩家这么大的一户人家，一定会派车送我们的，哥你又何苦受这累。"

"必须是我送你们，韩家这样的人家太复杂了，这回要不是看秦小姐的面子，我才不会答应让你去呢。"林正跟在她身后唠叨个不停，那些达官贵人的聚集地在他看来，总是不单纯。

林曼停下手里的活，玩笑道："哥不是向来敬重韩家那位二少爷嘛，整日想着要跟人家做事，我怎么就不能去了，而且啊，这回给的钱可多了，顶我在'不夜城'唱半个月的呢。"

"我是我，跟你不一样，我能做的事，你也能做吗？"

林曼终于不耐烦道："好啦，我知道啦，你要送就送呗。"

不等林正说话，林曼已经收起了地上的盆子，往屋里去了。

不过两日的工夫，韩孝诚便收到了一封匿名信，信里一开头就提到了他丢失的那批酒的事。

陆永贵不得不再一次佩服韩孝诚的智慧,事情的过程几乎全都被他预料到了。

"少爷,您瞧,果然有人悄悄送来了帖子,请您去世纪饭店见面呢,咱们的酒终于有下落了。"

韩孝诚只瞥一眼陆永贵递上来的信,冷笑一声,道:"撕了,不去。"

"撕了?"

韩孝诚至少可以断定,劫酒的人已经害怕了,却又不敢销毁,那也就证明酒箱里的东西暂时没有被他们发现。

"现在是我不着急,他们倒急了,我偏不让他们好过。"

"少爷高明,时间越久他们就越按捺不住。"

韩孝诚看着窗外的景色,笃定道:"这层窗户纸,这一两天也该捅破了吧。"

是夜,季泽文终于急了,他本是抱着看笑话的心态做一个旁观者,却怎么也没有想到韩孝诚的酒竟是他手底下的人抢来的,就算他先前不知情,如今也是百口莫辩,韩孝诚若要算账,当然是找上他。

而如今,送去的信没有任何的回音,他果然开始害怕了。

"看看你们做的好事,抢人家东西的时候,你们动脑子了没有,现在想还回去?人家不给你机会了!"

顾三儿自知闯了大祸,低声下气道:"少爷,我们原本只想教训教训他的,没想到韩孝诚为了这些酒竟然这么不善罢甘休。"

"你们一个个都长本事了!敢自己动手了!而且惹的还是韩孝诚!"季泽文每说一句,便用力一巴掌打在那群人的脸上。

"我这不是想给您出口气吗,连那个'四小姐'也被韩孝诚拐跑了,兄弟们实在是忍不了。"顾三儿道。

季泽文一脚踹在他的身上:"你有没有脑子,这事能对他有什么大损害吗?你一耙子打不死他,只能让他以后对我们下手更狠!"

季泽文当然是要对付韩孝诚,恨不得此刻就要了他的命,可他还是有自知之明的,他需要借助更大的力量才能办到这件事。他现在害怕的是因此事激怒了韩孝诚,还没来得及获利,反倒吃了亏。

"带我去看那批酒!"

仓库里藏着的便是韩孝诚的酒,季泽文想了无数种办法,却依旧无路可退,似乎毁了这批酒才是最好的办法。韩孝诚没有了证据,又能奈他何?

"把箱子全都给我打开。"

季泽文一声令下,众人一阵忙开,将所有的木箱子全部撬开。果然,里头装着的全都是法国进口的上好红酒,每箱共六瓶酒,一共一百三十箱。

手下按照季泽文的吩咐,将所有的酒从铺满了稻草的木箱子里取出来,杂乱地堆放在一起。酒全都倒了,酒瓶砸了,木箱烧了,一切神不知鬼不觉,应该就是这样。

可在此过程中,让季泽文万万没有想到的是,摆酒的箱子里,竟然翻出了奇怪的账本。

"这账本太奇怪了,上边圈圈画画的,写的什么呀?"季泽文将账本递给顾三儿,"你看得明白吗?"

顾三儿连着翻了几页,发现每一页上都有用红笔圈出的数字,然后在空白面,又写下了一个数字,他不免猜测,这或许是暗号一样的标记。

"暗号……"顾三儿的话提醒了季泽文,他沉默了良久,忽然合上了手里的账本,大笑起来,像是某种胜利到来前的兴奋。

"韩孝诚啊,韩孝诚,我给你脸你不要,那就别怪我不客气了。"

这个时候,他第一个想到的便是赵显明,这是天赐的良机,他要彻底击垮韩孝诚。

韩孝慧生日在即,他的时间所剩不多,连夜赶去了赵公馆。

对于季泽文的突然到访,赵显明并不怎么欢迎,他们的交情仅仅是建立在金钱的基础上,除去这一层关系,季泽文其人是无论如何也入不了赵显明的眼的。季泽文似乎也是知道这一点的,所以开门见山便将此事说明了。

"手下的人是想为我出头,本意不过是想搅了他大姐韩孝慧的生日宴,再让他的酒庄亏一笔钱,可谁能知道,"季泽文压低了嗓门,"这酒里头有大文章。"

赵显明一怔，倒是听出了一些端倪，也大抵猜到了季泽文接下来会做什么，他很乐意看场好戏。

"你怎么就这么容不得韩孝诚呢，可别瞎说。"

赵显明这话说得实在是不真心，季泽文自然是容不得韩孝诚，难道赵显明能容得？

"难道您就能容得？"季泽文意味深长地紧盯着赵显明，"当年韩泽鸿有多威风您比我清楚，上海滩繁华了多少年，他韩泽鸿就混了多少年，如今韩孝诚的野心更大，无论是谁的场子，他的手都能伸到，这样的地位，谁不想取而代之。"

赵显明心虚地笑起来，道："怎么，你也想吗？"

"赵爷不想吗？"

"可他韩孝诚能让人心服啊。"这句话究竟是不是真心，恐怕也只有赵显明自己知道了。

"您服不服他我不知道，反正我不服！"

季泽文早已看透了赵显明，他嘴上这样说，心中的野心早已昭然若揭。

"您说，我现在把这酒还给他，他会怎么样？"

赵显明的神色如常："拿来容易还回去难，韩孝诚会这么轻易咽下这口气吗？"

季泽文忍不住笑起来，他很少有这样的胜算："这酒只要还回去了，他这口气还能不能再喘出来倒是个问题了。"

赵显明淡淡地笑了一声，虽然季泽文的打算他还不清楚，可就凭这句话已经足以勾起他的兴趣："这话怎么讲？"

"我在酒里找见了一样东西。"

赵显明显然对这桩事的来龙去脉还是很感兴趣的："哦？什么东西？"

"一本账本。"季泽文拿出了账本，递到了赵显明的眼前，"您翻开仔细看看，这上头可有什么不妥？"

赵显明不过翻了几页，便道："并无不妥之处啊。"

这便是赵显明的聪明之处了，他当然一眼就看到了账本上那些圈圈画画不明所以的标记以及每页空白面上一个奇怪的数字,这应该是一种暗号,可这句话不能从他的嘴里说出来,季泽文若是扳不倒韩孝诚,他说过什么,做过什么,将来都是握在韩孝诚手里的把柄。

季泽文翻开有红色标记的那几页:"明爷没发现这些红色的圈圈吗?"

赵显明轻轻一笑,不以为然:"这又能说明什么呢?"

季泽文微微勾起嘴角,依然觉得他的计划万无一失:"这上头圈圈画画的肯定是暗号吧,您是不知道,洪门的人传递消息的手段可多了去了,这事要是报告给了青龙会,韩孝诚岂不是死定了?"

赵显明倒吸一口气,脸上却依然不动声色,端起面前的茶杯,喝了一口:"你怎么就肯定,这东西是洪门传递消息的铁证呀?"

"在我手里这当然不是铁证了,可是到了青龙会,他们自然有办法把这东西变成铁证呀,韩孝诚是他们的眼中钉,这正是他们拔了他的好机会。"季泽文分析道。

赵显明一怔,他完全没有想到季泽文会有这样的胆量和脑子,竟欲利用青龙会来扳倒韩孝诚,从前当真是小看他了。

"你今日来找我,心里一定是都盘算好了吧。"

季泽文得意道:"把这酒给韩少爷送回去,只要他承认这酒是他的,可就脱不了干系。待青龙会的人抓他个现行,到时候,明爷您该怎么做,不用我说了吧。"

赵显明既没有答应,也没有不答应。他权衡着两边的势力,若是这一次真能将韩孝诚一举扳倒,自然是再好不过的了。可是,他不愿意将这一注押在季泽文的身上。

11. 庄园

这一天,霞飞路上的"木子庄园"内,热闹非凡。

康源百货公司开张五周年余热未散,又正值韩家大小姐韩孝慧三十岁的生辰，两个大日子撞在一起，可算得上是双喜临门了。

通亮的豪华欧式建筑在冬日的夜里闪耀着炫目的华光。整条街上聚集了达官贵人、政商名流，车来车往间，彰显着韩氏在整个上海滩的人脉关系。

再看眼前这栋非同一般的欧式花园别墅，对寻常人来说，就连在梦里，都是遥不可及的天堂。那浪漫与庄严并存的气质，尽显雍容华贵之感，若不是亲眼所见，又怎能这样真切地想象出它的金碧辉煌。

庄园内厅，顶上九盏水晶玻璃制成的大吊灯被统统打开，将视线所及之处照得金碧辉煌，周边无论是大理石柱、窗框、塑像，从上到下，尽是色泽斑斓，光彩照人。

这里早已站满了身着华服之人。当然，也只有这样的人才能与之交相辉映。

大厅的两边是两条回旋的红木雕花楼梯，永远是一尘不染的，像两条盘龙似的环在大厅，通向二楼。

随着礼仪队演奏的音乐，主人已经从楼梯上款款而来。

秦静菲由管家引着进去，她四顾一圈，竟有一种恍若隔世的感觉，不禁想起十几年前，父亲程宗耀为她在这里操办十岁生日宴时候的光景。

这么多年，她终于回"家"了。

"木子庄园"本是秦静菲的父亲程宗耀为其母亲李木子而建，所以依着她母亲的名字将庄园取名"木子庄园"。那场大火将整个园子烧去大半，后由韩孝诚的父亲韩泽鸿买下，进行了大规模的翻修，不仅恢复了原貌，连名字也不曾改。

"承蒙各位挚友光临寒舍，孝慧不胜荣幸。"

话音响起，将秦静菲的思绪从回忆中拉了回来。

"多年以来，我们韩氏商会深受诸位前辈、好友的支持与厚爱，在此，孝慧向各位前辈们谢礼。"

韩孝慧领着韩孝俊、韩孝诚及韩孝茹兄妹几人，深深鞠了一个躬。一阵掌声过后，她又接着说道："今后，仍是要与各位同舟共济，一同开创新局面。"大厅内的掌声一浪盖过一浪。

韩家的轶事向来是坊间茶余饭后的谈资，一手缔造了韩氏商会的韩泽鸿，十四岁时被继母赶出家门，为了生计，独自一人闯荡上海滩，先是给一家五金商号当了学徒，他聪明，学到了不少手艺。大概十来年的光景，商号老板突然病重，妻子又走得早，只留下一个女儿，于是便做主与韩泽鸿配了婚，名正言顺地把这家五金商号留给了韩泽鸿，心事了却不久后便撒手人寰。此时，二十多岁的韩泽鸿一心想把摊子再做大一些，他用自己多年的积蓄，再加上向这些年打拼认识的一些讲义气的朋友凑的钱又开出了第二家五金商号。之后的韩泽鸿一改以往的经营法则，专营建筑所用的大五金。所以店小生意大，不到五年的时间，生意越发红红火火。韩泽鸿由此掘了"第一桶金"，一时间新贵崛起，在上海滩成了新闻，引来了不少关注，同时也给他带来了更大的商机。那时的他才三十三岁。而韩泽鸿这个名字，算是在上海滩叫响了。

几十年后的上海滩，韩氏商会一家独大，这是当年的韩泽鸿意料之外的。

花园里比大厅更热闹，树梢间结着彩灯，如繁星般大放异彩。

夜幕之下，客人们端着酒杯互相问候，像这样的场合，到场的无一不是非富即贵之人，多结识一个朋友，将来便多一份好处，谁都不会错过这样的机会。

到来的宾客已经让韩孝诚应接不暇，而此刻，陆永贵引进来的这个人，更是叫他头疼。

"孝诚！"

韩孝诚应声回头，迟疑片刻后，脸上立刻堆满了笑容："呦，婉仪，志卿，你们来了。"

陈志卿和陈婉仪是亲兄妹，母亲在早几年前就去世了。父亲陈应雄如今经营着富泰粮油，俗话说"民以食为天"，陈家自然是赚得盆满钵满。而说起陈应雄当年的发迹，几乎是一夜之间的，他不愿谈及过往，所以甚少有人知晓他的过去，也许若是详说，也会是个传奇人物吧。

陈家与韩家的交情已近十多年。诸人眼中，韩、陈两家等同于是一家，联姻是迟早的事，而两家一旦联络有亲，将来在上海滩的势力更是不容小觑。

陈志卿礼貌地与韩孝诚打了招呼，他二人甚少来往，所以不免有些生疏。倒是陈婉仪，眼神早已经全部落在了韩孝诚的身上。他穿了一身银灰色的西装，干净、英气，衬得他原本就很修长的身材更为挺拔，他的头发整整齐齐地梳着，嘴角勾着一抹浅浅的笑站在她的面前。在陈婉仪的眼里，他的笑容，他的殷勤，他所有的一切都是给她一个人的。

韩孝诚不禁向兄妹二人的身后扫了一眼，却不见陈应雄的身影："怎么不见陈伯伯一起过来？"

陈婉仪满心欢喜，十分自然地挽上韩孝诚的臂膀道："爸爸早上出门的时候说，晚上要迟一些时候再过来。"

韩孝诚温和道："好，那一会儿我亲自去门口迎接，也有好些日子不见陈伯伯了。"

这一刻，站在韩孝诚身边的陈婉仪，早已经将心中所有的埋怨全都抛之脑后，那些风月场上的女人包括项雨浓，都不过是韩孝诚身边的匆匆过客，她才是他必然要娶的人。

想到这里，陈婉仪挽紧了他的臂膀，不愿松开："今天这里布置得这么好看，不陪我转转吗？"

韩孝诚完全是出于绅士，应道："好啊，请吧。"

二人辞了陈志卿，便往宾客中去了。

不远处，韩孝茹见韩孝诚与陈婉仪正在一起，立刻迎上来，拉着陈婉仪，开口便是捉弄二人的玩笑："呦，难怪找不见我二哥呢，原来是二嫂来了呀。"

陈婉仪听孝茹这样称呼自己，心中不免甜蜜，忽然就羞红了脸，道："你这丫头又胡乱开玩笑了，谁是你二嫂？"她忍不住看了一眼韩孝诚，他的脸上没有什么特别的表情，似乎也不介意韩孝茹称她为"嫂子"。

韩孝茹见她这样的情状，越发觉得有了意思，嬉笑着说："你现在不是，将来还不是吗？我不过是先一步喊这一声罢了。"

陈婉仪爱听这样的话，沉浸其中的她不曾发现，身边的韩孝诚正不停地给韩孝茹使眼色，要她停止这样的说辞。

庄园内，悠扬的歌声响起，宾客们正注视着立在台上的那个人，上海滩有名的"四小姐",她正唱着的是近来红极一时的新歌,歌词便是韩家大少爷韩孝俊写的诗词。

另一头,陆永贵已经找了韩孝诚好一阵,终于在大厅宴席的角落里看到了他。此刻他正靠在角落里,不动声色地注视着台上的人。

"少爷,您怎么站这儿发呆啊,大小姐正在找您呢。"

韩孝诚这才回过神:"找我什么事?"

陆永贵走近几步,在他耳边小声道:"江士仁江主任已经到了,陈老板也到了,要您过去招呼一声。"

韩孝诚"哦"了一声,目光依旧锁定在台上唱歌的那个人,忍不住问陆永贵道:"她怎么来了,谁请来的?"

"您说的谁啊?"陆永贵顺着他的目光看去,再看韩孝诚此刻的神色,不免吞吞吐吐起来,"您说的是'四小姐'吧?少爷,她……我……我没请她来啊。"

见韩孝诚没有反应,他又接着解释道:"我……我就只是跟'不夜城'那个丁老板嘱咐了一声,没想到他就让这个'四小姐'来了,我不知道少爷您不喜欢……少爷我错了,是我疏忽了。"

"不,我倒觉得,她唱歌还挺好听的。"话音才落下,韩孝诚便大步往韩孝慧那里去了。

陆永贵终于松了一口气,跟上韩孝诚的脚步,迎合着他的话:"好听,确实好听,少爷喜欢就好。"

韩家四兄妹一同去迎的时候,陈婉仪已经挽着陈应雄往大厅里来了。

陈应雄以西方的礼仪拥抱了韩孝慧,看上去他很是重视这个晚辈:"孝慧,真是不好意思,我来晚了。"

"多谢陈伯伯赏光,不过是办个小小的家宴而已,正好借着我的生日大家热闹热闹罢了。"韩孝慧是真心尊敬陈应雄的,也是真心希望韩、陈两家能够尽早联姻。

"爸爸,我和孝诚一直在等您呢。"

陈婉仪的话语中透露着她与韩孝诚非同一般的关系,这让陈应雄十分满意,他就是要让所有的人都知道,韩孝诚即将成为他的乘龙快婿。

一番寒暄后，陈应雄便说要带韩孝诚见一个人，与其说是为韩孝慧庆生，倒不如说他是为这件事而来。

陈应雄带他见的是一位着装得体又异常礼貌的陌生中年男子。此刻，他正坐在大厅的一个角落里，注视着眼前来来往往的人，时刻保持着一种警惕感。

"这位先生是？"看起来，韩孝诚似乎不太喜欢这个人。

"这位是来自日本的青木先生，经营茶叶生意，对中国的茶道很有研究。"陈应雄介绍说。

"久仰韩先生的大名，幸会。"那位青木先生的国语算是流利，行事也很是得体，他本想深深鞠一个躬，却又想到这里是中国，所以很礼貌地伸出一只手。

"青木先生？"韩孝诚怎么也没想到，陈应雄竟然会带个日本人出现在家姐的生日宴上。他心中微微不悦，所以对青木先生伸出的手，根本没有理会。

陈应雄察觉到了气氛的尴尬，脸上的笑容变得有些不自然起来："青木先生一直非常仰慕孝诚你啊，早就想要来拜会的，你是知道的，日本人是最懂礼数的，听说今天是孝慧的生日，一定要我带他过来。"

"家姐小小的生日宴会，本是不想兴师动众的，请一些生意上的老朋友热闹热闹也就过去了，再说了，我就一个凡人，仰慕我做什么？"韩孝诚说着话，眼神却自始至终都没有落在青木的身上，任何一个人都可以感觉到，他一点也不欢迎这位不请自来的客人。

青木完全明白了韩孝诚的逐客之意，道："早就知道韩先生是上海滩的这个。"他翘起大拇指，试图把握住这次机会："所以，我非常愿意与韩先生这样的人做朋友。"

韩孝诚终于看了他一眼，轻笑一声道："哪里哪里，我们做生意的人，都是问老百姓讨一口饭吃。"

"韩先生真是太谦虚了，中国有句古话，叫'天下熙熙，皆为利来，天下攘攘，皆为利往'。"青木的言辞间皆是名与利的字眼，他以为只有这样才能足够吸引韩孝诚这样的生意人。

"看来青木先生还不是很了解中国，更不了解我韩孝诚。"韩孝诚既已知晓来者的目的，又无意合作，所以不想再给对方说话的机会，"今天是家姐的生日宴,不便聊其他的,就让陈伯伯替我招待吧,韩某失陪了。"

话音落下,韩孝诚便离开了。青木见他竟是这样的待客之道,立刻露出了不悦的神色。

"看来,陈老板的乘龙快婿很不好相处。"

陈应雄十分尴尬,韩孝诚的态度是他始料未及的。

"今天府上人多,事也多,照顾不周,照顾不周。"

他心中微怒,韩孝诚的态度让他失足了面子。

12. 宴会

这会儿,台上正唱着歌的是林曼,秦静菲拿了一杯红酒,坐在台下角落的椅子上发呆,她确实不喜欢这样的场合,所以呆呆地看着正踏着歌声起舞的人们,怎么也提不起兴致来。

"小菲?真的是你。"

秦静菲抬起头,见面前站着的是陈志卿,倒不算惊讶。

"真是巧,竟然在这里遇到你。"陈志卿拉开椅子,在她身边坐下来。她其实早就预料到会在这里遇见陈志卿,韩、陈两家要联姻的传言,她也是有所耳闻的,只不过觉得无话要说,所以才没有过去招呼。

"我的父亲和已故的韩先生有许多年的交情了,我和韩家的两位少爷也算是一起长大,还有韩家的小妹孝茹小姐,我们曾经一起在法国留学,她就像我的妹妹一样。"陈志卿忙着说明他与韩家所有人的关系。

"原来是这样。"其实陈志卿说的这些,是秦静菲在试图接近韩孝诚时,早就了解到的信息。

"今天是韩大小姐过生日,我自然是要来祝贺的,倒是你,你怎么会……"

秦静菲抿了一口红酒:"我?我应该算是来工作的,唱歌,为到来的客人们助兴。"

陈志卿推了推鼻梁上的眼镜，微笑道："我说呢，刚才在花园里被人拉着说话的时候，就听到里头传来的歌声，觉得熟悉，第一次听你唱歌，你唱得真好听。"

这样恭维的话她已经听过了许多遍，不过陈志卿的口气是最由衷的，秦静菲的嘴角勾起浅浅笑痕，似那夜空里的弯月，清凉柔和。

"真的好听吗？"

"当然是真的。"陈志卿有些紧张，甚至不敢对上秦静菲的眼睛。

"都是些在'不夜城'唱过许多遍的歌了，没有什么新意的。"秦静菲道。

歌舞声不绝于耳边，大抵是大厅里聚集了太多人，她只觉得浑身不自在，脑袋就像要胀裂了似的，她辞别了陈志卿，端着手里的红酒从大厅里头一路出来，虽然不时地有客人想请她跳一支舞，或者喝一杯酒，她都只是寒暄几句，然后委婉拒绝了。

花园里，月光疏冷，似流水倾泻，微微漾于身旁，如梦幻般迷离。

"看来在上海滩，秦小姐结识的人不比我少啊。"

韩孝诚的声音忽然在背后响起，秦静菲明显一怔，转身时她却是淡淡微笑："因为他们每一位都是'不夜城'的常客，即使我不想认识都难。"

韩孝诚一时语塞，他眉毛轻轻一挑，又道："说得倒是不错，只是秦小姐似乎跟他们每一位都相处得很好。"

秦静菲神色淡然，依旧平静而从容地望着他，温和的语气中明显带着一丝疏离："没有他们，像我们这样的人该向谁去讨生活呢？"

"秦小姐和陈志卿也认识？"

她点头坦然道一声："认识啊。"

韩孝诚不可思议地看着秦静菲，复又问道："他平常也会去舞厅吗？"

他说话的神情不禁让秦静菲的心中浮出一丝不满："他不去舞厅，我们就不能认识了吗？"

话语间，她没有任何的示弱。韩孝诚细细打量着她，她与那些娇柔妩媚的女子大为不同，她身上有一种不易察觉的空灵气质，衬出她的矜贵冷艳和看不透的神秘。

"二哥，你干嘛呢，躲在这里叫我好找啊，怎么也不去跳舞啊？"

直到韩孝茹的话音响起，才打破了气氛中的尴尬。她快步上前，挽上韩孝诚的臂膀，甚是亲昵。

"不想跳。"韩孝诚似乎不太希望韩孝茹在这个时候出现。

不知韩孝茹是有意不去顾及他此刻的态度，还是真的不曾发现他的态度，只道："二哥，这位小姐是谁啊，我看着眼熟，怎么好像在哪里见过似的？"

秦静菲见眼前的这个少女正值好华年，笑得如花一般，眉目间满是如水的清澈，最是她打心里羡慕的模样，她好像有些喜欢这个女孩儿。

"正好介绍一下，这位就是'不夜城'的秦静菲秦小姐，这是小妹，孝茹。"韩孝诚道。

"秦静菲小姐？"韩孝茹装作是才记起来了的模样，道，"我就说嘛仿佛在哪里见过呢，原来是在报纸上。秦小姐？那不就是'不夜城'的'四小姐'嘛？"

韩孝茹的目光落到秦静菲的身上，她终于明白了一句话，对于秦静菲身上的美，不是不嫉妒，而是太羡慕。

"韩小姐，你好。"秦静菲礼貌道。

韩孝茹的脸上随即露出兴奋的神色："你好啊，秦小姐，久闻大名，果然是个大美人。"

秦静菲对她与对韩孝诚完全是不同的态度，微笑道："不敢当，韩小姐抬举了。"

韩孝茹微笑着看了她片刻，道："不好意思啊秦小姐，把我的哥哥借我用一会儿，有人正等着他跳舞去呢。"

韩孝诚不由瞪了她一眼，道："谁啊？"

"婉仪姐姐刚才还问我呢，要我告诉她你在哪里，你瞧，这会儿她一个人坐在那里，你快过去陪陪她吧。"韩孝茹是故意在秦静菲的面前提起陈婉仪的名字的，然后又特意偷偷瞧了瞧她的反应，可是秦静菲却并无什么反应。

韩孝诚不曾察觉韩孝茹的用意，不耐烦道："今天来了这么多人，我还要招呼客人呢，哪有工夫跳舞。"

韩孝诚试图抽开已经被韩孝茹双手挽紧的臂膀，却依然被硬生生地拉走了。

"哎呀，走吧。"

大厅里热闹极了，韩孝俊独自在灯光幽暗的房间里，他不喜欢闹腾，他的身体也经不起烟酒的折磨。

只是那歌舞乐声还是不断地传来，他在这里也是躲不了多久的。才开了门从屋子里出来，便见一个人影在他前头，漫无目的地左右张望。

"你……你是什么人？"韩孝俊诧异问道。

"啊！"秦静菲惊呼一声，着实被这突然而来的说话声吓得一颤，一个深呼吸以后，才小心翼翼地回过头去。

乍一见，韩孝俊便觉她尤为眼熟，又见她身上穿的是留给他印象十分深刻的衣着，浅碧色的西洋收腰长裙，配上纯白色的高跟鞋，方才若不是见她以这样的着装在台上唱歌，真是难以将她和歌女联系在一起。韩孝俊终于想起来，她不就是"不夜城"舞厅那位将他的诗词唱成了歌的"四小姐"吗。

"你……你是刚才唱歌的那位小姐吧？"韩孝俊礼貌问道。

秦静菲愣了一下，有些手足无措："是啊，是我。"

韩孝俊"哦"了一声，迟疑了片刻，问道："那……你在这里做什么？"

"不好意思，我刚才在找盥洗间，现在好像是迷路了，大概是这宅子太大了，我快分不清方向了。"

这个理由似乎有些牵强，好在韩孝俊并未放在心上："没关系的，我带着你去大厅吧。"

"多谢。"

秦静菲一路跟着韩孝俊，她其实已经猜到了他的身份。

"如果我没有猜错的话，您就是韩家的大少爷吧。"

大约是亲兄弟的缘故，韩孝俊与韩孝诚长得极像，不同的是，韩孝俊彬彬有礼，行动谦和，着一身月白色长衫更显白净斯文，而韩孝诚留给她的印象却只有四个字——咄咄逼人。

"不敢不敢，我叫韩孝俊。"

"原来真是大少爷，我在报纸上看见过您，您发表在报纸上的诗和词，我几乎都读过。"

韩孝俊的身上有陈志卿的书卷气，又有一些韩孝诚的英豪之气，将这二者合二为一在一人身上，自是难得。

"秦小姐愿意将鄙人的拙作唱成这么好听的歌，韩某人荣幸之至。"

二人一路往楼下去，在经过二楼拐角处的一间房间时，韩孝俊突然停下来，道："秦小姐，请在这里等我一下。"

秦静菲忍不住探头望去，那是一间较为安静的书房，她不禁想起许多年前，父亲坐在书桌前的模样，那情形恍如昨日。

不过一会儿的工夫，韩孝俊便从里头出来，手里多了一本书。他带上门，然后将手里的这本书递给秦静菲，道："这是我手写的一本诗词集，秦小姐若是不嫌弃的话，就权当是份小礼物，送给小姐。"

"您手写的……"秦静菲对他这样的举动感到有些意外，"这礼物太贵重了，我怎么好意思收下呢。"

"难得有人这样喜欢我的诗词，你把我的那么多首词都改成了歌，也算是送给我的一份大礼，我心里感激呢。"韩孝俊道。

秦静菲终于不再推辞，收下那本诗词便随着韩孝俊一同下楼去。而那里，不敢随意走动又手足无措的林曼正焦急地等着她。见秦静菲终于出现，这才松了一口气。

"小菲姐，你跑哪儿去了，可急死我了。"

秦静菲歉意道："怪我怪我，方才瞎转悠，不小心就迷了路，多亏了韩大少爷，把我带了回来，否则，还真不知道要绕到哪里去了。"

林曼这才注意到秦静菲身后的韩孝俊，她不免觉得自己十分失礼，却又一时找不到挽回的机会，不由得涨红了脸。

"这位小姐是？"韩孝俊问道。

秦静菲知道林曼不善交际，所以替她回答道："这是林小姐，我们一块儿来的。"

韩孝俊素来没有阶级之分，十分绅士地伸出手来，礼貌问候道："林小姐，你好。"

林曼涨红的脸上越发热了，只低着头，也不敢伸手回应，道一声："你好，大少爷。"

韩孝俊收回了手，秦静菲便替林曼打了个圆场："时间不早了，我们也该回去了,今日就多谢大少爷的诗集了。"

见她二人已有辞别之意,韩孝俊到了喉咙口的话又咽了下去:"我送你们出去吧。"

13. 栽赃

晚宴仍是高潮。项雨浓大抵是算准了时候来的,所以她的出现引来了诸多宾客的目光。只见她身着一身浅黄绣彩色珠片的旗袍,配一双黑色高跟鞋,向着韩孝慧款款而去。她时刻注意着自己的仪态,尤其是看到了那些人的目光以后,更是时刻微笑着,举步优雅,仿佛被她踩过的每一寸地都能放出光彩来似的。

韩孝慧的嘴边也扬起了微笑,但那笑容尤其鄙薄,是从心底里对项雨浓完完全全的否定。

"雨浓特意来祝大姐生辰快乐。"

她双手献上一只包装精美的礼盒,可是没有韩孝慧的指令,无人敢从她手里接过去。气氛开始变得尴尬,项雨浓的笑容全都僵在了脸上,这显然是她没有想到的局面。

"这位小姐是?"韩孝慧开口竟是这一句,她哪里是真的不认得项雨浓,只不过是想用这样的方式告诉她,韩家的大门永远不会对她打开。

项雨浓的神色不禁比方才收紧了许多,那盒为韩孝慧精心备下的礼物,依旧抱在她的手里。

"我是孝诚少爷的朋友。"

韩孝慧淡淡"哦"了一声:"我们家孝诚向来朋友多,多得我都认不过来,不过既然是孝诚的朋友,小姐就请便吧,今日客人多照顾不周,也请体谅。"

话毕,韩孝慧便转身离去。此时的项雨浓真希望自己是隐身的,那一双双瞧热闹的目光全都聚集在她的身上,挑战着她的自尊心。

小客厅外,韩孝诚才接了电话出来,便见陆永贵神色匆匆地赶来。陆永贵道:"少爷,项小姐来了。"

韩孝诚脸色一沉,正预备要嘱咐些什么,只听陆永贵又道:"季泽文也来了。"

韩孝诚果然有些吃惊:"他来干什么?"陆永贵并不知道韩孝诚口中的"他"究竟指的是谁,只听他又道:"倒也好,该来的,不该来的统统都来了。"

陆永贵的声音又放低了一些,道:"季泽文怕是为了咱们的酒而来。"

韩孝诚沉默不语。

陆永贵又道:"如果他真的是来还酒的,咱们是接下还是不接下?若是放他这一马,也让他欠咱们一个人情?"

"欠咱们的人情?"韩孝诚早就预想好了各种可能性,唯独没有陆永贵说的这一种,"他今日肯亲自来还酒,恐怕这事情就不简单。"

韩孝诚往大厅去,果然迎面撞上了季泽文。

"韩少爷好啊。"

"呦,季老板?稀客呀。"韩孝诚佯装不知季泽文的到来。

"今日是韩大小姐的寿宴,我怎么能不来。"

此刻,他的身后,佣人们正将大大小小的精致盒子往贺礼登记处搬运,如此异常的殷勤,韩孝诚越发觉得他的到来绝非"还酒"这么简单。

心里虽是防备着他,脸上依旧笑容满面。

"季老板何必这样客气,不过是小小家宴罢了。"

"我只是虚长了韩老弟几岁,也该称呼韩大小姐一声大姐不是。"季泽文道。

韩孝诚客气道:"这就更不敢当了。"

"当得当得,自然当得。"季泽文犹豫了片刻,找准了机会,面色突然变得为难道,"只是,有一桩事,怕是要韩老弟你多多包涵了。"

韩孝诚十分诚意道:"季老板吩咐就是了,何来什么包涵之说。"

"请孝诚少爷借一步说话可好?"

二人一路去到庄园外,此时的韩孝诚已经完全确认了他的来意,却也不揭穿,佯装糊涂跟着他,身后只有陆永贵一人跟着。

"听说孝诚少爷丢了一批货,是为大小姐生辰置办的一批酒?"

就凭这一点,便知季泽文绝然不是韩孝诚的对手,他竟将这桩事直接捅破了,当真是高估了他。

韩孝诚点燃一支烟,吸了一口,然后缓缓地吐出烟雾:"确有此事,不过对我来说倒也不是什么要紧的事,几箱酒而已,我找人补上就是了。"

"已经找到了。"

"哦?找到了?"

季泽文始终注视着韩孝诚的反应,他脸上的震惊是季泽文期待的神情,他以为他的计划就要成功了。

"说来也是我的不对,我的一批货和您的这批货是同一天在同一个码头提货,手底下的人搞错了,得知是韩老弟的酒,心里头害怕,不敢说。我也是才知道这桩事,这不,一拖就拖了这么久。"

"搞错了?"韩孝诚眯起眼睛微笑了,意味深长地说,"哦……原来是搞错了。"

几乎就在他们对话一分钟后,青龙会的人便以捉拿洪门乱党为由,将整个庄园包围了起来,为首的是贺启楠。

宾客们见如此阵势,便纷纷向园外涌来,才要离开的秦静菲与林曼二人也一并被扣留。

木子庄园竟藏有洪门乱党?

"呦,贺先生也来了?您怎么有空光临舍下?"韩孝诚亲自相迎,神色笃定。

韩孝慧出现在了门口,在与贺启楠眼神交汇的一刻,她又突然避开了,当年的许多事只存在于当时,如今物是人非,只能形同陌路。只是她心头的那丝心寒,未能逃过他的眼睛。

贺启楠很快从往事中抽离,公事公办地对韩孝诚说道:"有人举报,韩先生的一批酒里有洪门乱党传递的情报。"

果然不出韩孝诚所料,这就是季泽文的计划,好在他还没有接下这批酒,否则恐怕真就要成为他们口中破坏中日共荣的洪门乱党了。

"贺先生搞错了吧,什么酒?"韩孝诚装起了糊涂。

贺启楠不理会他的话，直接往门口停着的一辆大卡车走去，然后猛地掀开车后的黑布，上头载着的正是韩孝诚在码头丢失的那批酒。

"这不是你的酒吗？"贺启楠问道。

韩孝诚依旧镇定自若："这些酒是方才季先生带来的，和我并没有关系。"

贺启楠看向季泽文，他完全没有想到韩孝诚会这样说，突然就急了，瞬间原形毕露："这……这酒不是你的，还能是谁的？"

韩孝诚反倒是一脸无辜的模样："这酒是季老板带来的，还停在我的庄园外呢，怎么就成了我的？"

季泽文本是做足了准备的，确信能够一举扳倒韩孝诚，却唯独没有想到这个结果。而眼下，他也很快明白了一件事，方庆生派了贺启楠前来，显然是没有将他提供的情报放在眼里。

而这个贺启楠似是与韩孝慧有过旧情，坊间的一些谣言甚至说他二人曾有过一个孩子，无论是不是谣言，至少贺启楠是韩家这一边的，季泽文怕是要吃亏。

不出所料，这场闹剧最终因江士仁下达的命令而告终，季泽文被贺启楠带回了特工总部问话。

立于人群中的秦静菲观察着在场的每一个人，季泽文说的这批酒是不是真的有问题，韩孝诚究竟与洪门有没有一点牵扯，还有贺启楠，他与韩家似乎有不小的渊源，尤其是韩孝慧。

季泽文被贺启楠带走以后，韩孝诚见到的项雨浓已经是满身酒气的醉人。

送她回去的时候，项雨浓坐在车里手舞足蹈地唱着歌，她唱的是《夜上海》，唱到一半忽然停了，她还是有些清醒的，她知道这是秦静菲不久前在"不夜城"唱过的歌，她不要唱。

一旁的韩孝诚却是一言不发，他把她送回了贝当路小公馆以后，没有要留下的意思。

项雨浓从床上坐起来，除了双颊通红，脸上的妆容依然精致。她扶着床沿，步伐有些不稳地来到韩孝诚面前，她柔软的身子就贴在他坚挺炙热的胸膛上，她还醉着，可妩媚的神色中夹杂着一丝委屈，依旧叫人心疼。

"孝诚,别走好不好,留下来陪陪我,我想和你说说话。"

韩孝诚却不为所动:"早些睡吧,我吩咐人给你熬了粥,等你醒过来以后记得喝。"

"你是不是在生我的气?"

韩孝诚试图扯开她环在腰间的双手:"很晚了,休息吧。"

她的语气几近哀求:"孝诚,求求你,不要走好不好,你已经很久没有来看我了,留下来陪陪我,陪我说说话。"

韩孝诚依旧是一副冷漠的样子:"你想说些什么呢?"

项雨浓是个演员,我见犹怜的模样是她熟悉的表情:"能不能别生我的气?"

韩孝诚忽然觉得他与她之间确实还有些没说完的话,于是平静地问道:"今天晚上你为什么会来,来之前又为什么不告诉我?"

"'不夜城'的'四小姐'能去,我为什么不能去?"大抵是因为还没有彻底地清醒过来,她带着质问的口气向韩孝诚说出了这句话。

项雨浓的话有些触怒他,他问道:"是我让她去的,有什么问题吗?"

她最害怕他这样的冷漠:"孝诚,从前无论你去什么地方都会带着我的,可是现在,你为什么总是不理我。"

如果那件事是一个可以原谅的错误,他早就心软了。可眼下,即便他不会再原谅她,却还是无法对她说出决绝的话。

"你住在这里,我会一直照顾你的。"

"我不要你照顾我,我要你像从前那样待我。我们在一起已经两年多了,我每天都在害怕,怕有一天你会离开我,怕你会厌倦我。"她的声音在哽咽,叫人心疼。

韩孝诚轻声叹出一口气,一切依然没有回旋的余地:"是啊,两年多了,我以为你忘了。"

她未曾明白韩孝诚的话,只顾着眼中饱含的泪水,以为这样就可以挽回:"所有的人都知道,我是你的女人,可你真的把我当成你的女人了吗,你想过要和我真正地在一起吗?"

韩孝诚终于被激怒了:"你把你自己当成我的女人了吗?你问我有

没有想过真正地和你在一起,我可以告诉你,想过,但我要的是一个对我一心一意的女人,你做到了吗?"

项雨浓不由得一颤,眼神胡乱地飘着,唯独不敢再对上韩孝诚。

二 迷雾重重

倘若时光不慌不忙，
岁月轻轻作响，
倘若回忆一来一往，
年华静静流淌，
那么旧事能不能抽离过往，
然后画成一段情意绵长，
或者写成他的模样。

14．怀疑

子时的钟声就要敲响，韩孝慧依旧等着韩孝诚回来，这一日她有太多的疑问等着他的答案。

"今天青龙会来抓人，真的是误会吗？"韩孝慧问道，姐弟二人间的谈话从来不需要任何的修饰。

"当然，这些年我们帮江主任走私红酒的事您是知道的，季泽文算是打错了主意。"韩孝诚回答道。

即便韩孝诚的回答没有疏漏，韩孝慧心中却依然肯定，那不是个误会。

"大姐心里头知道，你和孝俊有事情瞒着我，你们到底要干什么？"

韩孝诚果然心虚了："大姐，今天是你的生日……"

韩孝慧终于忍不住，突然打断了他的话，说道："康源五周年的那天，你在'不夜城'把一个人扔进了黄浦江，你大哥突然折返回来，之后青龙会的方庆生就带人去了'不夜城'进行搜查，这些都不是巧合吧。"

韩孝诚一怔，很快恢复了平静："大姐，我和大哥做的事情，绝不是有损门楣的事情。"

韩孝慧有些失望，她不需要他们去做除去守住韩家产业以外的事，哪怕是有利的。

"你们都只管瞒着我吧。韩家这么大的担子落到了你的身上，整个家族的命运都在你的肩上，多少双眼睛在看着你，你没有机会胡来。"

"我知道。"

"我是在提醒你！"

她没有再说更多的话，因为她知道那是无用的。

坐在青龙会昏暗潮湿又密不透风的审讯室里，季泽文千算万算也没能想到，今日坐在这里的本应是韩孝诚，怎么就成了他。

"我已经说过很多遍了，我看到那本圈圈画画的账本以后，立刻就禀报了青龙会，你不把韩孝诚带来，光问我一个人有什么用，那些酒真的是他的！"

问话的人是方庆生，他清楚地知道季泽文是想借青龙会的手扳倒韩孝诚，当然，他也不认为韩孝诚是完全无辜的。

"季先生，你跟我说你有确凿的证据证明韩孝诚和洪门的人有关系，难道这么一本账本也算是确凿的证据？再者，以你和韩孝诚的关系，我怎么知道你不是故意在陷害他？"

百口莫辩的季泽文急了，干脆一口咬定韩孝诚就是有问题："可这账本真的有问题，你看看上面圈圈画画的，你们不是会破译吗，那肯定就是用来传递情报的。"

方庆生点了一支烟，悠悠地吐出一团白雾："现在江士仁江主任都担保韩孝诚没有问题，季先生不会是非得拿这本账本栽赃韩少爷吧？"

也许是因为他的计划没有成功，此刻的季泽文依然不肯罢休："你要相信我，这里头肯定是有问题的。"

方庆生不禁笑了，和愚蠢的人说话，倒也有趣："我当然愿意相信你，可是相信你，就是怀疑江主任啊。"

"你们都中韩孝诚的圈套了，他故意拉着江主任，就是为了保护自己。"

原本，只要他肯承认是有意陷害韩孝诚就可以离开青龙会了，可谁知，他仍然一口咬定韩孝诚就是有问题，即便方庆生的话语中已经十分明显地提醒他，那账本是江士仁的，他咬定韩孝诚得罪的可是江士仁。

而这件事最终的结果是，江士仁下令将季泽文暴打了一顿，又让季家交了一大笔赎金才肯放人。直到这一刻，季泽文才终于意识到他反被韩孝诚设计了。

清晨无边的绿野弥漫着雾气，像一层薄薄的窗纱蒙在上头。

梦里的少女似又回到了十几年前的模样,她记得花园的正中间是大理石砌成的喷水池,周围是一片绿地,水雾漫在上头,水珠儿在叶片上随意滑落,像刚下过雨般,清新无比。

日光从云层后面透出耀眼的光芒,她似乎闻到了那股熟悉的花香,花名叫做"李子花",是父亲特意为母亲栽种的。

她又坐到了那个白色的秋千架上,那些欢笑,历历在目,好像是前一分钟刚发生的事一样,回味无穷。梦里,她还是个十多岁的姑娘,依旧是木子花园里的程小姐,她的父亲、母亲、弟弟,都还在。可惜的是,她还没有回味够这样的感觉,画面又一次在这一刻戛然而止。

她害怕做那个梦,却又不愿意从那个梦里醒来。

又是一个漫长的夜,秦静菲翻来覆去睡不着。终于等到了天光泛白,清晨的第一束阳光洒下来。

她到孤儿院的时候,孩子们早就玩耍开来。院子里,是她去年和孩子们一起栽种的蔬菜瓜果,眼下又快到收成的季节了。

她在空的石头座椅上坐下来,看着自在玩耍的孩子们,羡慕不已。

乖巧的囡囡始终坐在她身边陪着她,她把玩着胸前挂着的那把钥匙,浑然不知她是个被抛弃的孩子。

"来看囡囡吗?"伊娜在她身边坐下来,微风吹来,恍如春日。

"我给孩子们带了些吃的。"秦静菲道。

伊娜看着秦静菲的脸色,一语道破她的心事。

"难得见你一大清早就来这里坐着,有什么心事吗?"

秦静菲微微一笑,抬头看着空中几朵白云,能说心里话的地方,似乎也只有这里。

"我只是在想,如果一件本来属于你的东西,突然间成了别人的,该怎么办呢?"

伊娜笑起来,这对她来说似乎不是难题。

"那我就要问了,那个所谓的别人是怎么得到原本属于你的东西的?难道他是强取豪夺的吗?"

秦静菲摇摇头:"不,不是,应该是天意吧。"

"既然是天意这样安排,那我们就该安于现在自己所拥有的那一份,这样才会觉得满足和快乐。"伊娜道。

秦静菲不禁看向她,她的笑容永远是充满着希望:"你这样心存光明的一个人,为什么会跟我做朋友?"

伊娜望着阳光下正开心地品尝着糖果的孩子们,微笑道:"你也一样心存光明,一样善良,连孩子们都能看出来,何况我。"

窗外的雾气已经退去,阳光透过纱帘照进屋里,一片大亮。韩孝诚从房间懒懒地伸着懒腰出来,见韩孝俊正与管家在书房门口说话。

"哥,这么早就起来了,不多睡会儿吗?"

韩孝诚走近了一些,韩孝俊手里的那件东西吸引了他的注意:"怎么了哥,瞧什么稀奇玩意儿呢?"

韩孝俊的表情有些不自然:"你过来看看,这条链子是不是昨天那位秦小姐落在咱们家里的。"

韩孝诚快步过去,从韩孝俊手里接过来,链子上有一枚戒指,而戒指上的图案让他有些震惊:"这链子是在哪里捡到的?"

"早上起来打扫,就在大少爷房间的门口瞧见了这个。"管家回答道。

"大哥刚才说这是谁的东西?"他又问。

韩孝俊不能肯定:"这应该是那位'四小姐'的东西。"

韩孝诚的脸色逐渐变了:"大哥怎么知道一定是她的?"

"这链子昨日我见她戴着的,只是这戒指……"

"既然是她的,我给她送去就是了。"韩孝诚打断道。

韩孝俊又看了一眼那只戒指,然后才将链子交给了韩孝诚:"也好,你去送吧。"

晚间八点钟的时候,"不夜城"的客人陆陆续续地多了起来。化妆间的姑娘们也都在忙着打扮。

"菲菲姐,你要的衣服我给你拿来了。"

林曼进来的时候,秦静菲正在化妆台上一阵翻找。她匆匆接过林曼送来的衣服,道了谢,又接着在妆台上翻找起来。

"菲菲姐,你找什么呢,是不是丢了什么东西?"林曼道。

秦静菲的脸色很少有这样的焦虑:"我戴在脖子上的那条链子,找不到了。"

"不见了……可也不见你取下来过呀。"林曼仔细回忆了一遍，道，"昨天晚上还见你戴着的，再好好想想，早上出门的时候还见着吗？是不是落在家里了？"

"出门的时候……"秦静菲已经急得一团乱，一时间什么也想不起来了。

化妆间的门在毫无预兆的情况下被用力踢开，霎时间，这样的震动叫屋里的人无一不愣住，不禁停住了手上正忙着的事。来人是韩孝诚，他的目光已经锁定在了秦静菲的身上。

"我猜，秦小姐一定是在找这个东西吧？"他的拳头轻轻一松，手里的那条项链很利落地从他的手掌心里掉出来。

"怎么会在你那里？"秦静菲诧异，她正要伸手去夺，韩孝诚竟在此时收回了手。

一时间，气氛微妙地变化着。

"哎呦，韩少爷，您这忽然大驾光临，我这一时也没什么准备，您今儿是……"丁守财终于跟上了韩孝诚的脚步，走近后才发现他的脸色十分难看，一句话还未来得及说完，就住了口。

韩孝诚确实也没有要理会他的意思，依旧盯着秦静菲，道："我要是再不送过来，秦小姐怕是就要来我府上找了。"

"这……怎么回事啊？"丁守财一脸迷茫地望着秦静菲。

15. 嘲弄

秦静菲听得出韩孝诚这是话中有话，为了顺利拿回她的东西，她唯有压制着心中即将燃起的怒火："多谢韩少爷了，这确实就是我的链子，不知道您是在哪里找到的？"

"在我大哥的书房门口。"韩孝诚的笑容满是敌意。

"在那里？"秦静菲确实有些吃惊，"怎么会落在那个地方？"

而她的惊讶在韩孝诚的眼中却是一出戏,韩孝诚说道:"是啊,我也很想请教秦小姐,你身上的东西怎么会落在那个地方。"

他神情冷漠地看着秦静菲,又吩咐了一句:"你们都先出去,我有要紧的话要跟秦小姐讲。"

丁守财十分识趣地让化妆间内所有人都散了出去,他最后关上门的时候,忍不住看了一眼秦静菲,她是不是得罪这位少爷了。秦静菲快步往门口走去,试图在最后一刻也一起跟着出去,她承认她有些害怕,不愿意与韩孝诚留在这里。可是韩孝诚却抢先一步,挡在了她的面前。

"秦小姐要去哪里?链子不打算要了吗?"

秦静菲防备地看着他:"我没有话要跟你说,把我的东西还给我。"

韩孝诚的目光在她脸上停留了片刻,不曾看穿她的心思:"其实我要说的很简单,告诉我,你到底想干什么?"

秦静菲被他突如其来的话弄得有些措手不及,她冷笑一声,掩饰着她的心虚:"韩少爷这话真有意思,我想干什么?我也不知道我想干什么。"

话音才刚落下,她突然发现韩孝诚的脸色越来越冰冷,他抿紧双唇,深潭一般的双眸透着利刃一样的寒光盯着她。

猛然间,不及她反应过来,一只手已经捏在她的下颚上,越来越紧……

"你要干什么……"秦静菲下意识地用双手扯着他的手,她挣扎着,却也阻止着自己发出任何的呻吟,因为那是想要求饶的人才会发出的声音。

她的双眼狠狠地瞪向他,可是无论怎么挣扎,却怎么也无法逃脱,她的脸涨得通红,这样的疼痛让她不由得一阵头晕目眩。

"放开我……"

韩孝诚无视她的话,贴近她的耳边,轻声问道:"告诉我你的目的究竟是什么,你有意接近我大哥,是为了我吗?你到底想要从我这里,想要从我们韩家得到什么!"

秦静菲惊讶于他的洞察力,她以韩孝俊的诗词为歌确实是为了引起韩孝诚的注意。只是这条链子是她无意间丢下的,并非在计划之中,如今引来韩孝诚这样的怒意,计划怕是难以继续了。

"你这个疯子……你给我放手……"

只觉得下颚上的那只手越来越紧,她想要挣脱开来,可是韩孝诚完全没有要放过她的意思。她已经完全没有了力气,只觉得身子变得轻飘飘的,像是被悬在半空一般。就在她觉得快要撑不住的时候,那股束缚突然消失了,她整个人落到地上。

她不停地喘着粗气,许久后终于缓过神来,她铆足了力气,举起手朝韩孝诚脸上挥去,却在中途被他抓到了手腕,然后猛地拉近。她的两只手被他按在身后,禁锢在他的胸膛前,身体却抗拒地向后倾斜着。

她的下颚浮起一道被他捏红的淤痕,韩孝诚愣了片刻,复又扬起眼帘,对上她怒瞪着的双眼,见她如此,他的嘴角竟忍不住泛起一丝笑意,戏谑一般,像是很享受这样的感觉。

"秦小姐,像你这样的把戏我见多了,实在是用滥了。"

"你到底把我当成什么人了!"她依旧喘着气,眼眶里终于泛起委屈的泪水,但是这泪珠子若是当着他的面落下来,也未免太没骨气了。

韩孝诚轻哼一声,道:"秦小姐平时喜欢结交什么样的朋友我管不着,但是我的哥哥,还请秦小姐高抬贵手,不必那么费心思了。"

"韩孝诚!"秦静菲大喊一声他的名字,竟是说不出话来。

他的嘴角仍然泛着丝丝缕缕的嘲讽,任何一个想要接近他的女人在他面前都不会承认的。

"难道不是你故意把这串项链丢落在我们家的吗?而且还偏偏就在我哥哥的房门口,如此心思,真是难为秦小姐了。"

积在眼眶中的泪水还是很不争气地落下来,她心痛的是,她的人生怎么就走到了今天这样的地步,为什么她要受这个人的侮辱,为什么他把她说成那样的女人,她宁愿是被他看破真正的动机,宁愿是他当场揭穿她的身份。

她的怒意灌满了双眼:"我已经说过了,我并不知道这项链怎么就落在你家里了,你凭什么这样说我!"

女人的眼泪总能挑起男人的一丝怜悯,尽管秦静菲并不需要他的可怜。听着她的声音略带哽咽,韩孝诚终于不再针锋相对,慢慢放开了她,然后将那条链子重重地拍放在她的梳妆桌上:"但愿如秦小姐所言,不是有意的就最好了。"

他第一次觉得自己做得有些过分了，可是这个秦静菲对他而言依然是一个费解的谜，一个炙手可热的"不夜城"歌女，在拥有了上海滩诸多上层人士的人脉后，却又和他们保持着距离。而这位看似清高的"四小姐"，正利用各种手段不断地接近韩孝俊，接近他，这才是最可怕的。

怒气未消的韩孝诚终于从化妆间出来，守在门外的丁守财见韩孝诚脸色难看，连陈婉仪这会儿正在"不夜城"寻他这件事也不敢知会他一声，直到韩孝诚撞上了已经有些醉意的陈婉仪。

"可算是找到你了。"陈婉仪顺势倒在了韩孝诚的怀里，只这一瞬间，她似乎已经忘记了刚才她有多恨他。

"婉仪？"韩孝诚完全愣住了，"你来这里做什么？"

"这话应该是我问你吧……"她脚下踉跄着有些站不稳，说话的声音亦是含糊不清。

"我……"韩孝诚本是要解释的，可转念一想，有什么解释的必要吗，所以干脆反问道，"这里有什么不能来的吗？"

陈婉仪半清醒着，这样的清醒足以听懂韩孝诚的话中之意，于是推开他："就是嘛，没有什么不能来的，那你管我做什么。"

她的吐字很是含糊，韩孝诚立刻夺下了她手里的酒杯："你喝醉了，我送你回家。"

"我不回去，我还没喝够呢。"

韩孝诚方才的怒气本就没有消去，这会儿陈婉仪又这样纠缠，更惹得他心烦气躁。

"这不是你该来的地方。"

陈婉仪挣开韩孝诚："这叫什么话，你能来我为什么不能来，都说这儿有个'四小姐'美得跟个仙女似的，我也想来见识见识，不过我后悔了，再美也只是个交际花罢了。"

韩孝诚的脸色忽然就变了，他好像很不喜欢听到这样的话，可是现在的他又怎么可能去和一个醉鬼计较。

"你真的醉了，让你爸爸看到你这个样子，他会生气的。"

"我管不了别人了，我就是想问你，你为什么总是躲着我？"

原本，韩孝诚与项雨浓日渐疏远的消息传到她耳边时，她以为是韩孝诚醒悟过来了，她终于可以完完全全地拥有他了，她即将披上嫁衣名正言顺地嫁入韩家，成为韩太太。可是，如今又来了个"四小姐"，这样的女人似乎是怎么样都灭绝不了的。

"我没有要躲着你。"

话音落下，他干脆一把搂紧陈婉仪的肩臂，往舞厅的大门外走去。直到冷风灌进衣服里，接着又被韩孝诚塞进车里的那一刻，她的意识才开始慢慢恢复。

"谁让你来舞厅的，你怎么知道我在那里？"韩孝诚问道。

脸色通红又失去重心的陈婉仪顺势靠在他的肩上，手舞足蹈地说着话："你最近三天两头往舞厅跑，还有谁不知道吗。反正我就是不许你再和她交朋友，她只不过是一个歌女，一个让人瞧不起的歌女……"

韩孝诚显然是失去了耐心："我和谁交朋友关你什么事，你是我什么人，你凭什么管我。"

陈婉仪一时语塞，随即满是委屈："这话还用问我吗，你要是有闲余的时间应该请我吃饭，请我看电影，而不是和那样的人腻在一起。"

韩孝诚转过脸，面向窗外："我没有闲余的时间来陪你做这些事情。"

"没有时间陪我……"陈婉仪笑起来，夹杂着难以言说的痛苦，此刻的她除了头疼以外，意识已经相当清晰，"难道你就有时间去陪项雨浓，有时间来看这个狐狸精在台上搔首弄姿吗？"

"别胡闹了好不好！"韩孝诚忽然大声起来，倒是吓了前座的司机老宋和陆永贵二人一跳。

"啊！"大概是因为喝醉，陈婉仪听他声音大了，干脆大喊一声，排解心中的不快，"韩孝诚！你为什么总是欺负我！"

"我什么时候欺负你了？"

陈婉仪不依不饶："你就是在欺负我。"

"停车！"

司机老宋不敢有分毫的怠慢，立刻将车停了下来，韩孝诚从车上下来，脸色变得十分难看，他重重地摔上了车门，陆永贵紧随其后也立刻下了车，只朝着司机说了一句："送陈小姐回去。"

16. 诧异

那一夜,韩孝诚并未回木子庄园,而是在他外头置办的小楼住了一晚。回到木子庄园的时候,已经是第二日的傍晚。

"二哥回来啦。"客厅里除了韩孝茹歪在沙发上看书,并没有别人。

"嗯。"

韩孝茹放下手里的书,一路小跑到韩孝诚面前,满脸幸灾乐祸的模样:"听说昨天晚上在'不夜城',你跟陈婉仪吵架啦。"

韩孝诚一怔:"你的消息倒是很灵通嘛。"

韩孝茹的笑意里透着调皮:"我有耳报神啊,就没有我不知道的事儿。"

韩孝诚自然不信这话,好奇问道:"到底是谁告诉你的?"

"还能有谁?"韩孝茹转身又坐回到沙发上,完全是一副欲要邀功的模样,"那位大小姐一大早就来找大姐告状了,不过被我拦住了,我替你解决了一个大难题,你要怎么谢我呀?"

韩孝诚松了一口气道:"你这丫头,要紧的时候还挺机灵,你自己说吧,想要什么奖励。"

"这个奖励你不难办到的。"

看来,孝茹早就已经想好了。

"说来听听。"

韩孝茹挽住他的臂膀,讨好道:"我的好二哥,什么时候也带上我去'不夜城'玩玩呗。"

韩孝诚宠溺地用手指点了点她的脑袋,果然不出所料,这根本就是他不会答应的条件。

"你脑子坏掉了是吧,一个姑娘家去那种地方干什么?大姐要是知道了,看她怎么教训你。"

"我的同学们都去过,我为什么不能去啊,再说了,你带我去,大姐怎么会知道。"

韩孝诚的回答依旧是"不行"两个字。

韩孝茹知道没了希望,一把甩开他的臂膀:"看你平时挺开明的,怎么还是那么迂腐。"

"那你倒是说说,你去那儿干什么呢?"

"见一见你那位'四小姐'呀。"

"前几天不是见过了吗?"韩孝诚忽然意识到韩孝茹的话里有别的意思,随即道,"什么叫我的'四小姐',小孩子家家尽乱说话。"

韩孝茹朝他做了个鬼脸,道:"你就装吧,别以为我看不出来,先前在'不夜城'替人家解围,这回又把人家请到家里来,可惜啊,人家'四小姐'欣赏的却是大哥的诗文。"

韩孝诚竟有丝丝不悦:"你哪来的这么多话。"

孝茹看出他眼神中的异样,心里泛起了小心思:"不过二哥,你的眼光真是越来越好了,那一晚我见到的'四小姐',果然比画报上的人还要漂亮,比项雨浓更是漂亮,唱歌好听,气质也有些不寻常,她跟一般的歌女不一样。"

"观察得够仔细啊。"听她这样分析,韩孝诚倒是来了兴致,"哪里不一样?"

韩孝茹思来想去,似乎怎么也形容不好:"我也说不好,反正,以我一个女人的直觉,她身上散发出来的气质,应该不仅仅只是个欢场女子这么简单。"

韩孝诚干脆在沙发上坐下来,连他自己都没有发现,他其实很想继续听孝茹说下去。

"那你倒是说说看,她若不是欢场女子,又应该是什么样的人呢?"

"二哥难道不觉得她的样子更像是个大家族里的千金大小姐吗?"

韩孝诚不由得微微一怔:"千金大小姐?"

"对啊,"韩孝茹看上去十分肯定,"因为家境败落,无奈踏上了风尘之路。"

韩孝诚懒得再理会她:"我看你是最近电影看多了吧,还有那些国外的小说,以后少看。"

"写进电影和小说里的故事本来就都是现实里遇见过的,"韩孝茹咕哝着,突然想起了一件事,道,"对了,有一件事我猜你是一定不知道的。"

"什么事?"此刻的韩孝诚并没有十分在意她的这句话,连韩孝茹都知道的事情，他怎么可能不知道。

韩孝茹倒是卖起了关子："在告诉你之前，我得先问一问你，你到底对那位'四小姐'了解多少？"

"了解多少？"韩孝诚重复了一遍她的话，他果真细想了片刻，最终笑着摇摇头道，"我和她并没有什么交集，我怎么会了解她呢。"

韩孝茹缓缓点头，更像是在戏弄韩孝诚："这样说来，你们确实是没有什么关系的，那我也不必说了。"

这话反倒是吊人胃口，韩孝诚急道："哎，怎么回事啊，哪里学来的说话说一半。"

"真想听啊？"

"你到底说不说？"

韩孝茹在确认了他十分在意这件事以后，又卖起了关子："那我还有一个条件。"

"就此打住，去'不夜城'的事，你想都不要想。"

"不去就不去，我还有另外的条件。"

"说。"韩孝诚不耐烦道。

韩孝茹的这个条件也是早就打算好的，所以脱口而出："卓别林的新电影就要上映了，我要五张电影票，得是大光明电影院最好的位置，就看二哥能不能帮我办到了。"

"好，这个条件可以答应，"韩孝诚随即答应下来，"现在可以说了吗？"

"等你把票给我了，我再告诉你不迟。"话音落下，韩孝茹已经绕过他，往楼梯那里跑去。

韩孝诚这才知中她一计："你这丫头，属你最精！"

次日上午，韩孝诚果然应了韩孝茹的要求，弄来了她指名要的五张电影票。她收了电影票，便往饭厅那边跑去，韩孝诚已经坐在那里等着她了。

韩孝茹在他的对面坐下来，调皮道："二哥就这么急着想知道呀？"

韩孝诚仍然不说话，一口一口往嘴里送饭。

"好好好，告诉你还不行吗？"

韩孝诚终于仰起头："快说快说，别浪费时间了。"

韩孝茹悠悠地往嘴里送了一口饭，才道："那位'四小姐'还会说一口很流利的法文呢。"

见韩孝诚明显一愣，韩孝茹不禁闪过一个特别得意的笑容，她发现了一个连韩孝诚都不曾察觉到的秘密。

韩孝诚觉得不可思议的同时又将信将疑："她会说法文？你这小东西不会是听错了吧。"

"怎么可能听错，我可是在法国待了五年呢，他跟那个法国人说了好一阵话呢，全程用的都是法语。"

韩孝诚似有些不自在，问道："那他们都说了些什么？"

韩孝茹意味深长地笑起来："二哥，你是不是对人家有点过分关心啊？"

被孝茹说破心思的韩孝诚，忍不住要伸手打她："胡说八道些什么，我不过就是随便问问，是你自己要告诉我的。"

"哪是我非要说的，这些可都是你拿了五张电影票换的。"

"你就是不说，我也会给你的。"

"我才不信呢，别以为我不知道，你最近老往'不夜城'跑，不就是为了那个'四小姐'嘛。"韩孝茹再一次一语道破。

"不夜城"里的灯光幽淡，华尔兹的乐章环绕在整个舞池内。水晶吊灯投射出暧昧又柔和的光线，星星点点地洒在每个人的身上。

服务生端着一只精致的大花篮径直去了化妆室。看见这样的阵势，尹露率先抬起头，却见服务生径直向着林曼的方向过去，不免有些失落。

"林小姐，这是今晚的客人送给你的花篮。"

林曼看着服务生手里的花篮，她显然有些为难，不知道自己究竟是该收下还是拒绝。

"这……怎么又是给我的？"

"哇，倒是很少见这么精致的花篮呀，"不等服务生回话，颜丽丽就先替林曼接了过去，捧在手里一阵惊喜，这花篮倒像是送给她的，"可真是三十年河东三十年河西，想不到无声无息地，咱们小曼妹子的好日子就要来了。"

林曼却是面色沉重道:"可是,我并不知道这是谁送来的。"

秦静菲听出林曼的为难,便走过来看了一眼那只花篮,问道:"怎么,这回又没有卡片吗?"

"没有。"林曼无助地望着秦静菲,不知所措。

"送这么好看的花篮,一定不是个普通的公子哥,送了花却又不留名,这叫什么来着,罗曼蒂克呀。"颜丽丽虽然浮夸了些,但说的这些话还是有些道理的。

"大概是送错了吧。"林曼道,这是她希望的结果。

"不会错的,花篮点了名是送给林曼小姐的,咱们这里哪儿还有第二个林曼小姐啊。"服务生道。

一屋子的人,只有秦静菲知道林曼的顾虑,但还是替她接下那一个花篮,摆放在离她不远的位置,然后劝慰道:"没关系的,收着吧,你就算扔了,送花的人也依然不知道你的态度,我看这花挺别致的,别糟蹋了这花。"

林曼的心终于放宽了一些:"嗯,我听菲菲姐的。"

霓虹如昼,照彻了半边的夜空,光束似游龙轻舞。林曼从舞厅出来的时候已经是晚上十一点了,街面上几乎已经没有了人。

"林小姐,我在这里等你许久了。"

声音明明是从身后传来,那个人却忽然挡在了林曼的面前,让她着实一惊,但见那人的姿态十分礼貌,林曼心下又安定了不少。

"先生……您认得我吗?"这张脸对于林曼而言,似乎并不陌生,可她却怎么也记不起来曾在哪里见过。

"送给林小姐的花篮,还喜欢吗?"

林曼心中不由得一颤,眼前这个人就是那匿名送花篮的人。

"您是?"

"鄙人方庆生。"他极为绅士地说道。

"方……方先生……"林曼终于想起了他是谁,也想起了几天前的那一晚,他带着人闯进了"不夜城"。那个情形再次浮现在眼前,她突然有些警惕眼前这个人。

"想起来了吧？"见林曼怯怯地点头，他又说道，"林小姐不必太拘束，送花篮给小姐完全是出于礼貌，而我本意是要向林小姐表示歉意。"

"歉意？我？"即使林曼已经在很努力地克制，但从她的眼神中依然可以看出她此刻的慌乱。

"那天我带着人来舞厅，我记得恰好是林小姐在唱歌，当时的情形一定是吓着林小姐了。"

与当日判若两人的方庆生依然让林曼害怕，她低着头，不敢直视："那天方先生是来执行公务的，我知道的。"

听她这样说，方庆生倒是松了一口气，道："十分感谢林小姐的体谅，你瞧，都已经这么晚了，我的车恰好在，不如我送林小姐回家吧。"

"不劳烦方先生了，"林曼从心底抗拒，"我等我哥哥来接我，等一下他来了如果看不到我，一定会着急的。"

"也是，那我陪着你一起……"

"小曼。"

林正的声音从他们的身后而来，正好给了林曼得以脱身的机会，她怯怯道："不好意思了方先生，我哥哥他来接我了，我要先回去了。"

"好，那……再会。"

她转身跑向林正，其实她心里不愿意对方庆生说出"再会"这两个字，她不想再见到他，可是一时又想不起比这两个字更适合的字眼，只匆匆道："再会。"

林正的眼睛一直盯着那个方向，直到林曼向他跑来，远处的那个人依然没有离开，他不知道那是谁，只是拉着林曼往回去的路上走。

"刚刚跟你说话的那个人是谁，怎么看着有些眼熟啊。"大约又走出了百米远，林正才问道。

林曼淡淡道："方庆生。"

"方庆生？你是说青龙会的方庆生？"林正听见这个名字，震惊得嗓门不禁大了一些。

"是。"

"你怎么和他说上话了？"林正震惊道。

"门口遇到而已。"

林正是了解林曼的，他没有什么要说的了，只是又多提醒了她一句，绝不可以与方庆生这样的人有所往来。

17. 迷惑

任何消息到了"不夜城"舞厅里，就像是水流浸漫一般，只一瞬间便可以传进每个人的耳朵里。

"小曼啊，今儿姐姐可要恭喜你啊，我才听说的这个好消息，原来每天给你送花篮的人是青龙会的方先生啊。"也无从知晓尹露是从哪里得来的这个消息，反正她已经知道了。

"呦，露露姐你说的是真的呀，给小曼送花的真的是方庆生啊。"颜丽丽倒是与她配合得默契。

"当然是真的。"

颜丽丽羡慕不已："哎呦，那还真是要恭喜小曼了。"

林曼顶不喜欢她们矫揉造作的模样，更不喜欢她们拿自己的事儿来打趣，冷冷甩下一句："这有什么好恭喜的。"

丁守财正好在这个时候进来，径直往林曼的化妆位走过去，他有些为难，但还是直接问道："小曼啊，她们说的都是真的吗？你该不会真的和青龙会的方先生……"

林曼百口莫辩，只好打断了他的话："丁老板您就别瞎猜了，我根本就不认识他。"

一边的尹露笑起来："小曼呀，这花篮都送了一大圈了，你怎么还说不认识人家呀。"

"那是他的事，我是不要的。"

丁守财似乎也不希望林曼与方庆生扯上关系："这个方庆生和韩少爷可不一样，你可要想清楚，不能一时糊涂啊。"

"丁老板不必担心，"正值林曼无可奈何之时，秦静菲很合时宜地缓缓从门口走进来，在自己的座位上坐下来，"小曼不糊涂。"

林曼终于松了一口气，秦静菲一来，那些咄咄逼人的人才散去。

化妆间里的"热闹"终于安静下来，秦静菲向着林曼微微一笑，是安慰，亦是理解。

晚上八点钟的时候，"不夜城"的客人渐渐多了起来，秦静菲正换好了衣裳，开了化妆间的门要走，季泽文几乎是迎面撞上来，将她挡在屋内。看他的脸色，秦静菲已猜了个大概，他一步步进来，关上门，然后将门反锁。

秦静菲在木子庄园丢了链子，又与韩孝诚在化妆间单独说话的事情，不知怎么就传到了季泽文的耳朵里。

他轻轻托起秦静菲的下颚，嘴里却是咬牙切齿："告诉我，韩孝诚那小子都对你做了什么！"

秦静菲的面容上依旧带着勉强的微笑，脑袋轻轻一撇，脱开了他的手。

"季先生，你管得未免也太宽了吧。"

季泽文再一次捏住她的下颚，用力将她的面孔转向自己，发狠道："怎么，攀上韩孝诚这高枝就打算把我给甩了？告诉你，我不答应，你休想！"

秦静菲泛起一阵厌恶："真是有意思，我和季老板有过什么交情吗？"

"难道没有吗？谁不知道你是我的女人，你竟然敢给我戴绿帽子。"如今，韩孝诚已然成了季泽文愤怒的根源，而季泽文更是将秦静菲也当作了他们的较量之物。

秦静菲不由得泛起阵阵恶心："你最好给我放尊重些！我跟你什么关系也没有。"

"好啊，现在我就让你知道知道，我们到底是什么关系！"

他拦腰抱紧了秦静菲，嘴唇就要覆上来，秦静菲立刻用手掌将他就要靠过来的嘴一把推开。

见秦静菲如此反应，季泽文的心里涌起一股愤怒："韩孝诚可以，我为什么不可以！"

"你再碰我一下，我会让你后悔一辈子！"

见秦静菲的怒火燃起来，季泽文反倒被挑起了兴致，他整了整刚才因为秦静菲的挣扎而扯乱的西服,嘴角泛起一抹让人厌恶的微笑,道:"你这是在对我发脾气吗?"

怒气填满了秦静菲的双眼,她说道:"是,也是在警告你。"

"可我就是喜欢你这个样子。"季泽文完全感受到了她眼神中的轻蔑,她面对韩孝诚一定不会是这样的神情,他这样想着,突然就变了脸色,一把抓紧她的手腕,完全将对韩孝诚的怒意统统发泄到了她的身上。

"跟我出去跳一支舞,就跳给那个姓韩的看!"

"我不跟客人跳舞,尤其是跟你这样的人!"秦静菲的言辞无疑是在故意激怒季泽文。

季泽文果真愤怒地失去了常态,脸上的神色几近扭曲、恐怖,他强行拽着秦静菲的手腕,往门外拖去。

"走!跟我出去!"

"你给我放开!"一阵无法克制的恼怒就要爆发出来,她最恨的不是杀不了他,而是不能杀,那就干脆废了他。秦静菲下了决心,趁着季泽文不备,她快速地从妆台拿了一支眉笔,正欲朝着他的双眼刺去……

化妆间的那扇门在此时突然被打开了,秦静菲的怒气直冲脑海,她好像根本没有听见这声巨响,只知道这扇门应该是被人从外头踢开的。

进来的人竟是韩孝诚,秦静菲心中着实惊讶,她慢慢地,不易被察觉地放下了手里的那支眉笔,不禁微微看了他一眼,他的眸子里竟闪过一丝怒气。

季泽文终于放开秦静菲的手,燃起了斗志:"韩少爷的手伸得够长啊,怎么,这种事儿你也管?"

韩孝诚的眼神落在她被季泽文抓过的手腕上,那里已满是血红色的印痕,他沉默了片刻,然后才抬起头,目光盯着她已经发白的脸,问道:"没事吧?"

"没事。"

韩孝诚越过季泽文,心中怒气未消,随意在一张化妆镜前的椅子上坐下来,道:"丁老板,你是不是没有跟季老板说清楚,今天,秦小姐的场子我已经包了,你说我该不该管呢?"

丁守财先是一愣,他完全不晓得韩孝诚口中所说的包场之事,但片刻以后，终于明白了韩孝诚的意思，道："是啊，今儿确实是韩少爷包了'四小姐'的场，所以，季老板，您……"

"包场了？"季泽文知道这分明是假话，却无从辩驳。

韩孝诚得意一笑："是啊，有什么不可以的吗？倒是季老板，砸了我的场，该怎么办呢？"

季泽文怒瞪着秦静菲，口气轻蔑道："真是对不住了，韩少爷，差一点就抢在你前头了。"

"别着急嘛，"若不是韩孝诚抢先一步开口，秦静菲恐怕已经伸手一巴掌打在他的脸上了，"自然会有你先我一步的时候。"

季泽文离开的时候，完全是一副寻仇无门的模样，他很清楚韩孝诚话中的意思，这是一句对他最恶毒的诅咒。

化妆间里，丁守财偷看一眼韩孝诚的脸色，赔着笑，却又不知该说些什么，于是他干脆去到门外，将围在化妆间外看热闹的人群哄散去，屋里只剩下了韩孝诚与秦静菲两个人。经过了上一次，她一定没有话要与他说，这一点韩孝诚很清楚。

只是，他才起身往门口走去，身后她的声音无预兆地响起。

"刚才……谢谢你……"

任何人都能够听出来，这一句道谢说得不情不愿。

韩孝诚停下脚步，转过身淡淡地看了她一眼，道："不必谢我，我只是看不惯男人欺负女人罢了。"

十里洋场，万里霓虹，造就了这个"东方巴黎之城"的绝代繁华。

一连好几天，韩孝诚都准点出现在"不夜城"雅座的位置。秦静菲只装作没看见，唱完该唱的曲子便离开。按照渡边建一给的命令，她虽然急于接近韩孝诚，但眼下的情形反而不能过于着急，毕竟韩孝诚不是季泽文，她已经犯过一次错误了，若是再错，就再也没有机会了。

秦静菲有意从韩孝诚的面前经过，果然被他叫住了。

"秦小姐。"

秦静菲微微一笑，停住脚下的步子，转身道："韩少爷有什么事吗？"

"你明明看到我坐在这儿，为什么就这样走了，总该打个招呼吧。"

韩孝诚道。

秦静菲轻笑了一声,然后对上他的眼睛,十分认真地问道:"打招呼?我们?有这个必要吗?"

这句话多少让韩孝诚有些下不来台,他问道:"秦小姐似乎是对我有什么误解,好像不喜欢和我说话?"

秦静菲淡淡地点点头:"是啊,所以也请韩少爷您离我远一点,免得我有什么图谋,又该让您不安心了。"

韩孝诚微微眯起双眸,眼神还是没有从秦静菲的身上离开:"上海滩有几个女人会希望我离她远一点?你为什么就那么讨厌我呢?"

秦静菲忍不住笑起来,夹杂着一丝讽刺:"韩少未免太自以为是了吧,没错,你有钱,有权利,有地位,很多女人都想巴结你,攀附你,只要你挥一挥手,她们会排着队来讨好你,所以在你的眼里,我就一定也要跟她们一样吗?"

"难道不是吗?"

秦静菲的嘴角忍不住泛起一丝苦涩,然后抬起头,注视着韩孝诚的双眼,道:"这就是我和你无话可说的原因。您好好玩吧韩少爷,失陪了。"

韩孝诚看着她离去的背影,心中竟泛起一丝说不上来的落寞与后悔,他为什么要这样挖苦她呢?

18. 包场

趁着秦静菲离开,尹露找了机会便向韩孝诚那边走过去。

"韩少爷都已经来了这么多回了,怎么也不请姑娘们跳个舞,总是这么干坐着不会觉得无趣吗?"

"呵,"韩孝诚笑着道,"也是啊,那我就请尹小姐跳一支舞吧。"

韩孝诚的话音才落下,尹露露出惊喜的笑容,一刻也藏不住,连忙道:"好啊。"

果然，舞池里几乎所有人的目光都投向尹露，完全满足了她的虚荣心，她可是"不夜城"里第一个与韩孝诚跳舞的女人。

秦静菲恰好走进大堂，一眼便看到了舞池中央正随着柔和的音乐相拥而舞的韩孝诚与尹露，她深吸了口气，转身朝后面的化妆间走去。

身段妖娆的尹露借着这个机会，正慢慢地贴到了韩孝诚的身上，当注意到他的眼神时，不免有些不乐意："韩少爷怎么连跟我跳个舞都是心不在焉的样子？"

韩孝诚收回了眼神："有吗？没有吧。"

"那您在看什么呢？"

"这不是正看着你吗？"

尹露往他方才目光所在的方向看去，那里只余下秦静菲的一个背影。

"原来是秦小姐在那里啊，难怪呢，韩少爷的心思自然也就不在我这里了。"

韩孝诚干脆也不避讳她了，直接问道："秦小姐平时也不爱理人吗？"

尹露看着秦静菲的背影，秦静菲就像是一朵娇艳的牡丹花，华丽、贵气，又夹杂着一股清冷的气质，不能亵渎。她表面上当然不会承认，心里却忍不住羡慕，秦静菲这样的气质加上妩媚的容颜，对于男人来说是致命的吸引力。

她嫉妒。

尹露假意叹了口气，道："韩少爷请我跳舞，聊的却都是'四小姐'，可见是有多心不在焉，真是叫人心寒。"

韩孝诚笑起来："怪我怪我。"

"其实'四小姐'的那些事儿在咱们'不夜城'根本不算是什么秘密，告诉韩少爷也是无妨的。"

"那些事？是哪些啊？"尹露的这些话完完全全挑起了韩孝诚的兴致。

"还不就是那位陈志卿陈少爷嘛，他与咱们'四小姐'的关系可不一般呢。"

"哦？"韩孝诚有些意外，"倒是不知道你说的不一般是怎么个不一般呢?"

尹露知道自己得逞了,又接着说:"他们……反正,在我看来,他们两个人应该是很要好的朋友吧。"

那微妙的心理变化或许连韩孝诚自己都没有发现,他又问道:"很要好的朋友是什么样的朋友?"

"韩少爷以为,一个男人和一个女人之间,还能是什么样的朋友关系呢?"这样的反问恰到好处,不用她再多说什么,韩孝诚自己就把这个问题回答了。

曲罢,丁守财恭恭敬敬地过来:"韩少爷,您来啦,您里边雅座请,您喜欢的红酒已经准备好了。"

"最近你这'不夜城'可是越来越热闹啊。"

丁守财谄媚道:"还不全都是托您的福,您一来,我这里回回都是蓬荜生辉啊。"

韩孝诚轻声一笑:"从前怎么没发现,原来丁老板你这么会说话。"

看韩孝诚心情不错,丁守财自然也跟着高兴:"哪里哪里,不过是说些实话。"

"听说,我大哥前几天来过?"韩孝诚问道。

丁守财揣摩不出他问这个问题的意图,只回答道:"大少爷来过几次,每次都只是坐一会儿,真是太难得了,一定是因为咱们菲菲唱着大少爷的诗词改编的歌,否则哪能吸引大少爷驾临我们这种小地方。"

"秦小姐呢?"韩孝诚突然这样问道。

听起来,韩孝诚似乎是随口问上一句的,丁守财却认真了:"在呢在呢,'四小姐'这会儿正化妆呢,她方才就跟我说了,一会儿唱完下了台,一定好好陪您喝几杯。"

韩孝诚的眸色黯淡下来,似乎略有失望:"又胡说了,按她的脾气,应该是知道我来了,连歌都不愿意出来唱了吧。"

"这自然是没有的事,怎么可能呢,我……这……她……"面对被韩孝诚一语道破的事实,丁守财支支吾吾不知该如何解释。

韩孝诚笑着在座位上坐下来:"没关系,她不愿意见我也不要紧,我今天过来,是有件要紧的事要嘱咐你。"

"韩少爷您吩咐就是了。"

他拿起桌上的红酒杯，抿了一口："你去帮我告诉'四小姐'一声，以后只要是她的场子，我全都包了。"

丁守财兴奋得几乎说不出话来，这当真是从天而降的好消息。

"啊？韩少爷您这话是说着玩的吧？"

"为什么要说着玩，"韩孝诚晃动着手里的红酒杯，"怎么，丁老板是觉得这样不好吗？"

丁守财的眼中几乎就要放出光来："好好好，简直大大的好事，咱们菲菲的这个运道真是好得不得了，这么大个馅饼怎么就砸中她了，她要是知道了，肯定高兴坏了，不过……"

他忽然想到了什么，有些为难。

"不过什么？"

丁守财小心翼翼道："'四小姐'她，一般每天只答应唱两首，您……您要是包了场，这……"

韩孝诚并不在意："行啊，就唱两首，她想怎么着就怎么着。"

"韩孝诚！你到底想要干什么！"

在秦静菲自丁守财口中听到了这个所谓的"好消息"时，她根本顾不上脸上的妆容才卸了一半，就往化妆间外冲了出去，此时，韩孝诚正预备要走，却因身后的愤怒声而停住了脚步。客人们的目光也全都聚集到了这里。

"怎么跟韩少爷说话呢，真是不懂事。"丁守财追出来的时候已经来不及了，只得两边讨好，"韩少爷，您可千万别跟她一般见识。"

韩孝诚微微眯起眼睛看向她，笑容中不禁兴起一抹玩味："秦小姐这火发得奇怪，我有什么地方得罪秦小姐了吗？"

"你这种人就是这样，做什么事都随心所欲，从来不想一想别人愿不愿意接受。"这明明是她任务成功的标志，她却感觉是受到了侮辱一般，来自韩孝诚的侮辱。

就在秦静菲愤怒相对的时候，韩孝诚那里却是不由得溢出一阵低沉的笑声，他佯装无辜地看了一眼丁守财问道："这到底是怎么了，我好像没招惹秦小姐吧，是不是丁老板没有把我的话说清楚？"

不等丁守财回答，秦静菲突然喊道："你真的喜欢听人唱歌吗！"

韩孝诚微微一挑眉，答道："不喜欢啊。"

丁守财早就吓出了一身冷汗，秦静菲若是因为这事得罪了韩孝诚，这责任可得由他担着，他趁着机会拉回正在气头上的秦静菲，说道："怎么回事啊菲菲，好好跟韩少爷说话！"

秦静菲甩开丁守财，冲着韩孝诚吼道："那你包什么场？！为什么要包场？！"

看着她是真的生气了，韩孝诚的笑意更浓了："按我的理解，包场和喜欢听人唱歌，好像是两码事吧。"

秦静菲接过他的话："我看你不过就是个纨绔子弟罢了，钱多得没处花吧！"

韩孝诚脑中飞快地闪过一个念头，他是不是真的想错了，本以为秦静菲想借那些所谓的"达官显贵"飞上枝头，当然这其中也包括他的哥哥，但此刻，从她的眼睛里，他不曾看到任何的欲望，究竟是她隐藏得太好，还是她真的不曾这样想？

他贴近秦静菲，言语中依旧想要挑动她的怒气："我这样做当然有我的道理，这法子我可是想了好久呢，我包了你的场，看你还怎么勾引我大哥。"

秦静菲怒瞪着他："你给我听好了，我发誓，我秦静菲绝不会为你唱一首歌！"

韩孝诚的脸上终于浮现出些许怒气："好！有骨气！"

他很快收敛了那摄人的光芒，他原本不想要为难她的，却还是为难了她。

"装什么清高啊，欲擒故纵这一招要是玩砸了，可就再也没机会了。"尹露的话音才刚落下，化妆间里便安静得几乎能听见每个人的呼吸声。

此时，一股浓浓的火药味已经燃起。

秦静菲将手里刚刚取下来的饰品摔了出去，"哗啦啦"的一阵金属与桌面碰擦在一起的声音，让人不禁心跳起来。

"闭上你的臭嘴！"

秦静菲这一句话，激起了尹露的战意，她干脆站到秦静菲面前，这场不可避免的争吵完全是因为她心里已经憋了许久的妒火。她怒喝道："真当这'不夜城'是你说了算吗，不就仗着自己会勾引男人吗，你有什么可得意的？"

"你够胆把这句话再说一遍！"秦静菲的两只手紧紧地握住，怒火在胸中燃烧着，她恨不得……

尹露底气十足："我说你勾引男人，你每天昂着头，瞧不起这个，瞧不起那个，你自己又算个什么东西，靠着男人赢来的风光，你真的以为你自己很干净吗？"

"天下乌鸦一般黑，我从来没觉得自己有多干净。"她说这句话的时候很平静。

"你本来就不干净。"

尹露的话音才落下，秦静菲一掌打在她的脸上。尹露很快反应过来，就要还手时，却被一股大力抓住了手腕，就在她欲要破口大骂之前，看清楚了来人以后，瞬间不敢再说一句话。

秦静菲却依然冲着她怒吼道："你给我记住，再让我听见一句这样的话，我听见一次打你一次。"

"韩少爷……这……"丁守财是跟着韩孝诚一起进去的，化妆间里的动静早已经惊扰到了外头的客人。

林曼拉着有些狼狈的秦静菲坐下，轻轻地安抚着她，她依然在气头上。

"丁老板。"韩孝诚放开尹露的手，他清楚地知道，这场争吵是因他而起的。

"在在在……"

韩孝诚的目光停留在秦静菲的身上，然后吩咐道："尽快给秦小姐安排一间单独的化妆间。"

"好的好的，我这就安排。"

从她身上收回了目光的韩孝诚正要离开，身后却传来秦静菲不依不饶的怒声："用不着你来当好人！"

韩孝诚的脸色突然变得很不好看，却没有接她的话，头也不回地离开了。

19. 接近

这一日以后，秦静菲独自在家里躺了两天。丁守财给她打了一个电话，林曼特意来看望过她一次，除此之外，还有渡边建一来过。

"最近进展得非常快，这样很好。"

昏暗的房间里，她就站在渡边建一的眼前，却看不出面色沉重。

"我想知道，当初，为什么非要让我去接近韩孝诚。"

"你只需要执行任务，而不应该问为什么。"

她害怕听到这个冷漠的声音，是盘旋在耳边怎么也挥散不去的绝望。

"这个任务我做不到，他一直都在怀疑我。"只有秦静菲自己知道，她放弃的原因完全不是因为韩孝诚的怀疑，而是害怕一旦走近他，她的这层身份会被揭穿。

"美丽的女人，什么都不需要做，就可以办到你想办到的事。"渡边建一笃定道。

"可他根本不相信我。"

渡边建一竟然笑起来："不，我认为，他已经开始相信你了。"

他离开前，留下一张近来程可欢在日本的日常照片，那是比胁迫更好的办法。

一整夜翻来覆去，鬓角边已经被泪水浸湿，一双悲凉的眼睛无神地望着黑暗中的一切，天花板是灰白色的，她绝望了。

两天以后，当秦静菲再次出现在"不夜城"的时候，她所接收到的周围的目光完全与以往不同。因为有了韩孝诚的包场，丁守财又已经为她安排好了一间独立的化妆间，秦静菲在"不夜城"的地位在无形间又提高了许多，这里的人对她更是不敢有丁点的怠慢。

她不动声色地在人群中寻找那个让她"害怕"的身影，韩孝诚并没有出现。但另一个熟悉的身影引起了她的注意，这是她第一次在这里见到他。

"志卿？你怎么跑到这里喝酒来了？"

秦静菲在他身边坐下来，一股酒气扑来，此时的陈志卿已经醉意深浓。

他看着酒杯里的液体，眼神迷离："我也是才知道，酒真是个好东西，难怪这么多人喜欢呢。"

秦静菲本欲夺下他手里的杯子，可已经悬在半空的手还是收了回来，只是劝道："你根本就不会喝酒，还是少喝一些吧。"

"但是我想喝醉一次，醉了就什么烦恼也没有了。"他仰头将杯中的红酒一饮而尽。

"是不是出什么事了？"秦静菲问道。

陈志卿苦笑着说："小菲，我问你，如果有人逼你嫁一个你不爱的人，你会怎么做？"

她想了想，摇了摇头，她的人生连这样的痛苦也不配有，说道："我也不知道。"

"我不想娶她。"他又将一杯酒猛地灌下。

"是韩家的那位二小姐吗？"秦静菲问。

"她不爱我，我也不爱她，为什么非要我们在一起？"他用手里的酒杯不停地敲着桌面，可这根本不足以形容陈志卿此刻的压抑，他和父亲陈应雄的分歧实在是太大了，婚姻、理念，还有信仰。

"难道是你的父亲非要……"

"他总是希望能与韩家攀上亲……他希望婉仪嫁给韩孝诚，或者我娶了韩孝茹……可是韩孝诚何时将他放在眼里……这样贴着人家有什么意思呢！"

他通红的双眼燃起愤怒，一瓶红酒下去，陈志卿倒在桌上，已经睡得不省人事。那一晚，秦静菲特意托林正将他送回了家。

之后便听人说，陈志卿与陈应雄起了大争执，已经被他父亲锁在家里派人看管起来了。这或许就是世人眼中的豪门世家，除去钱财富贵，即便是个人的婚姻，也是没有自由可言的。

音乐悠悠地响起，舞池里尽是打扮艳丽的女子，晃动着妖娆的身躯，正用佻薄的语言引诱着那些愿意往她们身上砸钱的男人们。

空气中弥漫着烟酒的味道，许多人喜欢这样的气氛，但秦静菲很不喜欢。

"小曼，我找了你好一阵呢，原来你在这儿啊。"

秦静菲在林曼的对面坐下来，见她手里端着酒杯，正焦虑地注视着前方。

"小菲姐，我该怎么办呀，你看那边那个人，最近他总是来这儿找我。"林曼为难道。

林曼说的那个人正是方庆生，此刻，他正在离她们不远的地方与相熟的客人说话。

秦静菲立刻明白了林曼的心思，问道："你讨厌他，是吗？"

林曼想了想，她心里的那种感觉不是讨厌，而是……

"我很害怕他。"林曼说，"他是青龙会的人，他在为青龙会做事。"

为青龙会做事……秦静菲的心头微微一抽，自己不也是这样的人吗？这真是一场讽刺。她轻轻拍拍林曼的手，安慰道："一会儿我去替你支走他。"

她才要主动迎上方庆生，却被林曼一把拦住。林曼道："小菲姐，这样的人不好惹的，他要是再缠上你可怎么办呀？"

"放心吧，他可没那胆子。"林曼会意，她想着方庆生之所以不敢惹秦静菲，自然是由于她身后有韩孝诚的缘故，却不曾听出另一层意思来。

没一会儿的工夫，方庆生果然向着林曼的方向走过来。

"林小姐，我可以请你跳一支舞吗？"

林曼迟疑地看着他伸出的手，如果他不在青龙会，如果他不为青龙会做事，如果他的手上不沾满鲜血，如果他就是这样的人，如此的翩翩公子，她应该会动心的吧。

可是现在……

"方先生，我……"

"方先生，难得您赏脸来咱们'不夜城'玩儿。"不等林曼说完，秦静菲接着她的话音开口了。

大概是舞厅里的灯光太暗了，方庆生这才注意到林曼斜角边坐着的人是秦静菲。他说道："方才没有注意，'四小姐'也在。"

"真是不巧啊方先生，小曼的脚昨天不小心崴了，恐怕不能跳舞了，不如我来陪您跳吧。"

林曼的犹豫和秦静菲的出头，让方庆生似乎感觉到了什么，却并未流露分毫，只道："'四小姐'肯赏光，当然是方某的荣幸。"

方庆生礼貌地牵着秦静菲的手，步入舞池。

秦静菲竟然答应陪客人跳舞了？

这场面不由得引来周围诸多人的瞩目。只有她自己依旧若无其事地踏着步子，然后与方庆生攀谈起来。

"听闻'四小姐'不喜欢跳舞，这应该是小姐头一回和客人跳舞吧？"方庆生问道。

秦静菲笑起来："我只是不喜欢总是晕头转向的，但今天不一样，一来我是替小曼，二来，与方先生共舞是我的荣幸。"

方庆生嘴角边的笑容意味深长，忽然觉得眼前的这个女人有些琢磨不透。

"'四小姐'交友广，认识的人应该不少吧。"他是有意往这个话题上引的。

秦静菲一怔，有意识地回答道："自然。"

"却唯独与青龙会保持着距离？"方庆生紧接着道。

他之所以这样问，完全是因为一个特工敏锐的直觉，他觉得如果秦静菲与青龙会保持距离的行为属于正常，那么上一次他闯进"不夜城"的时候，他明明告诉渡边建一，当晚与韩孝诚接触最多的就是这位"四小姐"，为什么这条信息并没有引起渡边的重视呢？似乎有人在背后刻意保护她。

"怎么会，我在青龙会里可是有朋友的。"秦静菲竟然这样回答。

这个回答完全提起了方庆生的兴致，方庆生疑惑道："哦？"

"我和方先生，不就是朋友吗？"这应当算作一种戏弄。

而方庆生也完全没有想到秦静菲竟会用这样的方式来搪塞他，忽然笑起来，道："对，对，我们是朋友。"

才下了舞池，没走几步，一双大手便将秦静菲拦腰抱住。她着实吓了一跳，却因周围都是客人，到底没有大声叫喊出来。

她只是下意识地去掰开那双脏手，可是那人搂得很紧，怎么也扯不开。

秦静菲转头瞪着那个人,果然是一张新面孔,难怪这样不懂规矩,竟敢对她如此无礼。

"请你放开。"她现在的口气还是很温和的。

"到底是'不夜城'的头牌,长得还真是漂亮!我出五块大洋,请'四小姐'跟我喝一杯,不知道'四小姐'肯不肯赏光啊。"那人的手依旧搂在秦静菲的腰间,随着话音落下,他已经将一杯红酒递到了秦静菲的面前。

秦静菲瞥了一眼那杯酒,嘴角的笑容压抑着心中已被勾起的怒火,回绝道:"不好意思这位先生,我向来是不跟客人喝酒的。"

那人微怒道:"少糊弄我,你还说过不和人跳舞呢,刚才不就破例了嘛,看来是价钱不够高啊,不如这样,跟我喝一杯酒十块大洋,喝不喝?"

秦静菲愣了片刻,突然变得温和起来,转过身,暧昧地扯着他西服里的领带,道:"这可是你说的,喝一杯,十块大洋。"

那人自以为得了逞,奸诈的笑容越发叫人厌恶。

"当然,说话算话。"

"好!"秦静菲答应得十分爽快,随即吩咐道,"把酒倒满,这么一点喝起来太没意思了。"

那人大呼一声"好",迫不及待地等着秦静菲向他敬酒。

服务生惊愕地看着秦静菲,有些不确定地按照她的嘱咐,倒上了两杯酒。

秦静菲看着那两杯酒,不满道:"再倒满些。"

见秦静菲酒杯中的酒满得就要溢出来,那人兴奋道:"这么一大杯酒,'四小姐'打算怎么喝呢?"

秦静菲的脸上依旧是迷人的笑容:"先生刚才的作为,我非常讨厌,而你现在的样子更让我觉得无比恶心,所以这酒,咱们不如就这么喝吧!"

话音还未曾落下,她手中满满的一杯红酒,自那人头顶开始倾泻而下。

那人愣了足足两秒,胡乱擦了被酒浇湿的脸,挥起手掌朝着秦静菲扇过来，嘴里骂骂咧咧："你他娘的！"

秦静菲用力打掉了他就要挥上来的手，紧接着便指着他大骂道："你敢动我一下试试，我也让你尝一尝黄浦江的水是什么滋味！"

那人被秦静菲的言语激怒，彻底变了脸："你是个什么东西，一个交际花还敢跟老子横，不就是伺候了几天韩孝诚嘛，还真当自己是个贞洁烈女了？"

此刻，谁都没有发现，不远处，有一双眼睛正透过手中的红酒杯，冷眼看着舞厅一角发生的一切。

秦静菲没有再与他争辩下去，而是随意从身边拿起一个酒瓶，就往他的头上砸下去。

那个人才想还手，却毫无预兆地被身后的两个人反手扣住。

只听陆永贵高声喊道："就按秦小姐刚才说的，扔黄浦江里去醒醒酒。"

听见这说话的声音，秦静菲猛地回头，韩孝诚已经走到了门口。

20. 吃醋

自那以后的几天里，韩孝诚未曾在"不夜城"里出现过，这让秦静菲的计划再一次被打乱了。

她站在露台上，目光缓缓从傍晚昏黄的天空移开，斜阳之下，所有的一切又将随着时间的推移缓缓进入记忆。

她走入房间，坐在梳妆台前，镜中的女子容颜未变，清丽秀雅，只是，那双依旧明亮的眼睛早就已经失去了纯洁，平静之下隐藏着的是决绝。那不再是程小姐的眼睛，而是秦静菲的。

她正按照渡边的指示，将她所知道的有关于韩孝诚的所有行踪进行汇报，秦静菲清楚，韩家的势力是青龙会立足于上海的阻碍，渡边建一正不择手段地想要除掉韩孝诚，然后得到韩家的全部。

她开始越来越不确定，她走的每一步究竟是不是对的。

傍晚五点，如往常一样，她又该化上浓妆，去"不夜城"了。

此时，一阵急促的敲门声响起，打乱了所有的节奏。门口站着的竟是伊娜，她的脸色煞白，像是出了什么大事。

"怎么了伊娜，是出什么事了吗？"

还未启口，伊娜的眼泪已经落下来。她呜咽道："小菲，我实在是走投无路才来找你的，囡囡出事了。"

她的心突然沉下去，问道："囡囡怎么了？"

伊娜告诉说，囡囡是在和孩子们玩耍的时候突然摔倒的，身上不小心磕破出了血，这本不是大事，可那血却怎么也止不住，眼下，除了需要紧急输血以外，确认病因才是要紧的。

"大夫怎么说？"秦静菲焦急地问。

"大夫说血止不住是一种奇怪的病，但现在还不能确诊，得去大医院，可是孤儿院里实在拿不出那么多的钱，我去找了志卿少爷，可是他们家的管家说他不在家，把我赶出来了。"

看着伊娜整个人微微地颤抖着，秦静菲努力地镇静下来。

"确实是不便找他，现在需要多少钱？"

"输血的钱还不够，后头需要多少，就不知道了……"泪水止不住地流下来，不是因为医疗费的缘故，而是她心疼孩子。

"你等我一下。"

秦静菲转身往屋里去，抽屉一侧的匣子里是她全部的积蓄，她在"不夜城"的这几年，钱自然是赚得不少的，可为了弟弟在日本的那户人家能过得好些，大多数的钱都寄到了那里，她数了数，这会儿匣子里还有十五块大洋，她拿出五块大洋，那是她下个月的生活费以及要交给房东太太的租金……

罢了，她还是将那五块大洋又重新放回了匣子里，一并交给了伊娜。

从医院出来的时候，天已经黑透了，秦静菲裹紧了大衣，迎着冷风往"不夜城"走去。

医生说，孩子得的这个叫"血友病"，先天性凝血功能障碍。

囡囡不是她的谁，只是她活在这世上的一个影子，在这孩子的身上，她恍若能看见从前的自己，心中一股无边的绝望浮上来。如果当年，她不是被渡边抱走的，而是被好心人送进了孤儿院，应该会有很不一样的人生吧。

可是所有的一切都发生了，她再也回不去了，可囡囡是有未来的，她不能让囡囡死，她要救囡囡……

只是，那笔高昂的医疗费要去哪里筹呢。

夜色下的"不夜城"舞厅依旧笼罩在灯红酒绿之下，耳边漫溢着靡靡之音。每日都会有许许多多的人，心甘情愿地在这昏暗暧昧的靡靡之音中买醉销魂。

在这样的地方，金钱和纸是一样的，那些达官贵人们宁愿把钱挥霍在这里，也不会乐意去救助任何一个可怜人。

这是秦静菲第一次觉得清高有多么不值钱，只要她放弃那些虚无缥缈的所谓的尊严，她想要的钱很快就可以筹到了。

韩孝诚来的时候心情本是不错的，但看到眼前的场面，忽然间什么兴致都没有了。他在贵宾席的专座坐下来，眼睛郁结着一股怒气，始终盯着那个方向，怒火渐渐地燃烧起来。

陆永贵应了韩孝诚的吩咐，将丁守财叫过来问话。此刻，他完完全全是被陆永贵揪着衣领子带到了韩孝诚的面前。

见韩孝诚的脸色十分不好看，丁守财小心翼翼地招呼道："韩少爷，您来啦，您好像有些日子没来了……您来怎么也不说一声……"

韩孝诚始终不说话，丁守财顺着韩孝诚正死盯着的方向看去，眼前此景再加上韩孝诚已经紧绷的表情，丁守财猛地反应到，这回自己闯下了大祸。

"还记得你跟我说过的话吗？"韩孝诚终于开口了。

"记……记得……"吞吞吐吐间，丁守财自己也不知道究竟该说记得还是不记得。

韩孝诚怒瞪着他，问道："你不是跟我说秦小姐平常是不跟客人喝酒的吗？我包了她的场，现在在我的场子里，她竟然和别人喝起了酒，丁老板是不是应该给我一个解释。"

完全摸不着头绪的丁守财怎么也没有想到，秦静菲竟然会去跟客人喝酒。所以连解释的话都是断断续续的，拣不出一句要紧的来。

"韩少爷,我真的不知道啊,秦小姐她怎么……怎么就……"

"你不知道?"

韩孝诚冰冷的语气吓得丁守财微颤。

"这真是从来也没有过的事儿啊,我哪儿敢骗您呐,且不说是您包了秦小姐的场子,这位姑奶奶的脾气您也是知道的,别说喝酒,就是让她在台上多唱一分钟都是办不到的。"

"那你告诉我,她现在在干什么?"韩孝诚冷冰冰地丢出这句话。

"她……她……"

韩孝诚的表情更加阴沉:"谁允许她跟客人喝酒的!"

昏暗的灯光下,她一口将满杯的酒喝了个精光,酒很烈,她又喝得急,以至于呛得死去活来,眼泪都出来了。"四小姐"难得与客人喝酒,自然是要尽兴的,所以每一杯酒的酒杯下面都压着钱,只要她喝完这些,酒桌上所有的钱就都是她的了。

"别喝了!"秦静菲才举起酒杯,便被韩孝诚按下。

她不屑地抬起头看着韩孝诚:"我是在工作,你别管我。"

他依旧按着酒杯,怒意渐渐明显:"我再说一遍,别喝了!"

韩孝诚有多少人得罪得起,酒桌边的人早就吓得连大气都不敢喘,慢慢地放下手里的酒杯,恨不得刚才的一切都没有发生。

"我在你的眼里不就是这样的人吗,更何况你也管不着我。"秦静菲避开他的目光,故作平静地说道。

"好,你看我管不管得着。"韩孝诚硬是夺过她手里的酒杯,冲着方才那几个与她碰了杯的男人狠狠道,"还不滚?要我跟你们喝吗?"

话音才落下,那几个人早已经散得无影无踪。

秦静菲看向他,目光倔强:"不跟他们喝,我还可以和别人喝,有本事你把'不夜城'的客人都赶走。"

他紧紧抓起秦静菲的手腕道:"你想喝酒是吧,可以啊,我陪你喝。"

秦静菲怒视着他,她是拗不过他的,所以干脆一把甩开他的手,径直往化妆间去了。

然而,她才关上门,便后悔了,她完全不知道季泽文是什么时候进到她的化妆间的。而此刻，他正坐在她的妆台前。

那是韩孝诚给她的独立的化妆间。

"你怎么进来的？"

季泽文得意道："你怎么进来的，我就是怎么进来的。"

"出去。"秦静菲冷冷地甩出这两个字，面无表情。

"发什么火，得罪你的人可不是我。"说话间，季泽文已经走到她的面前，"生气了？他刚才确实是太不给你面子了。"

秦静菲越过他往化妆台那里走去，有意与他保持着距离："季老板来这里，不仅仅是为我打抱不平吧？"

"前几天让人送来的料子你怎么不收啊。"季泽文靠得很近，她厌恶之余，忽然觉得他还是有些价值的，至少现在。

秦静菲冷笑一声道："无功不受禄。"

"就算作是我为上次冒犯小姐的事赔不是。"

秦静菲"哦"了一声，声音变得绵绵的："原来是这样，那我要是还不收，就是我不懂事了。"

季泽文从未见过这样顺从的秦静菲，一时间兴奋起来，一只手已经游走在她的脸颊上。

"我的心肝儿，早就该这样懂事了。"

秦静菲别过脸去，避开他的手，嘴里却依旧温柔道："那料子就劳烦季老板，再派人送一趟过来吧。"

"好啊。"

季泽文搂过她，试图亲吻。一阵剧烈的恶心翻涌上来，秦静菲立刻躲开了。这一举动不免让季泽文再次生了怒气，但就在他发作之前，秦静菲立刻道："季老板不是想和我跳舞吗，我可以答应。"

她的态度让季泽文更是摸不着头脑了。他感慨道："今天这是怎么了，几日不见，你忽然变成这样，我反倒是不习惯了。"

"不过我有一个条件。"

季泽文不加任何思考，脱口道："只要你说，什么条件我都答应，让我立刻娶你都可以。"

"我要钱。"秦静菲道。

季泽文不禁愣了一下，又突然笑起来，从秦静菲的口中说出这样的话来，确实让他觉得不可思议。他问道："到底是你想通了呢，还是因为你缺钱？"

"缺钱。"

这个回答让季泽文很满意，想要钱的女人是最容易得到的，他以为他的机会终于来了。他再一次靠近秦静菲，诱惑道："我能给你一个赚更多钱的机会，只要你肯……"

厌恶感再一次泛起，秦静菲道："季老板要是不想跳舞……"

趁着秦静菲反悔之前，季泽文立刻改口讨好道："好好好，跳舞，就跳舞，我们去跳舞。"

而让季泽文没有想到的是，他才与秦静菲踏入舞池，他的舞伴便被韩孝诚拉了出去。

"跟我过来！"

韩孝诚抓着她的手，力气越来越大，抵制她的反抗。他将她拉到角落处，整个人挡在她的身前，遮住了她所有的视线。

"说，你想干什么？"黑暗的角落里，他的眼中闪着恼怒。

不等秦静菲回答，身后另一个声音的响起，让他眼中的恼怒瞬间变成了一股杀气。

"韩孝诚，你什么意思！她想和谁跳舞就和谁跳舞，你凭什么管这么宽！"自韩孝慧的生日以后，季泽文与韩孝诚早已是公开撕破了脸，那样倒也好，再也不用像从前那样假意客套。

"再多说一句话，我立刻废了你。"他与季泽文说着话，目光依旧盯着眼前的秦静菲。

"你敢！"

"你看我敢不敢！"

季泽文的挑衅让已经怒不可遏的韩孝诚瞬间拔出了枪，转身便将黑黝黝的枪口顶在了他的脑袋上。

21. 洞穿

顾三儿是在听到动静以后赶过来的,待他的手枪对向韩孝诚的时候,季泽文满是得意,但只是一瞬间,陆永贵的枪口已经顶在了顾三儿的脑后。

一时间,四个人就这样僵持着,无一人敢靠近。

秦静菲猛地拉住韩孝诚的手,她完全没有想到,她与季泽文的接触会引来韩孝诚这样的反应。

"顾三儿!你小子昏头了是不是!"陆永贵用枪口用力顶了一下他的脑袋。顾三儿偷眼看了看季泽文,突然觉得这是个极好的机会,在上海滩这个地方,为季泽文卖命,倒不如向韩孝诚示弱来得更保险。

顾三儿慢慢地放下枪,季泽文看着顾三儿的动作,恨不得先杀了他。他开始心虚,面对韩孝诚,他完全处在了弱势。

陆永贵一脚踹在顾三儿的身上,顺势夺过了他手里的枪,对准了季泽文。韩孝诚收回了顶着季泽文的枪,然后是一阵极具讽刺的冷笑。

"趁我还没有反悔,带着你的人立刻消失。"韩孝诚道。

季泽文郁结在心头的一口气终究是无处发泄,他咬着牙离开,却不敢再多说一句话。

韩孝诚沉默了片刻,转身将秦静菲拉去了化妆间。

秦静菲本是奋力挣脱的,但终究是敌不过他的力气。化妆间的门"砰"的一声关上了。她不禁倒退一步,韩孝诚依旧还是站到了她的面前,两人离得很近很近。

"我大哥、陈志卿、季泽文,告诉我,之后还有谁?你到底想要干什么?"他说这些话的时候,声音和情绪都没有半点起伏,这才是最可怕的。

秦静菲直视着他:"我再说一遍,我的事你管不着。"

她的话没错,此时,韩孝诚的脸上,正渐渐地浮现出一丝无奈,取代他的霸道:"对,你想怎么样我管不着,但是你在我包下的场子里和别的客人喝酒,你凭什么觉得我会同意。"

"我明白韩少爷的意思了,从明天开始我去别的场子喝,离你远远的，绝不会让你丢面子。"秦静菲依旧在激怒他。这是她心底想要说的话，不是欲擒故纵，更与所谓的"任务"无关。

他略带嘲讽地扬起嘴角："所以，那些所谓的清高都是假的，现在装不下去了吧？"

她不想在他的面前有任何的软弱："你说对了，我就是装清高，现在我不想再装了，只要我喝几杯酒，跳几支舞，就可以得到那么多钱，我为什么要拒绝呢。"

韩孝诚的一只手紧紧地扣在她的腰间，将她逼到了墙角，他们从来没有靠得这样近，以至于他的气息全部喷在了她的脸上。

秦静菲下意识地想要推开他，可是他已经低下头，覆住了她冰冷的唇，这措手不及的吻完全带着一种强迫，没有任何的爱意。所以，他也根本无视秦静菲的反抗。

直到那个吻中隐隐渗出一丝血腥味，他在吃痛间终于退开。

唇上还留有一些血迹，韩孝诚随意用手指擦去，然后扬起头对上她的眼睛："怎么，不喜欢吗，这样可以让你挣到更多的钱。"

秦静菲十分平静地注视着韩孝诚，如果不是脸颊上划过的滚烫的珠子，应该没有人会知道她此刻的心情是什么样子的。

"韩孝诚，你一次又一次地羞辱我，到底够了没有……"一如她的神情，从她口中说出的每一个字也没有任何的起伏。

韩孝诚愣住了，气氛隐隐地凝结起来，面对眼前的秦静菲，他忽然间一句话也说不出来。

他有些歉意，却说不出口。他转身离开，而让他更意想不到的是，开门出去的时候，门外站着的竟是韩孝俊。

"孝诚，你在干什么？"韩孝俊不禁看了一眼他身后的秦静菲，忍不住指责道。

"没干什么。"他转身轻哼一声，歉意已经完全消失了，他狠狠地瞪着秦静菲，那几个字几乎是从牙缝里挤出来的。

"跟秦小姐说话，态度好一些。"韩孝俊道。

韩孝诚的眼神依旧落在秦静菲的身上："大哥就不必为秦小姐打抱不平了，我跟秦小姐可是老熟人了，她不会介意的。"

"秦小姐，对不起……"这一声对不起是韩孝俊说的。

随后，她奋力推开堵在门口的韩孝诚，头也不回地离开了。

韩孝诚依旧愣在那里，反复想着刚才秦静菲的模样，悔意复又燃起，他是不是真的有些过分了，他明明很生气，又为什么会去吻她，可他已经这样做了，后悔和歉意都是无用的。

"秦小姐，你不要紧吧……"

韩孝俊一路追出去，秦静菲的泪水早就止不住地往下直掉，她背对着韩孝俊，不至于让他看到自己此刻狼狈的模样。

"我这个弟弟就是这样的，秦小姐千万不要介意。"韩孝俊歉意道。

"我没事的，先走了。"

秦静菲一路跑开，她更想逃离的是这个世界。

一路无话。

车子往木子庄园里驶去，韩孝俊下了车，径直往正厅而去，三两步已经跨上了楼梯，韩孝诚紧随其后，终于叫住了他。

"大哥，你等一等。"

韩孝俊转身间忍不住偷偷一笑，他到底是忍不住了。韩孝俊从楼梯上下来，然后在客厅的沙发上坐下来。

"肚子里的话怕是已经憋一路了吧。"

难得兄弟两个人说话的时候，韩孝诚比韩孝俊更认真一些："哥，其实我一直有句话想问你。"

"说话吞吞吐吐的，可不像你。"韩孝俊似乎已经知道了他要问的是什么。

韩孝诚在侧边的沙发上坐下来，沉默了片刻后，问道："大哥是不是喜欢那位秦小姐？"

意想不到的是，韩孝俊竟然笑出了声，复又向他确认了一遍："你说的可是'不夜城'的秦静菲小姐？"

韩孝诚不解他的笑意："自然说的是她。"

"我就知道，一路上你小子心里头就想着这事儿呢，我和秦小姐？"韩孝俊不禁觉得有意思，他这个聪明的弟弟也有如此糊涂的时候，"你没事吧？"

从他的话语中，韩孝诚仿佛看到了希望，反问道："难道不是吗？"

韩孝俊摇头道:"差了十万八千里。"

韩孝诚一怔,又问道:"那……那你最近总往'不夜城'跑,去做什么?"

"我往那里跑,就一定是为了秦小姐吗?"韩孝俊反问道。

"可是最近……"韩孝诚不禁看了一眼二楼,见无人,但还是压低了声音,"大哥,你该不会是想借用她在'不夜城'的身份帮你……这事儿我可不答应啊。"

韩孝俊会了他的意,立刻道:"你想哪儿去了,都不是。"

韩孝诚倒是更好奇了:"那你为什么老往舞厅跑?"

"我想去听歌行吗?"韩孝俊无奈道。

"听歌?"韩孝诚当然不会信他这样的解释。

"倒是你,缠着人家秦小姐不放,你要做什么?"

"我……我是担心她唱着你的歌,怕是有意想接近你。"韩孝诚说得心虚,他并不希望这个假设成立。

"别把她身边所有的异性都当成你的假想敌,"韩孝俊打了个哈欠,慵懒地从沙发上站起来,"这么晚了,我可不陪着你胡思乱想了,你与秦小姐的事,自己好好处理吧。"

韩孝诚的办公室就在康源百货的楼上,陆永贵敲了门进来,这回他是受了项雨浓的重托而来。下周便是韩孝诚的生辰,为求修好,项雨浓预备在小洋楼里为他好生张罗一番,可寿星公若是不出席,岂不成了笑话。但意料之中的是,韩孝诚果真只应了一句"知道了"。

"少爷,那今天晚上,您……"陆永贵琢磨着韩孝诚此刻的脸色,很显然,陆永贵心里是向着项雨浓的。

"去'不夜城'。"

得到答案的陆永贵竟是一声微微的叹息声,似乎是在为项雨浓鸣不平。

韩孝诚抬头看向他:"想说什么话就说,站在那里叹什么气呀!"

陆永贵丝毫不掩饰:"少爷,其实我觉得吧,大少爷一定是没有看上'四小姐'的,倒是您……"

"我怎么了?"

陆永贵不情不愿道:"是您看上'四小姐'了吧。"

韩孝诚轻哼一声,不由得停下手里的事情,目光停留在陆永贵的身上,一时间他好像想不出什么有说服力的话来,只道:"少胡扯。"

"反正,我觉得您待'四小姐'不一样。"

"不一样?"韩孝诚反倒对陆永贵这句略带着抱怨的话起了兴致,"你倒是说说哪里有不一样,我自己怎么不觉得?"

"就比如,您看'四小姐'的眼神,跟她说话的口气,反正哪儿哪儿都不一样,"他一着急,话说得断断续续,完全没有将心里的意思说清楚,"反正我也说不好,您就是对'四小姐'不一样。"

韩孝诚丝毫没有听出陆永贵的口气中带着丝丝的抱怨。只是,他看她的眼神?与她说话的口气?好像每一次都不是很客气吧。

"谁让那丫头跟别人也不一样,倔得很!"韩孝诚道。

陆永贵越发肯定,秦静菲早已经进入了韩孝诚的心里。

"您要是真喜欢她,何不另外再置办一处房子,让'四小姐'住进去不就得了。"

韩孝诚似乎没有听出来这是陆永贵的试探,笑道:"你这是什么馊主意,你以为就她的性子会接受我这样的安排?"

"为什么不答应,跟着少爷您吃香的喝辣的,穿好的住好的,走到哪儿都有面子,哪个女人会不愿意。"陆永贵的眼里,秦静菲可不就是这样的女人,可他从不认为项雨浓是这样的女人,因为项雨浓曾对他说过,他像她的亲人,像弟弟,而单纯的陆永贵不会想到,她之所以会说这样的话,完全是因为韩孝诚。

韩孝诚终于在他的话里听出了些许端倪,却不点穿,依旧开玩笑道:"我要真的那样做了,她就该把我扔黄浦江里去了。"

"少爷,那……项小姐怎么办?"陆永贵到底还是问了这一句。

韩孝诚收起了脸上的笑容,然后点了一支烟,迷蒙的白雾缓慢地升腾,遮蔽了他的视线,他不知道该怎么告诉陆永贵,他被一个女人背叛了。

"自然还和从前一样。"

22. 避开

夜,让整个上海滩的流光丽影倒映在江水中,显得摇摇欲坠。

"其实,早就该和韩老弟一块儿喝几杯了,也好消解咱们先前的误会。"

季泽文是在"不夜城"的门口"拦截"住韩孝诚的,他异常真诚,叫人难以推辞。

此刻,新亚饭店的一个包间里,他们十分和平地坐在同一张餐桌上,就连季泽文看韩孝诚的目光也收起了往日的敌意,反而多了几分恭敬。

可气氛依旧怪异,陆永贵被韩孝诚吩咐在隔壁的房间里候着,而此刻他的身后站着的全是季泽文的人。韩孝诚谨慎地对待着季泽文的一举一动,目前为止,他还没有猜到季泽文将他请到这里意图何在。

此时,季泽文手里的酒杯已经举到眼前,韩孝诚却并未迎合,而是推托道:"实在对不住啊季老板,你知道的,我是喝不了酒的。"

他的每一个动作,每一句话都凌驾于季泽文之上,尽管季泽文十分恼怒,但却不曾流露。他笑着收回酒杯,道:"韩老弟怕是不愿意跟我喝酒吧?"

韩孝诚的脸上堆着莫测的笑容,并没有否认:"也许吧……"

面对韩孝诚的直言,季泽文一阵尴尬以后,大笑起来:"看来韩老弟还在计较过去的事。"

"大家原本都是生意上的朋友,本不该因为这些小事而伤了和气。"

"当然,当然,韩老弟说得在理。"

季泽文干了手里的那杯酒,望着空了的酒杯,酝酿片刻后随即道:"上一回,对韩老弟多有冒犯,只是我与秦小姐是旧相识了,实在不知这'四小姐'是何时与韩老弟攀上了关系。"

韩孝诚轻笑一声,原来歉意都是假的,这才是季泽文请他来这里的目的。他说道:"不是她攀我,是我要与她交朋友的。"

见韩孝诚这般直截了当,季泽文也不再拐弯抹角,直言道:"韩少爷,这上海滩上的女人还不是随你挑,何苦非要跟我争这一个呢?"

"因为我就喜欢这个。"

话音落下，韩孝诚自然地抓起桌上的烟盒，等着季泽文的反应，他正要抽出一根时，却被季泽文拦了下来。

"我这里有上好的雪茄，韩少爷试试？"

韩孝诚放下手里的烟盒，道："那就多谢季老板了。"

季泽文立刻命人取来一盒雪茄，又命人给韩孝诚点上。那人读懂了季泽文的意思，走到韩孝诚身边，将手里的雪茄递给他。

只是韩孝诚才要接过，那人的手指突然一松，自下而上欲扣住韩孝诚的手腕，动作迅疾的韩孝诚，在对方的手刚刚有下沉趋势时骤然疾翻，向对方手腕反扣去。

那人大惊，急忙向后收手，却感觉在半道上手腕被韩孝诚用那支就要落下去的雪茄借了力，他微微愣了一下，但就在那短短的一瞬间，他蓦然感觉左手手腕一麻，不由松开手指，使得才从口袋里摸出的手枪忽然掉落。韩孝诚接过那只手枪，此时雪茄与手枪都已经到了他的手里。

韩孝诚仿若无事地将雪茄咬在嘴里，手里把玩着那把手枪，在缓缓弥散的白烟中对着季泽文微微一笑，却满是讥讽道："雪茄很好。只是要吸到这样好的雪茄，竟要费一番周折。"

这里都是季泽文的人，却还是让韩孝诚占了上风，他看着眼前平静从容的韩孝诚，心中越发没了底气，那人是按他的吩咐故意试探韩孝诚身手的，韩孝诚真的不好对付。

"混账东西！怎么这么不小心，还不快给韩少爷赔罪！"季泽文假意骂道。

"不要紧，他也是不小心的。"韩孝诚将手枪塞回了那人的口袋里，欲要告辞了。

阵阵的寒风没有方向地吹来，街上漫天飞舞着剔透的雪花，脆弱得不堪一触。秦静菲漫无目地踏过满地的白雪，神色疏离茫然，仿佛与周围的人隔着看不见的屏障。

她不知道已经这样走了多久，也不知道要去哪里。

"少爷，您看，那个人是不是秦小姐？"

韩孝诚应了陆永贵的话，抹开车窗上的雾气，向外看去，前头那人果然是秦静菲。他急忙道:"开快些,开过去。"

汽车由远而近迅速驶来,在秦静菲的面前停下,汽车大灯瞬间开启,刺目的光束照得她睁不开眼睛。

韩孝诚从车上下来,正好拦住了正要摔倒的秦静菲,问道:"这么晚了,你在这里干什么?"

"关你什么事。"

她明明是用尽了力气的,却没有能推开他。身上的酒气弥漫在四周的空气里,韩孝诚拉住踉跄着的她,紧绷着神色,显然有些生气了。

"你怎么又喝酒了?"韩孝诚捧住她那已经被酒精熏得红透的脸面向自己,"你知道我是谁吗?"

她似笑非笑地看着韩孝诚,胡乱地摆着手迷迷糊糊道:"你是谁啊……哈哈,你是谁……那我又是谁呢……我才不想知道你是谁,可是,所有人都想知道我是谁,你说好不好笑?"

风雪疯狂地扑来,她的手已经比这冰雪更加寒冷。

"到底出什么事了,怎么喝成这个样子?"

秦静菲起先是面无表情的,后来竟失声大笑起来,胡乱地扯着韩孝诚的衣裳,道:"非要出事我才能喝酒吗?"

"我送你回家。"

秦静菲猛地挣脱被他拉着的手,抬头看着漫天飘零的雪花,声音恍惚仿佛从天际传来:"家?你说哪里的家?木子庄园才是我的家,你带我回去。"

"好好好,是你的家……"此时的韩孝诚只当这是她的一句醉话。

寒风伴着冰雪刺入肌肤,那样的凉意一寸寸地自血液蔓延开来,让人渐渐失去知觉,好像死过一回一样。

酒精的作用越发明显,她喝得极醉,仅存的意识是,她知道那个人是韩孝诚。

"我是不得已的,你知道吗,很多事情都是不得已。"

"好,我知道你是不得已的,我们先回去好不好?"此时的韩孝诚以为,她说的那些不得已,不过是在"不夜城"当歌女这件事罢了。

韩孝诚吃力地将她拖上车,她能感觉到他的气息萦绕在四周。

轿车停在胡同口。她将脸埋在他坚实的胸膛上,娇躯微颤,她越发醉了，一路昏昏沉沉被韩孝诚扶进了屋。

屋子里只有简单的几件家具，这样装饰清冷的住所与行走在灯红酒绿中的她形成了强烈的反差。

她走到一角的酒柜处，倒了满满一杯酒，仰头饮尽。然后摇晃着酒瓶，嬉笑着向韩孝诚道："陪我喝一杯吧。"

"别喝了。"他的目光自始至终都凝注在她身上，"你已经喝醉了。"

秦静菲抬起头痴痴地看着他，迷醉的眼神几乎就要将他融化："我没有醉……我还没喝够呢，我告诉你，喝酒是不会让人醉的……"

说话间，韩孝诚试图夺走她手里的酒杯。

"把酒给我。"

"不给！"韩孝诚放下手里的杯子，一把扶住就快要跌倒的她，"喝得这么不清醒，要不要我给你醒醒酒。"

秦静菲笑起来："难道，你要把我扔到黄浦江里去吗？"

昏黄的灯光下，不是秦静菲醉了，而是他醉了。

他抱着她柔软纤细的身体，这张秀美至极的脸上，一双媚意横生的眼瞳正注视着他。就在那一阵措手不及间，他的唇已经覆在她的唇上，倾尽了这些日子以来所有的眷恋，他忽然意识到怀里的这个女人对他来说是不一样的。

秦静菲终于彻底清醒过来，震惊于那个吻毫无预兆地落在自己的唇上，她的身体散发着酒精的躁热，欲要推开他，韩孝诚却愈发紧地抱住她。

直到他的吻又要再一次覆上来时，秦静菲终于用力推开了他。

她的反应让韩孝诚有些愕然。

"我要去睡了，谢谢你把我送回来。"

她只觉得脑袋涨开似的疼，转身往卧房里跑去了。韩孝诚并不知道，黯然神伤中，几滴清泪滑过她略显苍白的面庞。

那一晚发生的一切她都记得。一个人想要伪装自己并不容易，一个眼神就可以将自己出卖，她忍不住想要避开他，可是眼看着渡边给的任务就快要成功了，她不能就这样放弃。

已经将近十点，舞厅的客人慢慢减少，舞厅里的姐妹们也已经各自回去了。秦静菲换下了方才登台的衣裳,往丁守财的办公室走去。

"丁老板,有件事想要拜托你。"

丁守财仔细地看了一眼秦静菲的脸色,又想起她这些日子的反常,越发肯定她一定是遇到事了,立刻关切道:"你的脸色怎么这么难看啊,是不是出什么要紧的事儿了?有没有我能帮上忙的?"

"从明天开始,每晚,我再加唱两首。"

丁守财先是一惊,随后立刻回过神来,脸上已经铺满了笑意:"菲菲,你说的是真的呢,还是拿我寻开心呀,是不是韩少爷他……"

她不希望听到这个名字,所以立刻打断道:"我没有拿你寻开心,明天起,我每天会唱四首歌。"

"那真是太好了,"丁守财手掌一拍,异常兴奋,"我的菲菲,你总算是想明白了……"

"但是,我有一个条件。"

"只要你说,不管什么条件我都答应。"

秦静菲依旧没有什么表情:"我先要预支半年的薪水。"

这个要求倒是让丁守财一惊,他惊叹道:"半年?"

"为难丁老板了吗?"

"不不不,不为难,我答应,答应!"丁守财是害怕他若是不答应这个条件,秦静菲恐怕就要反悔每日连唱四首的决定了。

"那就谢谢丁老板了。"

她说完就要走,丁守财犹豫了片刻,还是忍不住开了口:"菲菲,是不是出什么事了,韩少爷知道吗?"

"这是我自己的事,为什么要叫他知道。"此刻她正在极力地撇清与韩孝诚的关系,这一定不是渡边建一想要看到的。

见她如此反应,丁守财有些为难了,说道:"说的也是,也是……"

这是多好的机会啊,她的任务是接近韩孝诚,可她却总是想方设法地避开他。

23. 难堪

丁守财并没有兑现他答应了秦静菲的话，第二日就特地去了趟康源百货找韩孝诚，免得又像上回一样，韩孝诚若是再怪罪下来，他可是经不住吓的。

"急着找我做什么？"

这是丁守财头一回来韩孝诚的办公室，早前就听说，这里出入的都是上海滩有头有脸的政要或商人，若是在几个月前，他想靠近半步，一定会被韩孝诚手下的人扔出去。可眼下，他虽已经站在了这里，依旧是颤颤巍巍。

"韩少爷，有件关于秦小姐的事，特意来知会您一声。"

韩孝诚依旧忙着手里的事情，道："说吧。"

"秦小姐最近奇怪得很，她好像……"丁守财停顿了片刻，再一次确认自己即将要出口的话没有错误，这才道，"好像是缺钱。"

韩孝诚微微有些震惊，抬头道："为什么会缺钱？"

"这我就不知道了，只是昨天晚上秦小姐说以后每晚唱四首歌，又突然跟我预支了半年的薪水，我问她要这钱做什么，可她不愿意说，不过她的要求我立刻就答应了。"

这最后一句，是丁守财用来表功的话，只是韩孝诚并没有在意。

陆永贵在这时候推门进来，在韩孝诚耳边轻声道："少爷，项小姐又来电话催了。"

"跟她说，我没有时间去。"

"可项小姐说……说是一会儿秦小姐也会在那里。"

"什么！"

一旁的丁守财听不清两个人说什么话，只看到韩孝诚的脸色越来越难看。直到陆永贵出去，韩孝诚的脸色也始终没有恢复过来。

"今晚，秦小姐在'不夜城'吗？"韩孝诚道。

"不……不在，明天晚上在。"

"她今天晚上要去哪？"

一时间，丁守财的表情已经僵了，他的回答可能会引韩孝诚的怒火上身。

"我……我不知道。"

出乎意料的是,韩孝诚并没有发怒,原本难看的脸色也开始慢慢消退,他沉默了片刻,道:"我知道了,你出去吧。"

这一日,贝当路十九号的小洋楼热闹非凡。项雨浓费了好一番心思为韩孝诚办了一个庆生小派对,除了请到几位他生意上的合作伙伴,就连他中学时候的三两好友,也一并在这里齐聚。

秦静菲来的时候,受邀而来的客人已经到得差不多了。项雨浓十分热情地将她迎了进去,不知情的旁观者或许会以为二人是相处已久的好友。

"秦小姐你可来了,我还怕你不来呢。"

"项小姐?"

秦静菲完全意外了,来之前,她只知有一家大户人家要办生日宴,想请她去助兴,她缺钱,自然不会拒绝,可是她怎么也没想到,雇主竟是项雨浓。

此时她很想一走了之,项雨浓分明就是故意找上她的,可她已经收了钱,囡囡需要这笔钱。

见秦静菲震惊的反应,项雨浓立刻致歉道:"抱歉秦小姐,我没有故意要瞒着你的意思,我只是怕你不愿意来。"

"其实,项小姐可以直说的。"

项雨浓放下心来,亲密地拉着她往客厅小坐。

"素来听闻秦小姐之名,今日一见果然不同凡响。"

秦静菲有些拘束:"不敢。"

"秦小姐是头一回来,自然是最尊贵的客人,这里虽不比木子庄园那样豪华,但也是孝诚精心为我安排的。"

项雨浓显然是话中有话,可秦静菲的心思却完全不在这上头。她淡然道:"这里的确很好。"

"秦小姐的脾性果然是我喜欢的。你既是孝诚的朋友,自然也是我的朋友,本来我的朋友就不多,倒是很愿意与秦小姐交个朋友,不知秦小姐给不给这个面子?"

项雨浓的殷勤叫秦静菲有些意外，只道："当然。"

见秦静菲没有一点要与她亲近的意思，于是便又另寻了别的话题与她交流起来："秦小姐这身衣裳真是别致。"

"倒也不是什么新衣裳。"

"秦小姐真是会打扮，不像我，我身上穿的大多是孝诚亲自为我挑选的衣服，他说我穿红色的最漂亮，也不问我喜欢什么式样的。"她见缝插针地将话题引到这上头来，如此埋怨中依稀带着甜蜜的话，是有意说给秦静菲听的。这些日子，外头关于"四小姐"与韩孝诚的传闻已经闹得沸沸扬扬，项雨浓是在提醒她，她才是韩孝诚的女人。

"确实很好看。"秦静菲淡淡道。

"瞧我，他对我这样好，我还要说他的不是。其实，只要是我喜欢的，他都会费尽心思。"项雨浓始终注视着秦静菲的神色，她正占上风，所以不免得意。

"真羡慕项小姐。"

这一句不过心的话倒是让项雨浓很满足。她说道："不必羡慕我，像秦小姐这样的女人，才是应该让人羡慕的。"

车子的喇叭在外头响起，韩孝诚来了。项雨浓的心情突然复杂起来，如果他不来，她会很没有面子，可是，现在他真的来了，她心里却清楚地知道，他是为了这个女人而来。

收敛起所有的失落，项雨浓以女主人的姿态在门口迎接寿星的到来。

"怎么才来，我等你好久了，大家恐怕都饿了。"

韩孝诚将手中的外套交到项雨浓的手上，这个寻常的动作却让她不禁激动起来，一切似乎又回到了往日。

可惜他的注意点并不在项雨浓的身上，他的眼神不自然地扫了一圈，关于秦静菲，他很矛盾，他不希望她出现在这里，但此刻却又因为没有见到她而有些失望。他很想直截了当地问，秦静菲在哪里，可是现在的场合显然不适合。

韩孝诚拿起一杯酒，走进客厅，向到来的客人们一一问候。这是他最熟悉的场合，而这个所谓的生日派对和往日的应酬也并没有什么区别。

"孝诚。"

直到熟悉的声音在身后响起,韩孝诚应声回头,他的表情由惊讶变为惊喜,他突然笑起来,那是一种重逢后的喜悦。

"陈建楠、章益鹏、费兴远、陆浩然。"韩孝诚正对着眼前那几张熟悉的面孔一个一个地认过来。

"真难得,你这位大贵人还能记得我们几个人。"陆浩然道。

"一进上海,就能听到你的名字了,看来你小子真是了不得啊。"陈建楠在他前胸一捶,多年未见,兄弟情谊未尽。

韩孝诚的笑容亦不曾减退:"哪儿啊,可别瞎吹捧我。"

这是项雨浓第一次看到韩孝诚在人前放下他的傲气,开怀地笑。她心里很高兴,她终于为他做了一件他喜欢的事。

项雨浓帮着招呼其余的客人,韩孝诚与同学们在一处,一刻也不愿抽身。

"听说你们都在北平定居了,不准备回上海了吗?"韩孝诚问。

"我和兴远还在打算,也许会去法国。不过建楠肯定是不会回来了,人家都在北平安家了,太太是北平人。"章益鹏道。

韩孝诚惊讶道:"呦,你都成家啦,什么时候的事?"

陈建楠抬了抬架在鼻梁上的眼镜,极其书卷气,不等他开口,章益鹏又道:"孩子都有了。"

韩孝诚感慨地笑起来:"同学们实在是太久不联系了。"

项雨浓特意安排了家宴,此刻正张罗着下人们将提前准备好的精致小菜摆上桌。

正与同学们闲聊着的韩孝诚不由得又一次环顾四周,依然未见秦静菲的身影。项雨浓恰好在此时过来向他征求,家宴何时开席。

"听说项小姐为孝诚准备了一份大惊喜,怎么还不拿出来让我们也开开眼界。"客人们早已是迫不及待。

韩孝诚突然有了不好的预感。此时的他心中已经猜了个大概,项雨浓一早便以秦静菲为借口将他请到这里来,这哪里是给他惊喜,分明是有意要为难他。

"马上就能见到了。"

韩孝诚的兴致越来越不比方才,直到客人们全都落座,项雨浓适时地击掌示意,所有的灯光都暗下来,就连客厅也黑得什么也看不见。此时,二楼楼梯转角处一束光亮起,下来的那个人叫韩孝诚全然怔住。

她穿着一件银白色旗袍式样的礼服,踩着一双颜色与礼服几乎相同的高跟鞋悠悠地走下来,坐到了钢琴前。

琴声响起,一如这冬日里的月光,盈盈亮亮。她细长的手指在黑白的琴键上灵巧地跳跃着,音符组成优美的旋律在房间中回响。

就在所有人都沉浸在这旋律之中时,项雨浓始终注视着韩孝诚的神色,他紧蹙着眉头望着钢琴前的秦静菲,直到那首曲子落下最后一个音符,灯光大亮。

韩孝诚依旧站在原地注视着她,秦静菲落落大方地向宾客们谢幕,却有意地避开他的目光。

"这位就是上海滩鼎鼎有名的'四小姐'吧?"陈建楠道。

不知谁回答了一句:"正是呢。"

"听说秦小姐的歌唱得绝好,没想到钢琴也这么在行,这几天咱们正好在上海,一定去'不夜城'给小姐捧个场。"

章益鹏如是说,秦静菲对此却并没有什么期待,只是礼貌地点头应和。

"秦小姐是我今天特意请来的,不如就让秦小姐在这儿唱一首为诸位助兴如何?"

话音落下,项雨浓不自禁地瞥了一眼韩孝诚,他至始至终没有说过话,目光一直在秦静菲的身上不曾离开。

而秦静菲也依旧当他不存在于这个空间似的,相当情愿地答应下了项雨浓的提议。她一连唱了三首,唱的依旧是由韩孝俊诗词编写的新歌。

韩孝诚终于忍无可忍,他的声音压得很低很低,但丝毫掩盖不了燃起的怒火:"她为什么会在这里?"

不知项雨浓究竟是真的没有察觉他的怒火,还是故意装作没看见,她只是柔柔地解释道:"今天是你的生日啊,我知道你喜欢听她唱歌,所以我……"

"你到底什么意思?"

直到韩孝诚冰冷的眼神看向她,项雨浓才意识到,他发怒了。

"你不是喜欢听她唱歌吗?"

他眼中的怒火慢慢燃起来:"我是喜欢听她唱歌,很喜欢,但是,我非常讨厌你这样做。"

项雨浓压低了嗓音,不愿因这场争执而引来他人的瞩目:"我不知道我做错了什么,但你能不能别这样。"

曲罢,宾客们仍是意犹未尽,向这位鼎鼎大名的"四小姐"邀酒、邀舞的大有人在。

秦静菲穿过人群,目光淡然地立在项雨浓眼前,她知道,方才项雨浓是有意让她唱歌的,好凸显她女主人的身份,也好告诫秦静菲,她只是她请来的歌女。秦静菲说道:"我的工作完成了,多唱的那三首歌,记得把钱送到'不夜城'来。"

24. 无眠

韩孝诚是坐车追出去的,还好秦静菲还没有走远。他立刻从车上下来,截住了她的去路。

"秦小姐,请你等一等。"这是韩孝诚第一次这样礼貌地待她。

"有事吗?"她看得真切,此时的韩孝诚已然褪去了往日的张扬,这样的他让人觉得陌生,却想亲近。

"你还好吗?"他小心翼翼地问道。

秦静菲当然明白他话中的意思,此刻,她心里也正积压着委屈不知往哪里发泄,不免带着埋怨的口气道:"韩少爷这话问得奇怪,我为什么不好?"

韩孝诚眼中的歉意越来越浓:"对不起。"

这一句"对不起"更像是同情。秦静菲勉强扯出一丝笑容:"这就叫我更不明白了,韩少爷于我有什么可对不起的。"

"好,"韩孝诚深吸一口气,语气间竟有了隐隐的埋怨,"你先告诉我,你为什么会在那里,为什么她让你唱你就唱,你什么时候变得这么听话了？"

秦静菲见他有些生气，反倒是更想激怒他了。她刺激他道："为什么不唱，那是我的工作，更何况，项小姐是给了钱的。"

"你要是缺钱你跟我说啊。"他不自禁地抓起她的手腕，那声音几近低吼。

秦静菲一愣，她怎么也没想到，韩孝诚接下来的竟是这样一句话。她质疑道："你是我什么人，我为什么要跟你说？"

"在我来之前，她都跟你说了些什么？"他好像有很多话要问她，一时间秦静菲完全不知道该如何应对。

秦静菲仰起头，底气十足："她说，她所有的一切都是你为她安排的，就连她身上的那件衣裳也是你亲自为她挑选的，真好看。"

秦静菲的淡然是诱发韩孝诚怒火的根源。韩孝诚喝道："难道你没听出来，她是故意说给你听的。"

"不管她是不是故意的，反正我是真的觉得好看。"

被激怒的韩孝诚干脆顺着她的话："当然好看，她喜欢火红的玫瑰花，喜欢穿颜色艳丽的衣服，尤其是正红色，因为特别衬她。"

"真好，她喜欢什么，你都知道。"秦静菲甩开他的手，快步向前走，她清楚地知道她不是在诱导他靠近，而是真的无法忍受这一切。

韩孝诚追上她的脚步："我当然会知道，因为她喜欢什么，想要什么，都会告诉我。"

"难怪人人都会羡慕项小姐。"

韩孝诚一把拉回她，终于冲她吼了出来："秦静菲，你到底想怎么样！"

秦静菲静静注视了他片刻，然后缓缓抽出被他抓着的手，唇边浮起哀伤的笑意："我能怎么样，倒是你，还是快回去吧，那里那么多人等着你呢。"

他的语气瞬间又恢复了往日的冰冷："走，我送你回家去。"

"不敢劳驾，我又不是不认得路。"

"上车！"不及秦静菲反应过来，她甚至连反抗的机会都没有，就被韩孝诚塞进了车里。

车子很快开走，韩孝诚侧着头，看着身边的她，问道："告诉我，你要那么多钱干什么？"

秦静菲靠坐在车边，与他保持着距离："因为我喜欢钱。"

"你一个人在上海生活，身边也没有什么亲人，为什么突然之间需要那么多钱？"

秦静菲白了他一眼："我靠我自己的本事赚钱，不偷不抢，用不着你像审犯人一样来质问我！"

韩孝诚拿她没了主意："告诉我，到底出什么事了，我可以帮你解决。"

"我自己的事情自己会解决，没有必要告诉你。"

"你不跟我说，那你打算跟谁说！难道跟……"他差一点说出季泽文的名字，想起秦静菲和他跳舞的场景，心中那股显而易见的嫉妒心，彻底唤起了他强烈的占有欲。

面对此时的韩孝诚，她的任务明明就要完成了，这样好的机会，她却不愿意韩孝诚插手这件事，因为他们之间的感情是假的，而她对囡囡的爱是真的，这两者不能混淆。

"我的事跟你没有任何关系，为什么要跟你说！"

韩孝诚终于坐直："我迟早会让你明白为什么，反正你只能花我的钱！"

她看向车窗外，不再说话。这世上，大概不会有第二个人对她说这样的话了。

大概是即将入春的缘故，所以这阵雨总是落在意想不到的时段。天已经黑透了，大街上摆着的小摊都收起来了，只有几间小店还亮着灯火。

秦静菲匆匆下了车，径直往住处走去。韩孝诚却依旧在身后半步不离地跟着她。

秦静菲原本不想去在意他的一举一动，可韩孝诚似乎没有一点要走的意思。她停下道："我已经到家了，你可以放心了。"

"我想看着你进去以后，再离开。"

秦静菲没了法子，不再理睬他，却在家门口迎面撞上了一个人。

"伊娜？"秦静菲一阵心跳加速，"这么晚了，是不是囡囡出什么问题了?"

伊娜注意到了她身后还有一个人,所以放低了声音:"不,你放心,她现在已经稳定下来了,早上醒过来吃了点东西,我是特意来告诉你这个好消息的。"

秦静菲终于松了一口气,脸上露出了一丝久违的笑容:"谢天谢地,那真是太好了。"

伊娜从口袋里掏出一个信封,递到她的手里:"这是我筹到的一些钱,先还给你一些。"

秦静菲推辞道:"你这是做什么,有了钱先治囡囡的病要紧,我不着急用钱的。"

韩孝诚只在她们小声的对话中隐约捕捉到几个字眼,他几乎已经知道了秦静菲遇到的困境,忍不住打断了二人。

"囡囡是谁?"

随着韩孝诚的走近,伊娜渐渐看清他的模样,她当然知道眼前这个人是谁了。伊娜答道:"是我们孤儿院的一个孩子。"

在得到这个答案以后,韩孝诚看向秦静菲,又问道:"这孩子和你是什么关系?"

秦静菲似乎没有要回答这个问题的意思,伊娜倒是回答道:"囡囡和秦小姐是没有什么关系的,秦小姐不过是我们孤儿院的义工,我实在是走投无路,才来找秦小姐帮忙。"

韩孝诚看向秦静菲,突然得意地笑了,她硬是不肯说的事情,还是被他知道了。他忽然觉得自己很有必要重新认识一下秦静菲,她总是在否定他想象中的她的样子。

"明天我会联系上海最好的医院,尽快把孩子送过去,病要趁早治,她年纪还小,怎能拖着。"

秦静菲垂下眼帘,已是毫无底气:"我的事不用你插手。"

韩孝诚挑一挑眉:"这孩子既然跟你没关系,那么我救她也跟你没关系。你不是总觉得我不是个好人吗,我现在想做点好事不可以吗?"

"这……"伊娜一时间反倒是没了主意,不知道该听谁的好。

"这件事跟秦小姐没关系,我做主就是了。"韩孝诚的脸上依旧是抑制不住的笑容。

伊娜自是一番感激，韩孝诚不再多说什么，只是吩咐司机将伊娜送回去。是的，他是故意这样做的，他需要和秦静菲独处的时间。只是，当他回转身的时候，身后的秦静菲已经红了眼眶，让他不知所措。

"怎么了，怎么哭了，是我做错什么了吗？"

她低头，有意避开他的目光："你没错，是我，我不服气。"

韩孝诚不解，笑问道："有什么可不服气的？"

"为什么你一句话就可以办到的事，而我却……"

他轻轻抚去她眼角的泪痕，然后顺势将她揽在怀中，说道："知道我一句话就能办到的事，为什么不来找我？"

听着他温柔的安抚，秦静菲反而哭得更厉害了，索性一句话也不说了，泪水仿佛断了线的珠子不断掉下来，落在了韩孝诚的手背上。

他的手不由得颤了一下，声音也变得有些沙哑："好了，别哭了。"

秦静菲努力平复了一下情绪，然后挣开他的怀抱。她藏在心里的"害怕"越发浓烈，她怕心中的那一点点星火会被他点燃。

"你可以走了。"

此时的韩孝诚完全没有意识到她刻意回避他的缘故，他还是将这看作是她对他的讨厌，他以为这样的讨厌，他是可以去弥补的。

"秦小姐，我派司机送你的朋友伊娜小姐了，你不打算收留我一会儿吗？"

韩孝诚不是第一次来这里，秦静菲不由得想起上一次他来这里时的情形，脸上悄然爬上一抹红晕……

对于招待客人，秦静菲稍显笨拙。家里似乎也没有什么可以拿来招待他的，除了白水。

"喝水。"

韩孝诚见她递过来的一杯白水，不由得笑起来："秦小姐，今天可是我的生日，你就拿这个招待我？"

"爱喝不喝。"

秦静菲正要拿走，却又被韩孝诚拉了回去，他连忙道："我喝我喝我喝。"

他玩味地看着手里的杯子，又看了看秦静菲，忍不住笑道："家里不怎么来客人吧？"

"关你什么事。"秦静菲依旧没有好脸色。

韩孝诚的笑意更浓了："没什么，就是随便问问。"

那一晚，他们的每一句对话，都让他越来越捉摸不透秦静菲，比如她为什么要去帮助一个素不相识的孤儿。

秦静菲回答说，因为那孩子可怜，可是她羡慕那孩子，这世上或许有很多人还远远不如孤儿。

他越来越捉摸不透她，也越来越想靠近她。

他下意识地觉得秦静菲口中的"很多人"也包括她自己，她到底是个什么样子的人，当他以为自己已经完全琢磨透她的时候，她突然又变得陌生起来，是啊，她对他来说应该是陌生的，她从哪里来？在遇见他之前她经历过什么？她到底是谁？他完全不知道。

回去的时候，一场大雨正好停下，雨后的风总是夹带着冰冷潮湿的气息，然后钻进每个人的衣领。深夜的大街上，只有他一个人。

这一夜，都是无眠。

25. 背叛

第二天，陆永贵按韩孝诚的吩咐很快办妥了囡囡转院的事。医生告知，病虽不能根治，但好生调养着，不会影响她正常的生活，只是千万要注意，她不能随便受伤。

"这回可多亏了韩先生，一定替我谢谢他，主会保佑他的。"伊娜真诚地感激着韩孝诚为囡囡所做的一切。

秦静菲应道："看到囡囡终于没事了，我也就放心了。"

"医生说，这孩子生来体质就十分不好，要好好地把这身体补起来。还有啊，你平时可要常来孤儿院，经过这一次，囡囡比以前更黏你了。"

"我会的。"

"这孩子虽然命苦，不过好在她遇到了你，也算是幸运了。"伊娜道。

秦静菲忍不住叹出一口气,那时候的自己却没有这样的运气。

她一路回去,一直沉浸在过去的回忆里。她想象着自己或许会被一户好心的人家收养,想象着她可以脱离所有的纷扰,可是命运如此,不能重来。这一辈子她只能是秦静菲了,是别人口中"不夜城"最卖座的歌女"四小姐",当然,还有那一重不为人知的身份。等到揭开的那一天,她又将面临什么。

她反反复复思量着那个答案,不知不觉就融入了繁华的南京路,她想和这里所有新潮的小姐们一样,可是,又有谁会知道,她和她们是多么不一样。

走着走着,竟然就走到了"康源百货"的楼下,她知道,此刻韩孝诚正在楼上办公。

她鬼使神差地往马路对面的一个电话亭走去,然后拨通了他办公室的电话。

"喂?"突然从电话那头传来他的声音,秦静菲一颤,那是一种她自己都无法解释的感觉。

"是我……"

她的声音有些颤抖,而电话那头,韩孝诚的声音却是分明:"是有什么事找我吗?"

她忽然不知道要说什么,所以顿了片刻才道:"伊娜跟我说,囡囡很快就会出院了,所以,想谢谢你。"

电话这头的她看不见此刻韩孝诚脸上的欢喜和笑容。韩孝诚接话道:"好,那我请你吃饭,把你要谢的话当面说给我听。"

韩孝诚的口气里似乎又带着戏弄她的意思,她后悔谢他了。

"我的话已经说完了。"

他紧接着秦静菲的话:"但是我还有话要跟你说。"

"有什么话不能去'不夜城'说嘛?"

"不能。"她的声音仿佛有一种魅力,一股冲动上来,他很想这一刻就出现在她的面前,"你现在在哪?"

"我就在康源的楼下,可是……"

"站着别动，等着我。"

话音落下，韩孝诚立刻挂断了电话，不给她任何说"不"的余地。

韩孝诚很快出现在马路对面，她站在原地，像是在等一个久违的人，笑意浮在她的脸上，恍如一汪清泉正享受着微风卷起的波澜。

黄昏后，天色一点点地暗下来，虽然还是在冬季里，上海却已然像是初春一般，风不算凉，吹在身上很是舒畅。

车子在一家非常高级的法国餐厅前停下来。

韩孝诚拉起秦静菲的手，将她挽在自己的臂弯里，秦静菲先是一愣，立刻想要抽离，却已经来不及了，韩孝诚紧紧抓着她的手，侧过脸在她耳边轻轻道："这是洋人餐厅的礼节。"

服务生十分有礼貌地将两人迎进去。餐厅里，除了服务员和一位正拉着悠扬乐曲的小提琴手，什么人都没有。

秦静菲一路跟着他进去，她忽然有些后悔，这样高级的地方，她应该打扮得再漂亮一些。

"这里为什么没有人？"她忍不住问道。

"因为，我已经把这里全都包下来了。"韩孝诚道。

秦静菲微怔："包下来？你要做什么？"

他没有回答，只是十分有风度地为她拉开了座椅，待她落座后，才在她的对面坐下来。

丰盛的菜肴陆续上桌，服务生热情地为他们点上了蜡烛，然后退去。

"你什么时候安排的这些？"秦静菲好奇地问。

韩孝诚开了桌上的一瓶红酒，倒了两杯："我本来就想请你吃饭，即便你没有给我打那个电话。"

"为什么？"秦静菲不自禁地警惕起来。

"秦小姐不要误会，我没有别的意思，仅仅就是为了给你赔罪。"

韩孝诚笑看着她，这一天，她身着一件浅碧色的长裙，裙摆一直到她的脚踝，烛光中，更衬出她的雪肌红唇，眼眸越加灼灼。

秦静菲终于放心了一些："我可是不会多想的，只是不知道韩少爷要向我赔什么罪，您又何罪之有啊？"

此时的韩孝诚,就连对着她的笑容里都满是歉意。他说道:"依着你现在说话的样子,就知道我要得到秦小姐的原谅不简单呀。"

秦静菲捉摸不透:"韩少爷想说什么,不妨直说,何必这样绕弯子。"

"我是诚心诚意要向你说声抱歉的。"

他的态度异常诚恳,应该没有人见过这样的韩孝诚,一个只会说抱歉的韩孝诚。

"抱歉?"

韩孝诚也很不习惯这样的自己,他竟然会说出这样的话。他问道:"很惊讶吗?"

"当然,从没想过韩少爷这样的人也会说抱歉。"

他摇晃着手中的酒杯,桀骜之气依旧在眼角丝丝流转:"我从来不说抱歉是因为我向来没有做错过什么。"

秦静菲眼睛一瞥,喃喃道:"自以为是。"

见她如此,他很快又恢复了歉意的神情:"但是现在,我要为我从前说过的话,向秦小姐赔罪。"

"哦?"她故意装作不知道,"哪一句话?"

韩孝诚见她装傻,反倒笑起来:"每一句,只要是让'四小姐'觉得不高兴的每一句话,我全部都收回。"

秦静菲愣了片刻,道:"我不得不怀疑,韩少爷是不是又要耍什么花样?"

韩孝诚大笑起来,端起酒杯轻抿了一口:"真是不知道,在秦小姐的心里,我到底是一个怎么样的人,我就这么坏吗?"

"是不是坏人不好说,但一定不是好人。"这话,她不是开玩笑的。

韩孝诚也突然认真了起来:"过去的事已经发生了,我不能弥补,只能抱歉。"

秦静菲终于毫无戒备地笑起来:"那我可得好好想一想,要不要原谅你。"

他们似乎是从这一天开始才算真正相识,如果时间可以定格,那就定格在这一刻吧,往前走太过疏离,往后看满是悲苦。

如果,他只是韩孝诚……

如果，她只是秦静菲……

自韩孝诚的生日宴后，项雨浓便没有再见过他。

是的，他是刻意在躲着她。面对一个背叛了自己的女人，他想不出更好的方法。

陆永贵按照韩孝诚的意思依旧会定期给她送去生活费。只是每当项雨浓问起韩孝诚的时候，在陆永贵这里得到的永远是支支吾吾的答案，她开始明白，她被人取代的这一天终于就要到来了。她更明白，和赵显明的"勾结"，是她这一生走的最错的一步。

可是谁会甘心就这样退出了，她还是要再努力一次。她跟了韩孝诚这么久，总该有些感情吧，更何况，她始终坚信，在秦静菲出现以前，韩孝诚的心里一直是有她的。

"你终于愿意来看我了。"

项雨浓慵懒地靠在他的胸膛上，期待着他的拥抱，然而她设想的一切都没发生。韩孝诚只是任由她依偎在自己的胸膛，却再无任何的回应。

"阿贵说你病了？"

"如果我不这样说，你会来看我吗？"这样的项雨浓足以让男人心动，韩孝诚却只是低下头，神情肃然地看着她。项雨浓依偎在他怀里，感觉他的目光正在自己的身上，所以越发娇嗔："你还记得你多久没有来这里看我了吗？"

他面无表情地拉开她环在腰间的双手："你如果有什么要紧的事，随时可以去找我，何必让阿贵胡说呢。"

韩孝诚的冷淡足以浇灭项雨浓已经燃起的希望，她果真坚持不下去了。

"那你告诉我，我应该去哪里找你呢，去'不夜城'吗？"她忽然意识到不该说这样的话，复又冷静道，"阿贵没有骗你，我是真的病了。"

韩孝诚并不想和她探讨真假的问题，只问道："既然是病了，请大夫来瞧过了吗？"

他的语气依旧冷漠，让已经失望的项雨浓越发无助。

"请了，开了一堆的药，都是些没用的。"

"明天,我让家里的陈医生来给你瞧瞧。"韩孝诚道。

他还是关心她的。

"不用他们来瞧,谁都不要,我只要你陪着我就好。"

"我又不是大夫。"

"孝诚,如果我做错了什么,你告诉我,不要这么冷落我好不好,我真的很害怕。"

聪明的女人总是有对付男人的方法,项雨浓自视胜过许多女人,她本就想好了用自己的柔弱去挽留他,而且眼泪也十分配合地在这个时候流了下来,只是韩孝诚已经不在意了。

"我该走了,你休息吧。"

陌生感在他们之间越来越浓烈。

"你要去哪里?是去'不夜城'吗?"项雨浓问道

他本是要走的,却因为这句话而停住了脚步,韩孝诚沉默了片刻,回头看向她,道:"对啊。"

"你真的喜欢上她了是不是?"见韩孝诚沉默着不说话,项雨浓心中的那股害怕似乎在瞬间变成了无望,"是啊,那张脸能迷惑住别的男人,自然也能迷惑住你,所以你开始厌倦我了是不是?"

韩孝诚的神情突然严肃起来:"我很不喜欢听到这样的话。"

她虽然失望,可心中的妒恨和不甘心却提醒着她不能放弃,反而更加坚定要去挽回他。她说道:"孝诚,你难道不明白吗,我爱你,我是真的爱你,可是她不会的,她这样费尽心思靠近你肯定另有目的,你不是一直都很防备她吗?"

韩孝诚平静道:"是我想错了,她从来没有想过要靠近我,或者即便她想要故意靠近我,我也心甘情愿。"

项雨浓绝望地笑起来,混着眼泪一同讽刺着她的自以为是。她道:"看来这栋房子恐怕就要换女主人了吧。"

"我说过,你可以住在这里,没有人要你走。"

"那我到底算什么!"

项雨浓的歇斯底里彻底激怒了韩孝诚,紧接着便是一声怒吼:"这话应该我问你!"

她不由得一颤,韩孝诚紧接着怒吼道:"我也很想知道,在你心里,我到底算什么？我很早就告诉过你，如果你不想跟我在一起，如果你想要离开我，你可以告诉我，我是不会拦着的。"

她紧紧抱住他，哀求的口吻或许可以掩盖她所做的一切："我为什么要离开你，我从来都没有想过要离开你，我从一开始就只想做你的女人。"

韩孝诚苦笑一声："是吗？只想做我的女人？"

"孝诚，我有多爱你，你是知道的，我根本离不开你。"她的红唇就快要触碰到韩孝诚，她试图用这样的方法再度勾起许久前他对她的爱意和疼惜，但是，一切已是徒劳。

"爱？如果是从前，也许我会相信这句话的。但是现在……"他应该是决定在此时与她摊牌了，"你应该了解我，我最恨的两件事就是被人威胁和被人背叛，你为什么非要去做？"

项雨浓心虚地松开了她握紧在他臂弯里的手，道："你说什么，我怎么听不懂。"

"赵显明。"韩孝诚只看着她的反应，就知道，他们真的结束了，"还要我再说下去吗？"

沉默占据了整个房间。她的面具早已经在他的面前撕开，这些日子她就像一个小丑一般在他的面前表演着忠诚。而当她还在猜疑他有没有爱上别人时，他的心里早就没有她的位置了。

26．失望

窗外越发暗淡，灰白色的光线透过玻璃窗射进来，大风一阵阵地刮过，像是要下雨了吧。

秦静菲完全不知道，林曼拉着她去到家里是要做什么。

"静菲姐，你看这些，还有这些。"

林曼的房间很小，她正指着的那些精致礼盒和布匹，几乎占了她半间屋子。

"这些都是哪儿来的?你买来的吗?"秦静菲诧异,这些东西的价格绝不是林曼所能承受的,"不会是那个姚……"

"不不,"林曼知道秦静菲定是要猜这些日子总缠着她的讨人厌的姚老板,"不是他。"

秦静菲不禁要问:"那是谁?"

林曼一脸愁容回答道:"这些都是那位大少爷派人送来的。"

"你说的是哪位大少爷?"秦静菲反应到的是方庆生,可是林曼嘴里说的是大少爷,又似乎并非指的是方庆生。

林曼的脸已经羞得通红:"还能有哪位大少爷呀。"

看着林曼已经涨红的脸,秦静菲大胆猜测道:"你说的,该不会是……难道,真的是韩家少爷韩孝俊吗?"

林曼点点头:"就是他了。"

"你说什么!"震惊之余,秦静菲突然有些明白了,难怪这些日子,总能在"不夜城"看到韩孝俊的身影。于是便拉着林曼好一顿"拷问"。

"你们之间发生了什么?难道你和他……快告诉我这都是怎么回事?"看秦静菲的喜色,她应该觉得这是桩好事。

而林曼却是撇清道:"不是这样的菲菲姐,我和大少爷什么也没有发生,我只是见他总是咳嗽,就把家里的老方子给了他。"

秦静菲意味深长地"哦"了一声,道:"那这些东西或许就是他用来感谢你的呢?"

"不是的,"林曼否定了这个理由,"他昨天跟我说了一些奇奇怪怪的话。"

她依稀记得韩孝俊说,喜欢和她在一起,她理解的喜欢二字,在男女之间是不能随意说出口的。

"大抵是大少爷误会了,我实在不知道,大少爷他究竟要做什么。"

看她羞成这样,秦静菲不禁笑起来:"我的傻妹妹,这你还看不出来吗,韩家大少爷大抵是喜欢上你了,他喜欢上你了,你知道吗?"

林曼低着头,竟满是歉意向她道:"小菲姐,我找你来就是想要告诉你,我不会做对不起你的事,永远都不会的。"

这话倒是让秦静菲摸不着头脑了,她问道:"对不起我?为什么会对不起我?"

林曼明明是鼓足了勇气找来秦静菲说明这一切，可是此刻面对着她，依旧是一种莫名的负罪感。林曼缓缓开口道："小菲姐，我知道你心里一直都很欣赏韩大少爷，你放心，我以后绝对不会再理会他。"

秦静菲吃惊不已，韩孝诚误会她也就罢了，连林曼都是这样想，大抵还有许多人都是这样想的吧。

"小曼你说什么呢，我唱韩少爷的歌，只是因为欣赏他写的诗词而已，跟他这个人本身是没有关系的。"

林曼这才恍然，复又懊恼起来，怎么就胡思乱想成了这样。

"倒是你，你和大少爷这事，你哥哥知道吗？"秦静菲问道。

林曼摇摇头道："自然没敢告诉他，他那个脾气你是知道的，一定以为我遇上不好的人了。"

秦静菲笑着抚慰道："我倒是觉得这事情不必一直瞒着，若是照着这势头发展下去，你哥哥早晚会知道的。"

"那该怎么办呀？"

看着林曼的反应，秦静菲又问道："你喜欢韩大少爷吗？"

林曼思量了片刻，道："可是我不懂，什么叫喜欢。"

"喜欢……"秦静菲好像很难解释这个字眼，只道，"喜欢就是爱，你会无时无刻地都想他，希望每天都能见到他，甚至想要一直和他在一起，大概就是这个意思。"

林曼有些慌了，她好像真的有一些这样的感觉。她着急道："菲菲姐，你可别哄我，这怎么可能呢，我是什么样身份的人，怎么配喜欢大少爷？"

秦静菲倒是很想促成这桩美事："谁都有权利去爱，更有权利被爱，再说了，大少爷喜欢你，一定是因为你身上有特别的地方吸引他。"

林曼依旧难展愁颜，自卑道："我这浑身上下，连吸引我自己的地方都没有，哪里有什么特别的本事能吸引住他。"

秦静菲拉着她道："现在时兴婚姻自由，每个人都可以追寻自己的幸福，早就没有什么门第观念了，你怎么就高攀不起他们韩家了。"

林曼似乎看到了一点点的希望，可是她不知道，韩少爷对她的感情能维持多久。

回去的时候,正值夕阳西下。弄堂门口,似有一个熟悉的身影正在等着她。

"志卿?"

秦静菲这才想起,韩家的孝茹小姐与陈家大少爷就要联姻的事,几乎在整个上海滩都传遍了。

"你是从家里来的吧?"秦静菲问道。

陈志卿的面容有些憔悴,他们的确已经有许久未见了。

"我的事,你都听说了吗?"

"听说了。"

"其实我不是真的要结婚,是韩孝茹想了这个主意,只有先假装答应和她结婚,才让我重获自由。"陈志卿仿佛就是为了向她解释这件事而来,可这却让秦静菲有些摸不着头脑。

除了站在朋友的角度对他报以同情外,秦静菲其实并不知道该如何安慰他。

"原来是这样,这倒是个好主意,可是之后你们准备怎么办呢?"

他的眼中莫名地充满了希望,说道:"这些天我想了很多,我准备离开上海。"

秦静菲不解他的神情,更是对他的决定不免一怔:"你要走?"

"如果我真的离开上海,你愿不愿意跟我一起走?"他满心期待着的正是这桩事,秦静菲似乎没有理由拒绝他。

"志卿,这可不是闹着玩的,离开家可不是简单的事,你要想清楚。"秦静菲好像是完全忽略了陈志卿的后半句话,他刚才是问她,愿不愿意跟着他一起离开上海。

他实在没有勇气再问第二次。那些风言风语也许是真的。

"囡囡的事情伊娜已经全都告诉我了,韩孝诚帮了很大的忙。"他试探道。

"是啊,确实是因为他的帮助,囡囡才得以康复。"

"菲菲,你……"他差一点就要问她关于那些流言之事,到底还是忍住了。

秦静菲隐约间明白了他的意思,她开始想要避开他,说道:"时间不早了,我要去'不夜城'了,你也早点回去吧。"

陈志卿渐渐失望:"也好。"

韩孝诚已有几日未登"不夜城",这一回,是丁守财左请右请好不容易才将他请来的。以丁守财察言观色的本事,如今韩孝诚对秦静菲这样上心,丁守财当然不会错过这个机会,正酝酿着一个绝佳的赚钱计划。

韩孝诚来的时候,秦静菲正在舞台上唱着歌,在看到他走进来的那一瞬间,除了她自己,没有任何人发现,她的旋律中漏掉了一个节拍。

台下,丁守财正热情招呼着韩孝诚。

"韩少爷,您坐您坐。您这个位置天天有人打扫,即便是您不来的日子,也不敢怠慢。"

韩孝诚笑着坐下来,知道他还有话要说。

丁守财殷勤道:"您今天想喝什么酒?"

"别忙了,说吧,什么事?"韩孝诚道。

见他心情甚好,丁守财倒也不拐弯抹角了:"韩少爷,这回确实有一个特别重要的大事儿要同您商量呢。"

韩孝诚不禁往舞台上看了一眼,然后拿起桌上已经倒上了红酒的酒杯,问道:"大事?"

丁守财注意到他的眼神,越发对自己的计划有了信心,说道:"您看啊,这拍电影的有选电影皇后的,唱歌的也有评歌后的,那这跳舞的是不是也该有个舞后呢?"

韩孝诚缓缓点头:"说得有点道理,所以呢?"

"所以啊,最近呢,咱们'不夜城'也想搞一个舞后评选的活动,想问问韩少爷您的意思,您觉着怎么样?"

韩孝诚有一句没一句地搭着他的话:"很好啊,这主意不错。"

丁守财见他似乎没明白自己的意思,有些为难:"其实,我是想请韩少爷亲自担任咱们这次舞后评选的总评委。"

"我?"韩孝诚推辞道,"还是算了吧,我可不懂跳舞的。"

"少爷您谦虚了,要是您肯赏光,那这回活动的关注度可是大大提升了呀,我这'不夜城'的名声可不就越传越广了。"

韩孝诚终于明白了丁守财的意图,说道:"这到底是谁的主意?"

"我的,我的主意。"

"请我当评委?"韩孝诚的笑容极有深意,遂又问道,"那参选舞后的人都有谁?"

韩孝诚终于问到了正题上。

"只要是喜欢来咱们'不夜城'跳舞的小姐们都可以参加,当然了,'四小姐'是一定不能少的。"

韩孝诚忍不住笑出了声,道:"你呀,多少还是费了些心思的。"

"嘿嘿,那少爷您?"丁守财试探道。

"我答应就是了。"

丁守财满心的喜悦溢于言表,而此时,"不夜城"的管事突然找过来,就快要十点了,该轮到林曼登台了,可她竟然还没有出现。

27. 黑暗

"林曼呢?"

颜丽丽被冲进来的林正吓了一大跳:"她不在这儿啊。"

林正复又扫了一圈化妆间,急道:"你们今天都没见过小曼吗?"

"没有啊。"尹露道。

林正立刻转身往门外冲去,迎面撞上了已经换好衣裳的秦静菲。

"我和你一起去找。"

就在秦静菲欲要追上林正的一刹那,却被身后不知何时出现的韩孝诚强行拉了回来。

"你去干什么!"

秦静菲避开他的眼神,然后强行克制着就要泛起的泪水:"林曼,大概是出事了。"

看着她的神情,韩孝诚大抵猜到了她指的"出事"是什么事,即刻吩咐了陆永贵带人跟着林正而去。

"你就让我一起去吧。"她的声音略带哭腔,更像是央求。

他看着她的目光变得满是心疼，那是对任何人都从未有过的神情。他开口说："就算你去了，又能帮什么忙？"

"万一……"秦静菲一个深呼吸，眼泪还是没能控制住，迅速在她的眼眶里打转，"她到底是个女孩子。"

韩孝诚完全领悟到了她话语的意思："好，我陪着你一起去。"

林正似乎是知道林曼在哪里，他一路狂奔着朝那个方向而去。

一个月前，林曼就跟他说过，那个叫姚乾圣的人一直缠着她，如果方庆生是让她觉得害怕，那么这个人就是让她觉得恶心。林正未曾将这事放在心上，他只是告诉林曼，离那种人远一些。

而此时，极度懊恼的他脑海里闪过许许多多种猜测，若是林曼遭遇任何意外，他会杀人。

那是法租界的一栋石库门房子，林正冲进去的时候，林曼如昏死一般躺在那里，几乎是不能辨认的样子。她眼角边有明显的泪痕，瞳孔的恐惧依旧没有散去，刺骨的风从门外吹进来，林正绝望地跪下来，这一切还是发生了。

陆永贵将所有的人拦在门外，秦静菲替她穿好衣裳，她却已经没有了任何的反应，眼神呆滞地看着一个方向，像是没有了知觉。

"走，哥带你回家。"

林正抱起林曼，怀里的人始终没有任何的反应，只有眼中不断流出的滚烫的泪水，是这一夜怎么也洗刷不掉的痛。

秦静菲就走在他们身后，崩溃的思绪凌乱着，那不能罢休的痛正慢慢结成一张网，越收越紧，她忽然怎么也走不动了，两腿一软，眼前一黑……

韩孝诚挡在她的面前，这是凄寒里从未有过的温暖，她突然不想再忍了，扑在他的怀里，像一个孩子一样地大哭起来，她从来没有像这一刻一样痛快地流过眼泪。为林曼的绝望，她不能被人看见的伤痛，也为她自己这些年所有的不安和恐慌。

韩孝诚只是轻轻地抱着她，任由她发泄所有的情绪。

在这天以前，韩孝诚以为他毫无预兆的情动只不过是因为短暂的迷恋，那种感觉他有过，但这一刻，他的不由自主、情不自禁是从未有过的，他小心翼翼守护着她，又那么真真切切地想要得到她……

林好还小,听到家里的动静,迷迷糊糊地从睡梦中醒来,看着林正把林曼抱回去,她根本不知道这一晚发生了什么。

秦静菲帮林曼换上干净的衣服,林曼躺在床上,依旧什么话也不说,在她完全放空的眼神里,看到的只有绝望。秦静菲陪着她,也不说话,直到看着她闭上眼睛,她才从屋里出来。

"她睡着了。"

林正冷冷地应了一声,转身便从伙房抄起一把菜刀就要往外冲。

"你干什么去?"

"我去杀了那个畜生。"

秦静菲一把拦住了他,说道:"林正,你冷静一些。"

林正缓缓抬起头,眼神中凝聚起的那股杀意,叫人不寒而栗。

"要我怎么冷静!那个老东西我非杀了他不可!谁都别拦着我,我一定要杀了他。"

"阿正!"秦静菲拉住他的那只手依旧不肯松开,"杀人是解决不了问题的,你杀了他,那你怎么办,林曼和林好又怎么办?"

这样的话完全不能让一个愤怒至极的人清醒过来,林正也不例外。他说道:"秦小姐,我顾不了那么多了,小曼她已经……杀了他都不足以泄愤。"

"你不能去!"秦静菲强行想要夺走他手里的刀,林正死命抓着不愿松手,直到刀刃划破秦静菲的手,情绪崩溃的他才终于将手里的那把刀扔在地上,一顿大哭。

伤口很小,血慢慢地从皮肤里渗出来。

韩孝诚一惊,终于不再"袖手旁观",立刻抽出插在西服口袋上的帕子,包扎在伤口上。他问道:"你怎么样?"

秦静菲却感觉不到任何的疼痛,依旧冲着林正喊道:"你那么冲动有用吗?现在要紧的是把林曼照顾好。"

林正蹲在地上,泪水不断地从眼眶涌了出来:"都怪我这个当哥哥的没用,怎么能让她去'不夜城'那样的地方工作呢。"

这句话直戳秦静菲的心门,一句"'不夜城'那样的地方",道尽了他心里的蔑视,原来这世上从来没有例外的人,她就是一个"在那样的地方"乞求生存的风尘女子,那些男人对她的企图,正是造成林曼今日这般遭遇的原因。

韩孝诚的心亦随之波动,只是这样的情况下他不好发作,他下意识地收回原本注视着秦静菲的眼神,"那样的地方"又如何,他从来都不在乎,他可以保护她。

林正完全没有意识到他们的反应,他将目光投在韩孝诚的身上,仿佛看到了希望一般。他请求道:"韩少爷,你帮我杀了那个人,从此以后我林正这条命就是你的,我给你卖命,你让我做什么我就做什么。"

也许是事不关己,也许是见过太多的弱肉强食,韩孝诚十分冷静地道:"阿正,杀人是解决不了问题的。"

可他嘴上虽是这样说,心里却能够理解林正,如果林曼是他的妹妹,他怎么可能会让那个混蛋多呼吸一秒。

林正虽然消去了方才的冲动,转之而来的却是绝望,他不能杀人,他又该怎么替妹妹报仇。他无力道:"我们穷人就活该被欺负吗?"

"哥,姐姐怎么了?"林好不知是什么时候站在角落那头的,她突然哭起来,仿佛是知道家里出了大事。

眼前的林正与林好,让秦静菲不由得想起了十一年前家中的遭遇,这样的痛苦她是能理解的。她下意识地转头朝韩孝诚看去,不期然地对上他的眼神,她知道他是有办法的,她也相信,他不会袖手旁观的。

"这件事,我会出面解决的。"韩孝诚说。

回去的时候,秦静菲坐在车里,只是愣愣地看着窗外,一句话也没有说。气氛异常沉重。直到车子在她住所前的小弄堂停下来,原本抽离的思绪才回过来。

韩孝诚跟着她一同下了车,弄堂里安静极了,隐隐约约间仿佛能听见这个城市的呼吸声。

"谢谢你。"

可是,她越是出于至诚的感谢,越不是韩孝诚想要的。韩孝诚问道:"我帮的是他们,你为什么要谢我?"

"那就当作是我多说一句。"

"等一等。"

见她要走,他拉住她的手,将她拉回眼前,却什么话也没有说,只是低头看着她的眼睛,即便秦静菲一再地闪躲,他依然越靠越近,近到可以闻到她身上淡淡的香气,可以清楚地听到她的心跳声。

他的鼻尖触在她的脸上,秦静菲却在此时猛地别过头,打破了他的渴望,她深深一呼吸,扬起头只道一句:"我……我要先回去了。"

第二日清早,陆永贵带人去堵那个混蛋的时候,姚乾圣正偷偷地从窗户口往家里张望,见里头没有人,庆幸没有出人命,他想林曼一定是被人带走了。

他正要从大门进去的时候,却被陆永贵从背后直接踢进了屋内。他并不知道这是陆永贵,自然也就不知道来人是韩孝诚身边的人,但他知道这个人来的目的,不过他一点也不害怕,这个姚乾圣到底也是混江湖的人,看陆永贵的架势便断定了他不会拿自己怎么样。

"小兄弟啊,侬啥意思啊?"

陆永贵转身关上了门,道:"没有别的意思,就是替人来问你要样东西。"

"要东西?"姚乾圣大笑起来,但看陆永贵的这一身打扮,黑色短打,顶多也就是个跑马路的,却用这样的口气架势与他说话,这在他看来十分滑稽。

"是什么人哪?"姚乾圣问道。

陆永贵眯缝着眼睛笑了,他走近姚乾圣,在他耳边轻声道:"会杀人的人。"

姚乾圣依然没有被吓到,眼神不屑地往陆永贵带来的几个人身上打量了几眼,接着说道:"吓唬谁呢,以为带几个小瘪三来就能杀人啦?"

陆永贵依然挂着笑容,却不再搭他的话,而是直接掏出一把枪来,顶在他的腰间。

姚乾圣霎时被吓得脸色煞白,随即被陆永贵的手下一脚踹倒在地上,在他模糊晃荡的视线里,依然清楚地看见了那些他刚刚嘲讽过的"小瘪三"的腰间都配有手枪。

此时的姚乾圣只有一个念头,就是尽快逃离这里,可是,好像已经来不及了,陆永贵上去又是一脚,姚乾圣疼得在地上打滚,而且他的一边脸已经被人踩在了脚底下。

陆永贵在他面前蹲下来，将手里那把已经上了膛的枪顶在了姚乾圣的脑袋上，说道："保险栓已经打开了，会走火的。"

姚乾圣终于慌了："你们……你们……你们到底是什么人？"

"我是韩孝诚韩少爷的人，林曼是我的妹妹。"

姚乾圣相信他是林曼的哥哥，但不相信他是韩孝诚的人，'不夜城'里的一个小歌女怎么可能有这样的靠山，他依然觉得陆永贵是在吓唬他。

"小兄弟，有话好好说嘛，你要多少钱尽管开口，我都可以给你的，马上就给你。"

"钱？"陆永贵忍不住笑起来，身后的人也跟着笑起来，可那样的气氛更叫人害怕，"你觉得我们是来问你要钱的？"

姚乾圣早已吓得语无伦次："是是是，既然不要钱，那你说你要什么，我都答应。"

陆永贵伸出一只手，身后的人便会意，递上一把匕首放在他的手心里。他晃着手里的小刀，姚乾圣突然想要大喊求救，但被陆永贵及时堵住了嘴。

"要你的命根子。"

姚乾圣嘴里塞着毛巾，但陆永贵的意思他还是听懂了，所以拼命地摇着头，额头上冒着豆大的汗珠子，这一劫应该是逃不过了。明知不能逃脱，他还是躺在地上奋力地挣扎。几个黑衣人将他围在中间，将他挟制住。

尖刀刺入他身体的要害，姚乾圣痛得昏死过去，完全失去了知觉。他再也不是男人了。

28. 风起

林曼已经在床上躺了一周多，还是一句话也没有说过。秦静菲每日都来探望，可是无论她说什么，林曼始终看着窗外，无动于衷。

林曼这样的状态，秦静菲很怕她这一辈子都走不出这个阴影了。

"大少爷？"韩孝俊的出现，似乎是这死寂黑夜里的一束微光。秦静菲想着，林曼的遭遇，他大概已经都知道了。

"小曼，她还好吗？"

秦静菲难以回答："她在屋里，您去看看她吧。"

韩孝俊推了门进去，林曼坐在床上，望着窗外，她根本不在乎是谁来了。

"小曼。"

这个声音她再熟悉不过了，几天以前，她还是那么渴望听见这个声音，但现在，这个声音让她觉得无比恐惧。

林曼终于有了反应，她不敢回头看他，然后把自己蒙进了被子里。她不知道该怎么面对他。

秦静菲轻轻关上门，韩孝俊是林曼的解药，他们此刻应该有许多的话要说。

韩孝俊走过去，挨着床沿坐下来。他抱着被子里那个瑟瑟发抖的人，轻轻道："小曼，别怕，是我。"

眼泪终于浸湿了被褥，许久，小曼终于在他的怀里平静下来。

"等你好起来，咱们就结婚好不好？"

这是韩孝俊的声音，秦静菲站在门外听得清楚，忍不住热泪盈眶，她这一生还会不会有这样一个男人愿意给她这样的承诺。

星辰闪烁在漆黑的空中，夜风呼啸，拂过上海滩纸醉金迷的十里洋场，幽深的黄浦江暗波汹涌，没有人知道明天将会发生什么。

这一晚，韩孝诚被渡边建一亲自请去青龙会用餐，这是两方隔空对垒许久后的第一次见面。如果不是上方的指示，如果韩孝诚没有找上姚乾圣，渡边建一完全没有将这场会面列在计划内。

餐桌上摆放的是日本最丰盛的刺身宴，韩孝诚却一口没动。

"韩先生吃不惯我们日本的餐食吗？"渡边建一问道。

韩孝诚的笑容不减，道："不是吃不惯，而是从来没有想过要在这里吃日本的餐。"

渡边建一自然听明白了这话中的意思，道："韩先生的口才果然好。"

冰冷的笑意在韩孝诚的嘴角一闪即逝，他不愿在这里留太久。他问道："渡边先生请我来，不会只为了吃顿饭，聊聊天这么简单吧？"

"痛快。"渡边建一直言道，"韩先生是上海滩的老大，谁都要给你几分面子，我知道你们中国有句古话，叫乱世出英雄，所以韩先生就是他们眼里的英雄吧。"

指间的香烟燃烧，烟雾袅袅升起，飘荡消散在空气中。韩孝诚吸了一口烟，眉头却慢慢蹙起，嘴角却泛起一抹捉摸不透的笑容："不敢不敢，上海滩从来也没有出过什么英雄，我就更不配了，在别人的眼里，我顶多只能算是个还尚存那么一点点良知的流氓。"

韩孝诚似乎是在暗示他们之间没有合作的可能，渡边建一不由得大笑起来，道："韩先生真是会开玩笑。"

韩孝诚没有回应他。思索了片刻以后，渡边啜了一口酒，脸上浮起一抹意味深长的笑容："听说，那个叫姚乾圣的被韩少爷给……"

"是，他动了不该动的人，我只是给了他一个很轻的教训。"韩孝诚淡淡道。

渡边紧接着他的话："可他正在为我们青龙会做事，韩先生这样做不太合规矩吧。"

韩孝诚竟忍不住笑出了声，道："那我真是后悔没能杀了他，渡边先生可是用错了人。"

渡边不禁大笑起来，眼神中却聚集起一种难以形容的戾气，他想这个韩孝诚当真不好对付。渡边本想从姚乾圣入手，得罪了青龙会的韩孝诚应该更容易答应他们的条件才对。可是现在，这位韩少爷的每一句话都将渡边建一即将说出口的谈判条件堵了回去。

"这样的小人自然不能伤了咱们之间的和气，今天请韩少爷过来，其实是有一桩生意相谈。"渡边建一硬生生引出了这句话。

"哦？"韩孝诚并没有什么兴趣。

"青龙会想借韩氏商会的码头一用，运一些货。"

韩孝诚不加思量，也毫不客气："韩氏商会的码头从来没有给外人走过货，何况是日本人？"

渡边建一清楚地知道，韩孝诚正在拒绝他。他诱惑道："韩少爷就不打算考虑考虑？这里头的利润可是大大的丰厚。"

"我不想坏了自己定下的规矩。"渡边建一似还有未言之语，韩孝诚便以有要事为由告辞了。

彻底恼怒的渡边建一恨不得现在就杀了韩孝诚，可青龙会向来不缺手段，韩孝诚这样的人虽是难对付，但总能找到让他就范的办法。

那是一个雨夜，黑色的汽车疾驰而过。

方庆生带着两个人，从车上下来。雨越下越大，方庆生站在那栋石库门任由雨水浇灌着。这一切，要在今天结束。

方庆生终于踹开了姚乾圣的家门。姚乾圣猛地从睡梦中惊醒，屋里黑得什么也看不见，姚乾圣惊慌不已。方庆生开了灯，此时的他已经浑身湿透，雨水顺着发梢衣角滴落。

姚乾圣并没有看清方庆生的脸，只是看到了两个黑衣人站在他的身后。他以为，这又是韩孝诚的人。

他从床上滚下来，跪在地上，求饶道："你们怎么又来了，我已经是一个废人了，求求你们饶过我吧，我保证，只要能下地，我就离开上海，不会再惹事了，真的不会了。"

方庆生点燃一支烟，盯着对方恐慌的眼睛，问道："你跟谁保证的？"

姚乾圣终于抬起头："韩少爷啊，他不是已经派人来过一次了吗？"

"那我可得告诉你，他能容得了你，我不能。"他语气冰冷得如同这一天的天气一样。从他的头发丝到面露狠色的表情无一不在透露着，他要为她报仇。

姚乾圣瘫软下去，他惶恐地吼叫起来，然后退到一个角落里，惊慌道："你们……你们要干什么！"

"要你的命！"

枪声响起，鲜血溅在墙壁上，是方庆生亲自动的手。他本就是活在黑暗里的人，而这也是他唯一能为林曼做的事。

他永远都会记得那天，他站在"不夜城"的门口等着林曼，那是在他反反复复想着她的模样之后，第一次与她说上话，他感觉到自己的脸上不经意流露出的微笑，是他对这个世界，对林曼，仅存的温柔了。

姚乾圣被杀的消息很快在上海滩传开，可是，在这样的时代里，每天都会有不明死因的人，至于死一个姚乾圣这样的人，老百姓只是纷纷议论、关心着凶手的身份，除此之外，再无其他。

"不夜城"舞厅依然是绚丽的灯光闪烁，高雅的音乐混杂着嘈杂的人声，突兀却又和谐。打扮艳丽的姑娘们永远是这"不夜城"中一道靓丽的风景。

"你还是杀了那个人？"

离那件事已经过去了一段日子，在韩孝俊的照顾下，林曼的精神已经有了很大的好转，正是因为不确定，秦静菲才会这样问。

韩孝诚答："不是我。"

秦静菲忽然就不说话了。

看着她的反应，韩孝诚忍不住问："难道你不相信我吗？"

她摇摇头道："相信，你说没有就没有。"

他的眼神紧盯着她，道："如果不是因为你，我根本没要打算插手这件事。"

他没有告诉她的是，他很早就知道姚乾圣是青龙会的人，他对姚乾圣动了手，就等于是向青龙会主动发起挑衅，而青龙会果然关注到了他。

她垂下眼帘，不过心地说了一句："谢谢你。"

"你要谢我的事，可不止这一件，一句谢谢怎么够？"他见她心事重重，有意这样打趣。

秦静菲反倒认真起来，为难道："可是韩少爷什么都不缺，我实在拿不出一件像样的东西来感谢你。"

流光里，她的一双眼睛越发明亮、惊艳。韩孝诚含着笑意，看着她，说道："不，你有。"

看着她正小心翼翼地避开他的眼神，韩孝诚眯起了眼睛，笑意更浓，他的目光紧紧地攫住她，低头凑到她耳边轻声说道："你在怕什么？"

秦静菲偏过头，始终不敢对上这张近在咫尺的脸，只听她毫无表情地，冷冷地说了一个字："你。"

韩孝诚微微一愣，他完全没想到她会说出这样的答案来，然后越发来了兴致:"原来,你也有害怕的人呀。"

"我要回家了。"秦静菲打断他的话,完全不给他得意的机会。

"别别别,别急着走,"韩孝诚当下就服了软,拦着她的去路道,"那你看这样好不好,我不强求你感谢我,只要你肯跟我赌一把。"

秦静菲倒是疑惑起来,问道:"赌什么?"

他的笑意越发不怀好意,似乎是早有打算的样子。

"如果我能做到让你能心甘情愿地扑进我怀里,那么从今天起,你都要陪我跳舞,好不好?"

"不好,也不可能。"秦静菲想都没想就拒绝了这个赌约,她非常清楚,韩孝诚这样的提议,说明他已经有了赢自己的办法,她才不会乖乖地走入他设的圈套呢。

"我可不是在跟你商量,"听到她的拒绝,韩孝诚却依旧笑容不退,他伸手,抓紧她的手腕,"既然想谢我就要有诚意,这一回你必须得听我的。"

秦静菲愣愣地看着他,她从来没有想过有一天会在韩孝诚的脸上看到这样的表情,甚至有些孩子气,这一点也不像他。

见她正发着愣,韩孝诚也不怕她指责他要赖,兀自揽上她的腰,然后顺势把她的身体往后轻轻一仰,秦静菲惊呼一声,就在她的身体弯曲到几乎九十度的时候,他突然松开手。

秦静菲不由得一慌,双手紧紧地环在他的颈间,这是一个正常人下意识的动作……

得逞的韩孝诚像个孩子一样笑起来,说道:"我赢了,你抱我了。"

她明显地意识到自己的双颊在燃烧,她立刻站稳,想要推开他,可是他的手重新揽在她的腰间,这次一点没有要放手的意思。

"别闹了,那么多人看着呢。"

韩孝诚一把拉上她,说道:"走吧,陪我跳舞去。"

29. 设局

不等秦静菲答应，她几乎是被韩孝诚强拉进舞池的，瞬间，感觉整个人被他温和的大手包围，跟随着他缓缓地步入舞池。

秦静菲仍旧是极不情愿的模样，两个人的步子，也因为她的不配合，完全不在同一个拍子上。

韩孝诚一次又一次地纠正着她的步子："这么多人看着呢，别这么不情不愿的。"

秦静菲白了他一眼，道："我不想和你跳舞。"

"他们不会以为你不想和我跳，只会以为你不会跳。"

于是，他将她抱得更紧，两个人更近地贴在一起，她知道自己是脱不开身了，更要紧的是，她似乎也不那么想让他难堪。她很快跟上了他的节奏，跟随着舞台上的歌声缓缓旋转，她的身材本就很窈窕，脚下步子清逸，舞姿飞扬起来，很快成为了舞池里的主角。

闪耀的光晕下，他正对她温柔地微笑着。

"舞跳得这么好，为什么每天总是唱完歌就走人，以后你来教我跳舞好不好？"

感受着他炙热的气息，她刻意躲避着，嫌弃道："你这样好的舞技，我可教不了。"

"不要总是拒绝我，你刚刚已经拒绝过我一次了。"

她白了他一眼道："像韩少爷这样的舞技还要我来教，怕是叫人家听到了这话，都该笑掉大牙了。"

"让未来的舞后教我跳舞，我看谁敢笑话。"

他的话似有魔力一般，秦静菲的嘴角忍不住微微勾起，一抹柔柔的笑意在她的嘴角边漾开。他目不转睛地看着她，温柔也慢慢地流转在他的眼神里。

"真是难得，我还能把你逗笑一回。"

韩孝诚不由自主地低头看着她，他们离得这样近，她羞媚的眼神霎时间把他吸引住了，他的双手不知何时已经捧住她的小脸，只觉得手心里暖暖的，软软的，他深深地凝视着她，慢慢地靠近，直到他的额头轻轻地抵住了对方的额头。原来，他的眼中也可以有难以言喻的温柔。

"菲菲……以后我都这样叫你，可以吗？"

他低沉的声音仿佛带有魔力一般在她的耳边响起，如同一股电流袭遍了她的全身。

音乐的节奏渐渐慢下来，韩孝诚双眼含笑地看着她，两个人脚下的步子随着音乐缓缓移动着，眼神纠缠着。

"干嘛这样看着我，怪不习惯的。"

韩孝诚脸上的笑容总是在不经意间变得更浓了，他夸赞道："这样的你真漂亮……"

秦静菲被他看得不自然，只好岔开话题："听说，大少爷和林曼去绍兴乡下了？"

"对啊，你好像很关心他们？还是只是想关心我的哥哥？"韩孝诚当然不再怀疑秦静菲的动机，现在的他只是不乐意她关心除了自己以外的男人。

秦静菲恨不得将他推得远远的，解释道："我也只是随口问的，我关心的是林曼！"

他喜欢她急着解释的样子，问道："随口？好，那你有没有在不经意间也向别人问起过我？"

"问你什么呀？"

她别过头，躲避着他的目光，可他的眼神却始终追逐着她的眼睛。

"告诉我有没有？"

"没有。"

韩孝诚却有意追随着她的目光："我不信。"

"混蛋！停下！不准再跳了！都给我停下！"

这个声音忽然盖过了舞池的音乐，吸引了所有人的注意，那是一口十分蹩脚的中文，顺着声音看去，是个已经喝得烂醉的日本兵。众人已被他疯狂的举动吓得四散开来。

秦静菲被推搡的人群累及，正好撞进韩孝诚的怀里。

丁守财一路追着那日本兵而来，终于追赶上了他，恭敬道："太君……我说这位太君，您是不是酒喝多了。"

"混蛋！滚开！"那日本兵一巴掌打在丁守财的脸上，丁守财踉跄几步摔倒在四散的人群前。

那日本兵捏着手里的酒瓶子，晃晃悠悠地绕着人群转着，似乎是在找什么人，没有人敢直视他的眼睛，当然，他要找的也不是这些人。直到他迷离的眼神落在秦静菲身上，两只眼睛突然放出光芒，然后猥琐地搓了搓双手，一步步向她靠近。

"终于找到了，'不夜城'大名鼎鼎的'四小姐'吧，真是漂亮。"

秦静菲下意识地往韩孝诚的身边靠近。

"陪我跳一支舞吧，晚上，跟我走。"他突然面露狰狞，"否则我就让这里不得安宁。"

"你听清楚，你最好离我远一点……"秦静菲一点也不怕他，就算得罪了这个日本兵，她身后的青龙会处置的也一定是这个恶人。

"你说什么？"那日本兵将耳朵凑到她面前，让人厌恶无比。

韩孝诚用力将他的脑袋推开，让那个本就无力的日本兵不由得向后倒退了几步。

"没有听清楚吗，她让你滚！"韩孝诚厉声喝道。

那日本兵对先动手的韩孝诚突然来了兴致，他嘴里骂着日本话，握着手中的酒瓶子，就要向韩孝诚甩去。韩孝诚迎上前，一把抓住了那日本兵握着酒瓶的手，日本兵吃痛间不得不松开，手里的酒瓶子被韩孝诚轻松地夺了过去。

韩孝诚本想就此罢手的，可是那人实在气不过，并不想就此作罢，冲着韩孝诚用日语骂了一句"混蛋"后，便想伸手扣住他。韩孝诚抡起手里的酒瓶，往日本兵的头上砸过去，酒瓶的玻璃四散开来，血从日本兵的头发里流出来，他突然跪了下来，支撑了几秒以后，脸朝下，摔在了地上，再也没有起来。

四散的人群将那倒在地上的日本兵围了起来，陆永贵上前将他翻过身来，一只手搭在他的人中前，他已经没有了呼吸。

"少爷，他死了……"

"死了？"韩孝诚不可置信，这个人就这么死了。

秦静菲忽然意识到事情有些不对，这样一来，就是韩孝诚杀了日本兵，青龙会怎么可能不拿这件事情大做文章呢，又或许，这个日本兵根本就是冲着韩孝诚而来。

果然，不多久后，青龙会就带着巡捕房的人赶到了"不夜城"。

方庆生带来的人不多，但是他的目的很明确，就是冲着韩孝诚而来，说是接到了举报，这里发生了一起凶杀案。

此刻的秦静菲更加确定了刚才的推断，看来这一次，是有人故意要陷害了。

那个日本人躺在地上，被确认死亡，谁都没有办法证明他的死与韩孝诚无关。

方庆生走到韩孝诚面前，依旧十分客气道："不好意思了韩少爷，就请您跟我们走一趟吧。"

出乎韩孝诚意料的是，秦静菲竟拦在他的面前。她有些乱了方寸，她只知道韩孝诚一旦进了青龙会，就真的很难再出来了。

"方先生，在事情还没有搞清楚之前，你怎么能不分青红皂白就随便抓人！"

"我当然没有随便抓人，就算是个误会，韩少爷是不是也应该跟我去一趟青龙会，给渡边建一先生一个合理的解释呢？"方庆生道。

果然是有备而来，秦静菲哑口无言。

韩孝诚轻轻拉住秦静菲的手，将她拉到自己的身后，他始终没有松手，反而越来越紧，那是一种无形的力量，他是在告诉她，他不会有事的。

"好啊，走吧。"他的神情十分松弛，丝毫没有一点因这个意外而产生的惊慌。

"孝诚……"她脱口而出喊着他的名字，手心不自禁地开始冒冷汗。

他依然握着她的手安慰道："放心，我不会有事的。"

说完这一句，韩孝诚又对丁守财道："记得，舞后评选的事必须得等我回来再举行。"

早已被这阵势吓傻了的丁守财连连应了两句"晓得了"，便再也不敢说话。青龙会他是去过的，那是一个不见天日、比死人堆还要可怕的地方。

青龙会的一间会议室里，正亮着一束昏暗的灯光，诡秘、幽森，无力地围绕着这深邃的黑暗，似乎很容易就会被这股暗流吞没。

"韩先生，欢迎啊。"

很显然，渡边建一是特地在这里等着韩孝诚的，对于韩孝诚的到来，他表现出胜利者的洋洋得意。

韩孝诚随便拉开一把椅子，坐下来，然后点了一支烟，这些年，他经历过大大小小的事不下百余件，却没有一件像今天这样处处被动。

"渡边先生请人的方式很特别。"

渡边建一在他的对面坐下来，他准备了上好的茶叶，亲自为韩孝诚沏了一杯茶。

"上一次与韩先生相谈，十分遗憾，您似乎不太愿意和我们合作，所以，为了能再次见到您，商谈合作之事，我想不到更好的办法了。"

这样看来，渡边建一是间接承认了"日兵之死"就是他一手策划的。

"佩服。"他掐灭了烟头，极力地压抑着心中的怒火，然后靠在椅子上，一副接受谈判的模样，"渡边先生一定是准备好了一肚子的话，不说出来想必你也不好受，那就请吧。"

渡边建一自以为成功了，因为这一次他的筹码是韩孝诚。韩孝诚能不能摆脱杀人的嫌疑，全在他，韩孝诚不可能不答应。

"其实，我要的很简单，还是那句话，韩氏商会的码头，为青龙会走货。"

"什么货？"韩孝诚问道。

"军火和烟土。"渡边建一将一份约定书推到韩孝诚的眼前，"约定书都已经拟定了，只要韩先生签了这份约定书，你马上就可以离开这里。"

韩孝诚快速地翻阅了那纸所谓的"约定书"，忽然间大笑起来，那笑声里的讽刺足以损了渡边建一的颜面。

"你笑什么？"

"这约定书倒是写得不错。"韩孝诚放下手里的"约定书"，复又推回渡边的面前，"但我还是那两个字，不行。"

渡边建一终于撕开伪装，一掌击在桌面上，怒道："韩先生，不要敬酒不吃吃罚酒，今天的事，你应该很清楚会是什么样的结果，青龙会一旦追究起来，那可不止一条人命啊。"

韩孝诚依旧淡然道："渡边先生，究竟是谁要了这个日本兵的命，我想你心里比我更清楚。"

"很好，韩先生不愿意合作我也不好强求。只能请韩先生在这里多留几日，说不定你会想明白的。有任何的需要，随时可以找我。"渡边咬着牙，想象着，也等着韩孝诚成为失败者的那一天。

"恐怕要让渡边先生失望了，我很快就能出去的。"他心里其实是没有底气的，可他从来没有服过软，更何况对方是日本人。

"那就拭目以待了。"

30. 祸事

茶杯停在唇边，秦静菲怔怔地坐在那里，不发一言，目光迷离奇怪，复杂地变幻着。青龙会既然一口咬定是韩孝诚有意杀了他们的日本军官，所以一定会追究他的责任。

已经几天过去了，日本兵的事青龙会还未处理，她明明知道那个日本兵的身上一定有问题，一只玻璃酒瓶根本不足以致命，可是现在，她连验尸的机会都没有。

秦静菲虽然找到了许多可以在这桩事上为韩孝诚说话作证的人，可是事情依然没有得到任何实质性的进展，她恐慌着不愿意面对那个已经可以预知的结果，这一次韩孝诚若是不肯低头，恐怕渡边建一真的不会罢休了。

按照青龙会的任务指示，她其实只需要佯装关心韩孝诚，大概地问一问事情的进展，或者干脆不插手这件事。可是，她做不到。

她无数次地问自己，为什么要这样拼了命地去救韩孝诚，若是行错一步，激怒了渡边建一，她的弟弟又该怎么办？但她没有想过要放弃，韩孝诚是因为她而被带去青龙会，她又怎么能袖手旁观。她衡量着自己对于青龙会，对于渡边建一的价值，是不是足够去救韩孝诚。

她决定冒险。

当天晚上，秦静菲就这样出现在了渡边建一的办公室里。

"简直是胡闹！这里不是你想来就能来的地方！"

她自然是做了最坏的打算的："我也不愿到这里来的，是渡边先生你逼我来的。"

渡边建一震怒道："你知不知道，你的身份一旦暴露，将会给青龙会带来什么样的危害，你自己又会是怎么样的下场，你想过吗？"

她苦笑一声，神色十分平静道："我的身份将会给我带来什么，我一直都非常清楚。"

渡边建一怒吼一声："那你更应该知道，你不该来这里！"

秦静菲惨白的脸上依旧没有任何的表情，她停顿了片刻，道："你就这样把韩孝诚关押在这里，准备给他安个什么罪名呢？"

渡边怔怔地看着她，片刻后才道："中国人总是喜欢咬文嚼字，每日好菜好饭地伺候着，怎么能算作是关押呢！我请他来青龙会，就是为了杀杀他的锐气，我必须让他知道，上海滩以后不再是他韩孝诚一个人的天下了，他杀了我们大日本帝国的军人，他就是在向我们示威。"

秦静菲做了一个深呼吸，只有在这样的时候，她才能记得她是有生命的，不仅仅是一个工具。

"那个人本来就该死。"她说道。

渡边建一猛地笑起来，秦静菲此番前来已经相当明显地告诉他，她真的对韩孝诚动情了。

"就算他该死，也不该由韩孝诚来动手吧？"紧接着他又讥讽道，"我给你的任务是接近韩孝诚，你完成得非常好，要不是你，我可能很难这么顺利地把他请进青龙会。"

他无时无刻不在提醒秦静菲，他们才是一路的人。

"渡边先生以为，韩孝诚身上的锐气，是进了青龙会以后就能被杀掉的吗？你自己心里也清楚，这根本就不能，又何必多此一举。"秦静菲试图说服他，虽然她明知道这是不可能的。

"你今天无非就是想要说服我，让我放了他。"

"不，以我对他的了解，他既然已经进来了，就算您现在放他出来，如果没有一个合理的解释，他也不会愿意走的，到时候，青龙会就会很难堪了。要紧的是，韩孝诚在上海滩的势力不容忽视，真的闹大了，又会有多少人会站到你这一边?"这些话虽然在掩饰她来此的目的,但也不无道理。

"放他出来?你要记得,进来青龙会的人没有一个是降服不了的,他韩孝诚也不会是个例外。"

渡边建一的这一句话让本就绝望的她瞬间崩溃,她要救他,就只能破釜沉舟了。

阳光被窗框分成一束束的明亮,依旧洒满整个屋子,她靠着窗,一束束的光笼在她身上,她却无心于这样好的景色。

林正坐在门口抽着烟,他是个没有主意的人,除了干着急。

"秦小姐,多少吃点东西吧,别把自己的身子给伤了。"韩孝茹几乎日日往秦静菲的家里跑,商议韩孝诚之事。

她摇摇头:"我吃不下。"

"秦小姐,你也别太着急了,我二哥是什么人,上海滩有几个人能动得了他的,你放心,他不会有事儿的。"韩孝茹本是来劝秦静菲的,却不承想,说着说着自己竟流下眼泪来,她心里很清楚,对方是有备而来,韩孝诚恐怕是凶多吉少。

"他当然不会有事,一定不会。"秦静菲反安慰起了她,又不忘提醒韩孝茹道,"回去以后,可千万稳住你家大小姐,这件事若是办不好,可就打草惊蛇了。"

"我明白的,这时候大哥偏偏不在上海。大姐该找的人都找了,这桩事连陈伯父都办不了,大不了就和青龙会撕破脸,也不能让我二哥受委屈。"韩孝茹道。

秦静菲听她提陈应雄,不由得惊讶道:"陈伯父?陈应雄?"

"是啊,可陈伯父给的答复是,青龙会那里根本就没人愿意见他。"

秦静菲不禁冷笑,在这样的时候,即便是急着要与韩家攀亲的陈应雄也极力地撇清。她安慰道:"放心我会有办法的。"

林正踩灭了烟头,走进去,他一直听着里头的对话。他制止道:"秦小姐您能做什么,这孝诚少爷还没出来,您又去白白冒险。"

"他是为了我才和那个日本兵动手的,那个人本就该死,难道我们就没处说理了吗?"或许连秦静菲自己也不知道,她这样救他,真的仅仅是因为这个原因吗？

"可这事，别人又不知道，咱们怎么说得清楚。"林正道。

林正这句话似乎是提醒了秦静菲，别人不知道当时发生了什么，她却是最清楚的。

韩孝诚被青龙会带走的事对季泽文而言简直是天大的好消息。他视之为对手的人，就这样不费吹灰之力地被除掉了，难免兴奋。

一如此刻，他踏进"不夜城"的那一刻，便觉得自己已经将韩孝诚踩在了脚下。

"季老板，您有许久不来了吧。"丁守财撑在面上的热情并不情愿。

"欢迎吗？"

心里虽是不愿意，可嘴上却又不能不顾着他的面子，丁守财赔笑道："欢迎欢迎，当然欢迎了。"

季泽文果然比从前更有底气："听说，舞厅要办舞后选举的活动。"

丁守财深深吸一口气，道："正是，正是。"

"'四小姐'定也是舞后的候选人吧，丁老板怎么不知会我一声，至少当个填补空缺的评委呢？怎么，觉得我没资格？"话语间，虽不曾提到韩孝诚的名字，矛头却是直指他。

"季老板，瞧您说的，哪敢有这样的意思呀。"

他扫了一圈舞厅，道："'四小姐'在哪里？"

"菲菲一会儿就该登台了，这会儿正在准备呢。"丁守财道。

季泽文十分有目标地在舞台侧边的一个座位坐下来，这一举动让丁守财倒是一惊。

"季老板，这儿是韩少爷的座位。"丁守财小心翼翼地提醒道。

季泽文本就是故意的，当然不肯让："那又怎么样，有什么坐不得吗？"

不远处，秦静菲静静地观察着这一切，眼睛中的光芒随着舞厅内的灯光不停变幻。

她慢步走过来，就站在季泽文的前面。丁守财见状不禁有些担心，以眼下看，秦静菲若是上前理论，怕是要吃亏。

丁守财才要拦住她，却已经来不及了，季泽文迎面对上秦静菲，一只手不禁已经游走在她的下颚。

"找我？"

秦静菲猛地打掉了他的那只手说道："放尊重一点，少碰我。"

季泽文嬉笑着举起两只手，脸上挑逗之意依旧没有褪去："好好好，我不碰你。不过你这算是在为他守贞洁吗，他可是被青龙会的人带走的，进去那里头的人，有几个能出来的。"

秦静菲冷哼一声，道："谁说进去的人不能出来了，你不就出来了吗？"

季泽文一时语塞，逞强道："我当然能出来，可他却未必。我说过我会赢过他。我再给你一次机会，只要你答应跟了我，你想要什么我都依你。"

此刻，秦静菲的脸上是季泽文怎么都无法解读的笑容，或者说他不愿意承认，那样的笑容是一种轻蔑。季泽文问道："怎么，你不信吗？"

"我信，我当然信，可是想要赢过韩孝诚，可不是趁他不在的时候，坐在他坐过的椅子上耍威风。"秦静菲道。

果然，他渐渐被秦静菲激怒，咬牙道："秦静菲，别那么护着他，你这样让我很生气。"

看见他的表情，秦静菲反倒笑起来："季老板，不好意思，现在的我可顾及不上你的心情了。"

季泽文更加恼怒道："你信不信，我有办法让青龙会的人弄死他。"

"那就等你说的这一切都发生了，再得意不迟。"

她不知道这一步是否冒险，可是眼前唯这一个选择，她只有这样做。

秦静菲通过伊娜的引荐，进入了法国领事馆。事情才终于有了实质性的进展。

法国人本就与韩氏商会有诸多生意上的往来，秦静菲带着韩孝茹，以韩氏商会的名义，将所有与法国人合作通商的流程全部暂停，理由是，没有韩孝诚的在场，无人敢擅作主张。

出乎意料的是，法国人才答应出面，一些韩孝诚在生意场上的英国朋友便坐不住了，为保住商业利益，共同发表申明，与韩孝诚站在一线,向青龙会施压,要求放出韩孝诚。

秦静菲很明显地感觉到青龙会虽然依旧不愿让步,但也完全不像之前那样坚持。

这在秦静菲看来是最好的机会,她立刻召开了新闻发布会,希望还原当天晚上发生的一切。消息一出,震惊了整个上海滩。秦静菲此举是在与青龙会公然作对。

所有报社的记者都争先恐后地涌入发布会的现场,镁光灯打在她的脸上,她没有一丝要回避的意思。

"韩孝诚,他没有杀人。"

这是秦静菲面对所有上海知名报社的记者说的第一句话,这八个字足以震惊在座的每一个人。

众人震惊的并不是她刚才说出的真相,而是这样一个女子竟然为了韩孝诚,胆敢公开与青龙会对抗。

"我需要向公众说明的,是我所经历的那个事件的整个过程。"

报社的记者们都等着她更精彩的叙述,试图在已知的情节里挖掘到更劲爆的细节。

"是那日本兵对我动手动脚在先,韩先生出面替我与他理论,可那人喝得醉醺醺的,就要动手,韩先生是出于自卫才一时失手,没想到那个日本兵当场就流血身亡了。"秦静菲道。

这是真相,可以救他的真相。

"韩小姐,您说的是真的吗?"

"那天晚上,在'不夜城'里有那么多的客人,整个过程他们都看见了,我就算有通天的本领,也堵不住这悠悠之口吧。"

秦静菲十分清楚,她只是一个交际花,一个没有自尊心的交际花,这个原本就让人鄙夷的身份已经足够让她为这件事承担责任,而现在这样一番话继而引来的结果无疑就是,她就是引起这场祸事的祸水。

31. 钟情

报纸很快刊登了这一消息，一度宣扬"四小姐"的重情重义，纸醉金迷又血雨腥风的上海滩竟出了这样一个有情有义的交际花，实属不易。

"呦，瞧瞧今天的报纸，咱们的'四小姐'可是了不得，成了重情重义的表率人物了。"

一时间，"不夜城"里传阅着报纸，秦静菲又成了焦点。

"还当谁看不出来似的，她这么拼命地想要救韩少爷出来，一来，是为了讨好韩家，二来，是为了让韩少爷永远都感激她！"尹露道。

颜丽丽心里其实是顶佩服秦静菲的，不管出于什么目的，她至少有胆量做这样的事。

"该不会吧，为了一个韩孝诚，她连青龙会的人都敢得罪，这种事情一个搞不好，那可是会要命的。"

聊起这样的话题，"不夜城"的姐妹们便都被吸引了过来，有的或许只是为了听着解闷，而有的，做梦都想成为下一个秦静菲。

"她心里的如意算盘打得可精着呢，你们想啊，如果韩少爷真的被她感动了，那韩家少奶奶的位置，可不就是她的了，到时候就连韩大小姐也不能说什么了。至于她的命，青龙会既然放了韩孝诚，自然也就不会动她，至少现在不会。"尹露的话自然是有些道理的，秦静菲的重情重义在她的言论里成了攀上高枝的手段。

"我说露露啊，说这风凉话有意思吗，你要是有能耐也让人为了你豁出命去，你有吗，你们谁有吗？"林曼走了，这里只有丁守财为秦静菲抱不平了。

尹露更加不服，道："这算能耐吗？这是心思，有本事她干脆去青龙会里陪着韩少爷，我就服。"

"我用不着你服！"

尹露一时语塞住了口，秦静菲正站在她们化妆间的门口，愤愤地瞪着屋子里的每一个人，围着的人群才终于散了开来。

第二日清晨，各大报纸报道的全部是关于韩孝诚与那日本兵的消息，赞其是除恶。青龙会抵不住舆论压力，终于放了韩孝诚，并公开登报道歉。

无论秦静菲这一步险棋的代价是什么，至少韩孝诚安全了。

局势也因为这件事达到了一种巧妙的平衡，正是由于法国人和英国人的介入，青龙会一时半会儿不会再生出什么变故，可是这种平衡是相当脆弱的，上海滩风平浪静的背后，正是山雨欲来前的暗潮汹涌。

韩孝诚毫发无损地从青龙会里走出来，天空有些阴郁，他冷漠的眼神扫过每一个人，目光终于停留在秦静菲的身上。

他径直走向秦静菲，紧紧拥住了她，在感受到他熟悉的气息的同时，她的心不禁一阵狂跳，还有，一股莫名的心安。

"砰！砰！砰！"接连几声巨响，几乎同时，多台对准韩孝诚的照相机在按下快门后冒出了淡蓝的烟雾。

他还是紧紧地拥住她，接着说道："以后，不可以再冒这样的险！"

怀里的秦静菲除了眼角的两行热泪，没有任何反应。

"跟我去个地方。"他在她的耳边轻声道。

小报记者向着韩孝诚与秦静菲二人蜂拥而来，他却没有一丝要回应他们的意思，拉着秦静菲便上了车。

"你要带我去哪里……"

韩孝诚拉着她进屋，关门，开灯。

一系列的动作以后，昏暗的灯光下，韩孝诚已经挡在她的眼前，她整个人好似被隐藏在黑暗之中，又莫名觉得有股巨大的力量正压迫着她，令人窒息。

"这是哪儿？"幸好是和他在一起，否则在这样一个陌生的空间里，一定会心慌，她不喜欢这个感觉。

他拨弄着她鬓角的碎发，眼神不曾从她的身上移开，轻声道："这是我常来住的地方，很少人知道。"

"那你带我来这里干什么？"她躲避着他的眼神，可是连视线该看向哪里都不知道。

"谢谢你。"他凑到她耳边温柔地说出这三个字。

秦静菲整个人都在倒退，最终贴到了墙上，无处可逃。

"你不用感谢我，我不是为了你去冒险的，我只是向所有人说明一个实情，我不想有人被冤枉，更何况你是为了我。"

他依然认真地注视着她，难以想象一个人的眼神可以在同一时刻包含那么多东西，霸道、渴望、期盼、温柔……韩孝诚不由得笑起来，终于在凝视了她片刻以后，更紧地拥住了她。

她没有挣扎，这里只有他们两个人，她汲取着他的温暖和气息，耳边传来他强有力的心跳，咚！咚！可惜，这里不是她可以停泊的港湾。

"从今天开始，我想每天都看到你，好吗？"

她就这样紧贴在他的胸膛上，感受着他的气息，可这所有的美好都像一把利剑一样，直刺她的心。她不由得紧咬住下唇，极力地告诫自己她心里泛起的那一抹幻想是不可能发生的，永远也不会。

她没有言语，只是轻轻地摇头，韩孝诚紧皱着双眉凝视着她有些苍白的脸，他根本不知道她为什么要拒绝自己。他盯着那双眼睛。秦静菲虽然逃避着他的眼神，但依然能感觉到他强烈的独占欲。

她该走了，他却在她即将转身的片刻，低头覆在了她的唇上。

直到她的气息开始急促，脸色涨红之后，他才缓缓地退开些许，额头轻触着她，呼吸依旧纠缠在一起。

"菲菲，不要再拒绝我，我要你跟我在一起，我会对你负责的，我一定会的。"

听着他低沉且略带些沙哑的声音，秦静菲缓缓扬起眼帘，也许是屋子里光线太暗了，他的皮肤看上去比以往黑一些，高挺的鼻子，剑一般的眉毛，深邃的眼眸，让这张脸显得无可挑剔。她凝视着他眼中的担心和坚定，似曾相识，却又不曾相识。

"你知道的，我可以让你过得更好，从今以后你不必再……"

没错，从他的眼神里就可以完全确定，他在承诺，他要她是他的。

可是，她这样的人配得上这样的承诺吗？

话未说完，眼前的秦静菲已经泪蒙蒙地看着他，片刻之后，她再也忍不住心中的翻涌，痛哭起来。这一刻，房间里静悄悄的，只有她低低的抽泣声。

这让韩孝诚反倒是慌了，他连忙问道："是我说错什么了吗？"

从来没有人让秦静菲这样温暖过，就像从来没有人可以让韩孝诚这样不知所措过。他想要保护她，她却在心里又一次告诫自己，她不可以对他产生任何的感情。

或许，他们也是才知道，原来，爱一个人，除了甜，还有痛。

"这是我第一次看到你这样害怕的样子，竟然是为了我。"低沉的声音在她耳边响起，她没敢抬头，韩孝诚伸出一只手托起她的下巴，不再允许她的眼神躲开他的目光，"我也从来没有这样害怕过。"

他再一次将她紧紧揽入怀中，秦静菲枕在他的胸膛上，感受着他胸膛的起伏。这一次她并没有躲开。

韩孝诚把头埋进她的颈间，不停地低喃："给我一个机会，不要拒绝我好不好？"

秦静菲说不出话来，一滴晶莹的泪落在他的大衣上，他能感觉到，她的身体在颤抖。

她终于还是推开了他的怀抱："韩少爷，我觉得我还是有必要跟你说清楚，你是因为帮我才会去青龙会，我救你，是于心不安，请你不要再有误会，我只是不想欠你的。"

他的决定是不会因秦静菲的这几句话而改变的。

"现在是我欠你的，你为我做了什么，我心里一清二楚。"

秦静菲终于没了法子："你怎么……"

韩孝诚定定地看着她恼了的样子，嘴角边竟溢出了笑容，他趁她不备，又一次低下头来吻住了她的唇。

热烈、喜悦、情不自禁，这都是从他心底涌出的情绪，正一股脑地向她冲刷而来，她没有逃脱的余地。

敲门声在此时响起，是陆永贵。

"少爷，大小姐来电话了，要您回去。"

韩孝诚终于放开了她，说道："知道了。"

他微笑着的面庞紧贴着她的脸孔，在她的耳边轻声说道："等我回来。"

木子庄园里安安静静的，他看了一圈，客厅并没有人。管家说韩孝慧正在二楼的书房等着他。

"大姐,我回来了。"

果然,他推开门的时候,韩孝慧正站在书房的窗边,那里能看到庄园的大门,她刚才就是站在这里看着韩孝诚从车上下来,然后进了庄园。

"把门带上,我有话要对你说。"韩孝慧道。

门才关上,就传来韩孝慧的怒声:"跪下!"

韩孝诚一怔道:"大姐?"

"我叫你跪下!"

此刻的韩孝诚终于注意到书房里正摆着的已故双亲的牌位,终于向着牌位跪下来。

"妈妈走得早,爸爸也已经走了六年了,因为你大哥的身体……当然,他也确实没有你这样的经商头脑,咱们韩家的大事小事就落到了你的身上,你知道这意味着什么吗?"韩孝慧就站在他的眼前,含泪问道。

"当然知道。"

对于韩孝诚的回答,韩孝慧完全不认可。

"可是你呢,平常我可以睁一只眼闭一只眼,但是这一次,你简直是胡闹透了!"

韩孝诚抬起头,理直气壮道:"大姐,我什么都没有做错。"

"没错?"韩孝慧失望透了,她指着韩孝诚怒道,"那你告诉我,你跟那个'不夜城'的'四小姐'之间到底是怎么回事,你为了这个女人,都做了些什么!"

他不能忍受任何人言语间对秦静菲的丝丝侮辱,哪怕这个人是他的姐姐。

"大姐,现在不是我为她做了什么,而是她为了我,已经得罪了青龙会。"

姐弟间的矛盾忽然升级,韩孝慧亦不能容忍韩孝诚的执迷不悟。她厉声喝道:"不过是那个项雨浓的替代品,你为她杀了人,还是个日本人,你这样做就不怕整个韩氏商会毁在你的手里吗?!"

韩孝慧的话音落下,韩孝诚随即道:"我没有杀人。她也不是项雨浓。"

"一个歌女能有什么不一样,她千方百计接近你,无非是因为你今时今日的地位。"

"歌女怎么了,大姐一定要这样说她吗?她在我心里就是不一样的。"这是韩孝诚第一次这样顶撞韩孝慧。

"那她是什么!你跟她已经到什么样的地步了!"

这是一种韩孝诚不能理解的慌乱,她多么害怕她寄予厚望的弟弟甚至整个韩家都会因秦静菲那个女人而一败涂地。

"什么地步也没到!"

韩孝慧因为激动,整个人都开始发颤:"为了一个歌女去杀人,你还要到什么样的地步。我告诉你,她休想进我们韩家的门!今天当着爸爸妈妈的牌位,我要你发誓,不许跟她再有任何的来往!"

韩孝诚深深一个呼吸,情绪不再像方才那样激动,他反驳道:"大姐,我什么都能听你的,但是这件事不行,我是自由的,我的婚姻我自己做主。我跟她之间……"

"你跟她怎么样!难不成你真的打算娶她吗!"

"只要她愿意。"

韩孝慧几乎是摔坐到了凳子上,生气道:"你昏了头了你!你还是我的弟弟吗!"

"姐姐,对不起,这件事我不能听你的。"韩孝诚缓缓站起来,向着韩孝慧深深一鞠躬,离开了。

韩孝慧彻底地绝望了,可她何尝不是一个矛盾的人,林曼也是歌女,她却可以包容韩孝俊与林曼在一起。那是因为只要于韩孝俊的身体有利,只要是能让他高兴的,她都可以接受。可韩孝诚不一样,他所做的每一件事都是要于韩氏商会有利的,包括他的婚姻。韩孝慧不曾觉得其中有什么不公平,韩家的人包括她自己,都是在得失中捍卫着韩氏商会。

离开庄园的韩孝诚又匆匆赶回了小洋楼,他满心期待地推开门,以为秦静菲仍然会在这里等他回来,可是,他失望了,她已经离开了。

32. 反击

阳光分外灿烂，漫步在林荫中，难得这样惬意。

"这回呀，你总算能放心了吧。"正因为当日韩孝诚救了囡囡，所以这一回，伊娜也是竭尽所能地帮助秦静菲抗衡青龙会。

"嗯……"

"如今整个上海滩都知道'不夜城'的'四小姐'是个了不起的人物。我也是打心眼里佩服你。"伊娜道。

"我有什么好佩服的，如果换作是你，也会这么做的。"她总是不断地告诫自己，她救他是因为不想亏欠他。

"菲菲，我有个问题想问你。"伊娜渐渐停下了脚步。

"什么问题？"

"韩先生，是你的心上人吗？"伊娜不曾觉得这样问有什么不妥，这或许就是法国人的直接。

秦静菲做了一个很不自然的深呼吸，笑容完全僵在了脸上，道："他？怎么可能呢，你又在拿我寻开心。"

伊娜认真道："我可没有开玩笑。你为他奋不顾身，难道不是因为爱上他了吗？"

"他是什么身份，我又是什么身份，我们从来就不是一个世界的人，怎么谈得上爱。"她自己知道，这是一个牵强的理由。

伊娜不曾发现她的落寞，道："爱这个东西很奇妙，他笑的时候，你会高兴，他不好的时候，你也会跟着一起难过。那种感觉上来，一点也控制不住，难道你对韩先生没有过这样的感觉吗？"

"没有……"这两个字她说得毫无底气。

伊娜不知她的痛苦，笑着道："韩先生在青龙会的那几日，你魂不守舍的，还能骗得过谁。出于仗义和出于情谊所流露出来的紧张是不一样的，我不懂，你为什么要否认你的感情呢？"

"他不是我应该爱的人，我不会爱上他的。"她的爱是不可告人的秘密，只能不动声色地藏在心里。

伊娜倒是为她着急了，说道："女人其实很简单的，谁真心对她好，便是爱情了。我看得出来，韩先生他真的很喜欢你。"

浅蓝的天空，白云很安静地享受其中，阳光穿过绿叶的缝隙点缀着每一处的风景，像是一个美好的梦。可是一个身不由己的人，在这样的梦里，终究是要醒来的。

房间里没有开灯，幽静的弄堂已经入眠了。

深夜无眠的她，独自坐在黑夜里，看着四周的黑暗如浓墨般一点点扩散开来，让这夜里的一切显得更加不真实。脑海里不禁浮现出一些零零碎碎的画面，片断里总是会有他。

她含着眼泪笑起来，笑着哭了，或哭着笑了，都是因为他。

痛苦的是，她只能在黑暗里享受这份美好。

就是在这个时候，房门被打开了，她忽然警惕起来。

"什么人？！"

那个人的身手很快，枪口已经顶在了她的太阳穴，这一刻的秦静菲一点也不害怕，因为这是她想象过无数次的场景。

"为什么要那么做？"这是渡边建一的声音。

"英国人和法国人这样步步紧逼，咱们与韩孝诚这样僵持下去对谁都没有好处，我这样做是为了给渡边先生您一个台阶下，否则不好收场。"她确实是在为自己解释，只是情绪间没有任何的起伏。

秦静菲倘若不这样做，确实会使得青龙会与英法两国领事陷入僵局，但渡边建一的心里十分清楚，她之所以会这样做，完全不是站在青龙会的立场，她有她的目的。

"真的是这样吗！"

"如果我不这么做，先生有更好的打算吗？现在，我不仅化解了这个僵局，还让韩孝诚更加相信我，有什么不好的吗？"

渡边建一完全被她的话搪塞住，他忽然大笑起来，然后收回了已经上膛的枪。他明知道秦静菲做的一切根本只是为了救韩孝诚，却无法回击。

"做得好，做得很好，那我就等你的好消息，尽快完成任务，也好尽快见到你的弟弟。"这句话，渡边建一已经提醒了她无数遍。

任务……只有等到韩氏商会彻底毁灭，韩孝诚死，她才能见到她的弟弟。这桩叫人绝望的交易,将她推入深渊。

就在渡边建一谋划着毁灭韩氏商会,毁灭韩孝诚的同时,从青龙会出来的韩孝诚,当然也不会善罢甘休。

他已经想好了要怎么反击。从前他只是立志不允许韩氏商会与日本人做生意,不沾染鸦片,但是现在,他决定利用自己的声望,誓要在整个上海滩都杜绝鸦片,杜绝日本人与国人的生意。

这一日,小洋楼里聚满了与韩氏商会有着紧密联系的商人及政要,皆是应韩孝诚之邀而来。

"家父去世得早,我早早地接管了家里的生意,韩氏商会能立足上海至今日,实在是离不开诸位前辈的照拂。孝诚一日也不敢忘记家父生前训诫,秉承家父遗训,老老实实做生意,绝不沾染任何门派帮会,以为自顾自地埋头做生意,就可以相安无事。可是现在,有这么一群鬼东西冲进来,要剥我们的皮,吃我们的肉,这就坏规矩了。"

众人受韩氏商会恩惠多年,自然尽全力拥护道:"韩少爷放心,我们始终跟您,跟韩氏商会站在一起。"

韩孝诚诚意道:"诸位前辈,我韩孝诚今天站在这里表个态,韩氏商会的规矩永远不会变,我绝不与日本人做生意,也绝不沾染鸦片生意。另外,所有与韩氏商会有生意往来的个人或商会也要遵守这个规矩,有谁违反了这两条,那么不好意思,我将永远断了与他的生意合作,断了他的财路。"

这个决定引来一片叫好声。

第二日起,他便开始彻查所有与韩氏有密切合作的商会。而这件事查到一半,竟牵扯出了韩孝诚自己的酒庄,两个酒保竟背着他偷着做起了烟土转运的生意,而且时日已久。

陆永贵来告诉他这桩事的时候,韩孝诚没有很大的反应,只是要求按家规处置,打折他们的一条腿,然后永远赶出韩氏商会。谁知,这两个人竟玩起了失踪,这让韩孝诚开始逐渐意识到事态的严重。

除了派人加紧盯梢,防止他二人偷偷离开上海以外,他更是派了林正暗中保护秦静菲,他怕有人会拿她来威胁自己。

庄园内，林正特来汇报进展，据街面上的兄弟提供的线索，那两个酒保曾在虹口一带活动。

他听完林正的汇报，本不想问起她的，却还是没忍住。

"菲菲，她最近怎么样，还好吗？"

林正一怔，道："秦小姐，她挺好的。"

他对一句"挺好的"似乎不满足，继而又问道："她平时都做些什么？和什么样的人接触？"

派去保护她的人日日都会汇报，只是林正吞吞吐吐道："她……她……少爷您是知道的，秦小姐平时不爱和人接触的。"

韩孝诚感觉到了林正的为难，不禁问道："你是不是看到了什么，不想告诉我？"

"没……没有。"

韩孝诚看着他的眼睛，道："没跟我说实话，是不是被她发现了我派人暗中保护她？"

"没有，没有，没被发现。"

看林正的反应异常，他已经猜到了大概，问道："说，她到底在跟什么人接触？"

林正终究是瞒不住，只道："是……陈……陈少爷。"

"陈志卿？"

林正点点头。

"我知道了，你出去吧。"

他点起一只烟，熟悉的气味很快将已经飘远的思绪扯回，无论她的身边是谁，她终究会是他的。

多日不见以后，不知是什么又激起了他的斗志，尽管他依然对上一次秦静菲的不告而别很是失望。

他换上了衣服下楼去，恰巧闻得一阵熟耳的钢琴声传来，弹琴的人竟是陈婉仪。

"婉仪？什么时候来的？"

悠扬的琴声随着他的话音而终止。

"才来，我来陪孝慧姐说说话。"陈婉仪道，她很努力地在克制心中的兴奋。

韩孝诚倒是略显不自然:"你的钢琴,越弹越好了。"

此时的陈婉仪比以往似乎大有不同,她身上的小姐脾气已经褪去了大半。

"只要你愿意,我可以一直弹琴给你听。"

这样的话不免让气氛有了一些尴尬。

"听说你和你父亲吵架了?"韩孝诚问道。

陈婉仪的脸上竟有了几分浅笑,道:"那还不是为了你。"

这件事是韩孝茹告诉他的。矛盾因韩孝诚而起,为尽快将他救出青龙会,陈婉仪无法忍受父亲陈应雄的袖手旁观,却又无能为力。

"多谢。"韩孝诚垂下眼眸,不免对她生出几分歉意,可是除了感谢,他无法回应她更多。

"你是知道的,无论你遇到什么样的危险,我都不会袖手旁观的。"她瞥了他一眼,随即收回了目光。

韩孝诚不知道该怎样接上这句话,只道:"不是说要给我弹琴吗?"

她坐下来,悠扬的琴声响起,跟有些人只能保持这样的距离。

三 摇摇欲坠的梦

你是停留在路旁的梧桐,
是透进岁月里的霓虹,
是一个人的一段梦,
是一场相逢里的匆匆。

33．威胁

即将入春的上海，迎来了多雨的季节，天空连日阴沉，雨水连绵不断，潮湿的空气也不免让人平添几分感伤。

"不夜城"舞厅灯火通明，立刻驱散了这雨夜的迷茫。

她的声音柔媚清脆，在这样的夜里尤为动人。韩孝诚看着台上的那个人，忍不住想起她与他说过的那些话，她每一次都是在拒绝他，也许，她这样拼命救他，真的只是为了不欠他。

韩孝诚忽然站起来，转身快步往门外去，跟手下道："回去吧。"

"走了？"跟在身后的陆永贵先是一愣，随即快速跟了上去，"哎，这就走。"

才上台的时候，秦静菲一眼便见韩孝诚坐在那里，她不禁有些抑制不住的欣喜。只是一曲歌毕，他已经不在了。

服务生恭恭敬敬地将他送至门口，外头雨已经停了。

巧的是，他竟然在门口迎面撞上了陈志卿，这场面实在叫他哭笑不得。

"志卿？你怎么会在这里？"他假装什么都不知道的样子。

陈志卿明显有些尴尬道："孝诚哥，你也在这儿啊。"

"你到这里来干什么？"韩孝诚问道。

"我来等菲……"陈志卿忽然止住，随即又道，"我来等……等一个朋友。"

韩孝诚不禁抬头看了一眼火红的招牌，"不夜城"三个字几乎映红了头顶那一片黑夜。

"这儿有你的朋友？"

"是……是啊。"

韩孝诚并没有再继续追问下去，依旧和气道："有空的时候记得常来家里坐坐，多陪陪孝茹。"

"好。"

韩孝诚没有要走的意思，他看着陈志卿正要往"不夜城"去，又怎么会允许他去见秦静菲。

"请吧陈少爷，我让司机送您回去。"

林正挡住了他的去路，陆永贵已经打开了车门，脸色极其难看的陈志卿自知拗不过，只好上了车。

韩孝诚目送着车子开远，心头忽然浮上一种奇怪的感觉，那是他从未体验过的感觉，酸味。

"哎呀，韩少爷，别来无恙啊。"

身后的这个声音将韩孝诚拉回现实，那个讨厌的声音让他本就糟透的心情瞬间降到冰点，可他总不好在这里动手。

"走。"韩孝诚道。

陆永贵和林正二人才跟上他的脚步，却又停了下来。

"干嘛急着走，许久不见，想和韩少爷叙叙旧，也不赏脸吗？"不识趣的季泽文还是拦在了他的面前。

"我和你有什么交情吗？"他鄙夷的目光落在季泽文的身上。

"交情自然是没有的，我只是忍不住感叹呐，韩少爷果真是福大命大，进了青龙会竟然还能活着出来，靠的是什么呢？"季泽文凑近他，用略带嘲讽的口吻在他的耳边说出了两个字，"女人。"

韩孝诚神色轻松，没有一点要动怒的意思，慢慢摘下手上戴着的皮手套，问道："你说完了吗？"

"怎么，你还想再听……"

不等季泽文的话说完，韩孝诚已经扬起手一巴掌打在季泽文的脸上，季泽文的嘴角瞬间流出鲜血。

"你说我靠女人，那么这一巴掌就是用来告诉你，你还不如我这个靠女人的人。我还要告诉你，我靠的是我的女人，不丢人。"

季泽文不愿服输，想要还手，却被韩孝诚牢牢擒住。顾三儿见他动弹不得，才想上前协助，却发现腰间被什么东西顶住了。

"最好别乱动。"陆永贵猛地一使劲儿,让顾三儿明显地感觉到,顶在他腰间的是一把枪。

"你再狠也不过是这一张嘴,竟也能逼得人容不下你,真叫人佩服。"韩孝诚讽刺道。

季泽文心中一凛,他清晰地感受到韩孝诚话语中浓重的杀气。

"韩孝诚,我一定会让你后悔的。"

"是吗,我等着你。"

此刻,秦静菲正坐在化妆间里,夜色中的红玫瑰,总是显得高雅神秘,门外的乐声也正如溪水般缓慢平静流淌,相得益彰。

秦静菲看完花篮卡片上那些肉麻的话,恨不得将整个花篮都扔出去,但是她忍住了,只是将卡片烧了。

"韩少爷刚才来过了,怎么没来找你啊?"丁守财走进来问道。

秦静菲将手里才取下来的耳环往妆台上一扔,道:"不来就不来呗,我也不想总看到他的。"

丁守财这样聪明的人自然听得出那是赌气的话,问她道:"怎么了,该不会是和韩少爷闹不高兴了吧?"

"丁老板,你可真是高估我了,我哪儿敢得罪他呀。你也都看到了,回回都是他先惹的我。"

所谓"听话听声,锣鼓听音",这样看起来更像是韩孝诚把她给得罪了,这着实让丁守财头疼不已。

"菲菲呀,你要知道,你好不容易把韩少爷从那个鬼地方救出来,这回闹成这样那不就白忙活了吗。"

秦静菲轻轻叹了一口气道:"能怎么办呢,就只好当作是白忙活了。"

丁守财忽然急了,急忙道:"我这可不是危言耸听,这里是上海滩,咱们'不夜城'就得看韩少爷的脸色,这舞后的事儿还得办呢。"

秦静菲见他的模样,忍不住笑起来,道:"放心吧,知道啦。"

黑夜,看不见弄堂的尽头,寂静无声的空间里,只有她高跟鞋的声响。

一个人影突然出现挡在她的面前,叫秦静菲差一点就失声叫出来,直到看清楚他的脸，心跳才停止加速。

"你在这里干什么？"

韩孝诚有些怨气地看着她，道："你说我干什么，当然是等你了。"

她很快平定了情绪，问道："有事吗？"

韩孝诚挡住了她的去路，道："明天晚上，新亚饭店，我有话跟你说。"

"我是不会去的。"她倔强道。

韩孝诚正瞪着她，深情道："无论多晚我都等你，你必须来。"

"你要是以为我会听你的，那你就等着吧。"话毕，她绕过挡在身前的韩孝诚离开了。

韩孝诚并没有拉住她，只道："好，你可以不来，但我真的会等。"

她的脚步微微一停，却没有回头，默然离去。

翌日傍晚时分，秦静菲匆匆赶到新亚饭店包间的时候，韩孝诚已经在里头等着她了，看到她出现，韩孝诚不禁有些难以言说的兴奋。

"我就知道你会来的。"一阵得意过后，再看眼前的秦静菲神情异常，她好像并不是来赴约的，于是问道，"你怎么了？"

"囡囡被人绑走了。"眼前的秦静菲正惶恐不安地看着他，她的恐惧像是一把绳索，正紧紧套着他的心。

伊娜说，囡囡是被两个陌生男人带走的，那两个人只留下一句话，想要救孩子，一定要秦静菲出面去跟他们谈，可她完全不知道那伙人是谁。

一夜未眠，韩孝诚就这样守在秦静菲的家中。那些人又为什么会点名要秦静菲赴约，难道是冲着自己来的？

一直到中午的时候，门缝里被塞进一封信。陆永贵迅速开门追出去的时候，外头的人早已无影无踪。那信显然是绑架了囡囡的人塞进来的，他们的条件是要钱。

电话铃声也是在这个时候响起，在它响起第二声之前，秦静菲已经接了起来。

"喂？我是秦静菲。"

秦静菲才接起电话，电话的听筒便被一边的韩孝诚接过去，他没有说话，只听对面一个完全陌生的声音说道："给我听好了，我要五万的现大洋，你一个人带着钱来吴淞码头，记住，只能是你一个人来！"

不等韩孝诚说话，对面的电话已经挂了。

韩孝诚的钱？究竟是什么人，就不怕无福消受吗？

"阿贵，去准备好足够的人手，我们赴约！"计划早已经在他的心里，他只是在等对方发出"邀请"。

"你打算怎么做？"完全乱了方寸的秦静菲，并不希望韩孝诚做任何出格之事，"他们只是要钱，你有的是钱，你会给他们的，是吧？"

韩孝诚微怔，不知道该怎样安慰此时的她，只道："菲菲，相信我，我用我的方法来解决这件事，好吗？"

这样的话让她多少有些失望："你的方法？什么方法？囡囡在他们手里，时间拖久了会有危险的。"

韩孝诚本是最没有耐心的，可是在她面前，反安慰道："如果我给他们钱来救囡囡，那么从明天开始，上海滩上所有的人，谁都可以用这种方式来问我要钱，谁都可以来威胁我。你相信我，我有我的方式。"

她明知道以韩孝诚的手段是不会出错的，在此时却提不起半分的信心。

"带我一起去。"她要求道。

"你不能去，"韩孝诚即刻反对道，"有我在，我会替你处理好一切的，我一定会把囡囡安然无恙地带回来。"

"他们要的是我出现，如果他们发现我们没有按照他的话去做，囡囡就会有危险！"眼泪唰唰地掉，她依然不自知。

韩孝诚看着眼前的她，语气比方才更温柔："正因为囡囡还在他们的手里，我怎么可能再让你去冒险。"

她拉着他，竟是哀求道："你就让我去吧，不看着囡囡安全回来，我是不能安心的。"

这样的要求在韩孝诚面前是完全没有商量余地的。

"不行就是不行。你留在家里，我会把囡囡安全带回来的。"

"可是……"

"留两个人看好秦小姐。"

未等秦静菲说完，他丢下这句话便带着人离开了。

34. 枪声

夜半，码头那里除了成箱的货和昏暗的灯光，其他的什么也没有。

陆永贵带了一干人在周围埋伏起来，一点不露声色。

此时的韩孝诚已经完全判断出对方的实力，也几乎猜到了是什么人绑架了囡囡。他们要钱是为了逃出上海，而点名秦静菲前来，是设想着秦静菲为了囡囡这个孩子，当然不允许韩孝诚伤了他们，如此他们便能顺利离开了。

陆永贵挑了个身材瘦弱的手下，打扮成女装模样，站在昏暗的光线下引诱对方出现。

而韩孝诚的指令是，坏了规矩的人，绝不能让他们活着离开这里。

那两人应该是头一回做这样的事，以为事情一定会按他们的计划继续。所以一出现，便径直往那穿着女装之人的方向而去，还未及接近，就被埋伏在周围的人包围起来，一点逃脱的余地也没有。

两个人被捆绑起来，其中一个身材有些壮硕的男子脸色惨白，浑身颤抖着，尽管冷风习习，可是他的额头上仍然布满了汗珠。

陆永贵与林正二人从他们身上搜出了一些烟土，两个人不由得偷偷瞟了一眼韩孝诚，吓得喉结上下抖动着。

韩孝诚面色平静，淡淡地看着他二人，说道："我把钱带来了，你答应我的事也该办到，孩子呢？"

他的声音明明没有一点起伏，可那个壮硕男人的身子却抖得更加厉害了，还依然逞强道："我让那个……让那个'四小姐'来，为什么是你！"

"啪！"陆永贵用力一巴掌将那人打倒在地，鲜红的血随即从他嘴角滑下。

韩孝诚的眼中没有一丝波澜，越是这样的他，越是让人的心底一阵发寒。

"还记得我订下的两条规矩吗？"他问。

"我们现在已经是青龙会的人了，跟着季老板做事，凭什么要遵守你的规矩？"他原以为亮明自己青龙会的身份，是能吓住韩孝诚的，却不承想这是在激怒他。

"是吗?"一道寒光从他的眼睛里射出,从他二人的角度看去,那分明是一股杀气。

"找死!"韩孝诚话音刚落,陆永贵夺过林正手上已经上了膛的手枪顶在了那个人的脑袋上。

旁边另一个被捆住的矮个子快速抬头看了韩孝诚一眼,然后又把头埋在胸前,整个人已经吓得不知所云:"记……记得……"

"什么规矩?"韩孝诚问道。

矮个子惊恐道:"不做烟土生意,不做日本人的生意。"

韩孝诚满意地点了点头道:"那为什么还要帮着青龙会的人卖烟土呢?而且,还是在我的地盘!"

"韩少爷……我错了……你不能杀我……你不能……"

码头因为一群面无表情的持枪人而显得肃杀。他们静静地站在周围,周身散发着浓烈的杀气,压抑得令人窒息。

"韩孝诚!"秦静菲跳下车,朝着他飞奔而来。

韩孝诚愣了片刻后,吼道:"你为什么来了?谁带她来的!"

他愤怒地看着周围的每一个人,而秦静菲身后的人竟是陈志卿。

她站在他的面前,注视着他黝黑深邃的眼神,道:"囡囡还在他们的手里,你不能杀了他们。"

韩孝诚紧紧地握起了双拳,没有回答她的话。

码头上本就没有多少人,除了江水的翻滚声,听不见其他一点声音。不敢发出声音,秦静菲等着韩孝诚的命令,整个码头安静得仿佛只有他们两个人似的。

"孩子在哪儿?"韩孝诚忽然问。

那壮硕的男子见秦静菲突然出现,以为活命的机会来了,所以态度比方才更强硬,对着秦静菲吼道:"只要你让韩孝诚放了我们,我自然告诉你……"

韩孝诚被这句话激得忍无可忍,夺过陆永贵手里的枪,只听得——

"砰!"

"砰!"

"砰!"

两枪打在那人的双腿上,另一枪打在他的手臂上,那人瞬间疼得倒在地上打滚。

秦静菲僵硬地回头,此时韩孝诚手里的枪已经顶在了另一个矮个子的脑袋上。

"告诉我,孩子在哪儿!"

矮个子已经红了双眼,看着滚在地上就要疼死过去的同伴,整个人瘫软下来,可那个中了枪的人却依旧在坚持。

"不能说!绝对不能说!说了我们就真的没命了!"

"砰"的一声枪响,子弹在瞬间穿入眉心。鲜血飞溅出来,那人平躺在地上,方才疼痛的挣扎声也随着枪声突然消失。

韩孝诚将那把枪重新顶在了矮个子的脑袋上,问道:"说,在哪儿?"

"在……在……在闸北的仓库。"

韩孝诚终于收回了枪,转身吩咐道:"阿贵,送秦小姐回去。"

此时,完全不敢相信眼前发生了这一切的林正正扶着几乎瘫软的秦静菲。她愣愣地看着韩孝诚,感觉眼前的人越来越陌生。

"我会送她回去。"陈志卿愤愤地瞪着韩孝诚,韩孝诚就是个恶魔,即便他杀的是该死的人。

而听陈志卿这样说,陆永贵一愣,只等着韩孝诚的意思。

"阿贵!"韩孝诚完全忽视了陈志卿,再一次喊了陆永贵。

陆永贵立刻会意道:"是。"

秦静菲只觉双腿发软,是陆永贵和陈志卿两个人将她扶上车的,韩孝诚目送她上了车,再等车子开远一些,才转过身看向那个人,他的声音里没有一丝感情,向林正吩咐道:"动手!"

那人是知道韩孝诚的手段的,一定不会留他了,他先是跪在地上苦求着,然后暗中观察着周遭的情形,试图逃跑。

"少爷……"林正闪过一丝犹豫,他从来没有杀过人,他很难下手。

韩孝诚背过身去,没有任何的反应。林正明白韩孝诚是绝不会心软的,如果他不杀了这个人,他们还会再来对付韩孝诚,对付秦小姐。

果然,他才拿起枪,那人惊喊一声,即使被绑着,也使出全身的力气,已经跑出了很远,这是人求生的欲望。此时林正终于不再犹豫。

枪声响起，打在那人的身上，一声凄厉的惨叫响彻整个夜空，在空寂的夜晚回荡着。

囡囡确实是被绑在了闸北的一个仓库，那是季泽文和赵显明的仓库，里面存放着的几乎都是青龙会的烟土。他抱着囡囡，只说了三个字："全烧了"。

大火烧了许久，一切终于在这一晚结束了。

翌日清晨，阳光格外好，在冬日里竟有些暖意。

远处，江上的轮船鸣过一声长笛，划破平静的江面，缓缓而过。凉风从江面飘来，带着一丝江水的气息，一阵阵的清爽。昨晚的一切，好像没有发生过一样。

韩孝诚下车来，陆永贵说："林正已经在这里站一个多小时了。"

他走近林正，神色轻松，他心里其实明白林正在想些什么。

"阿正，怎么了，大清早的就不见了人影。"

"我……我……"韩孝诚的出现，让他有些诧异。

面对林正的吞吞吐吐，韩孝诚点了一支烟，靠在围栏上，直截了当地问道："还在想昨天晚上的事？"

林正微微一怔，却不愿向他撒谎，回答道："是。"

韩孝诚似是知道他的心思："兄弟们都是跟着我出生入死许多年的人了，他们在面对那种人的时候，从来不会心软，因为他们明白一个道理，一时的心软，会带来不必要的麻烦，到那个时候，他们对你是绝不会心软的。"

这个道理林正是明白的，却依然还是有一种说不出的压抑。

"少爷，昨天我确实是心软了，我看见他们的样子，就像看见了自己的从前，我小时候住在贫民窟，吃不上饱饭的日子比吃饱的日子多。少爷您没受过穷，不知道穷人的日子，在他们眼里，只要能赚着钱，就没什么大道理可讲，别说是卖烟土，让他们去杀人都可以。"

"不，"韩孝诚道，"穷人和穷人还是有分别的，就比如你，你跟他们就不一样，不管为了什么，你都不会去做伤天害理的事的，我相信你。"

林正终于笑了："那是因为我跟他们要的不一样，我知道赚钱不是最要紧的事。"

韩孝诚看着林正，也笑起来，他好像从来没有了解过眼前这个人。"那你想要什么？"他问道。

"在上海滩这个地方，赚了钱不一定能出人头地，想要大家都看得起你，是要靠拼命的。说句不该说的，就好比少爷您，虽然这么大的基业是老爷打下的，但那些老板们都肯给您几分面子，我看得出来，他们是从心眼里佩服少爷您的。您做事确实不留情面，但知道给人留后路，我也是打心眼里佩服。少爷您放心，我知道应该怎么样在您身边做事，从今以后，谁要是还敢干这个勾当，我一定亲手杀了他们。"林正道。

"做事除了要有胆量，也要动脑子。毕竟这个上海滩，没有你想象中那么简单，那些人怕的不是我，而是我手里的枪，但枪不能解决最根本的问题，必须让他们打心里知道什么事是不该做的。"这是韩孝诚第一次与人说这样的话。

林正轻轻一叹："原本以为只要在这里闯出一片天地，什么事都能办成，是我想得太简单了。"

"能在上海滩闯出一番天地本就不简单，靠胆量，也靠运气。运气好的，有地位还有大把的钱赚，不过也有运气不好的，连命都会赔进去。"他望着远处，目光不定。

"那少爷就是运气好的。"林正道。

韩孝诚看向林正，笑容中竟带一丝苦涩，说道："不到最后，我可不敢说自己运气好。"

35.绑架

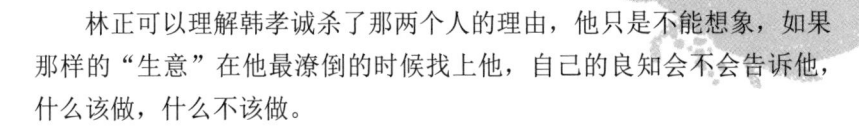

林正可以理解韩孝诚杀了那两个人的理由，他只是不能想象，如果那样的"生意"在他最潦倒的时候找上他，自己的良知会不会告诉他，什么该做，什么不该做。

可是秦静菲不能理解他,难道只有杀人才能守住韩孝诚的原则吗?

她与丁守财告了两日假,那晚的一切总是在她脑中挥之不去。

朦胧间,只听得外头的雷声越来越大,似是正在酝酿一场大雨。

醒来的时候,迷迷糊糊的视线里,韩孝诚竟坐在她的床沿。医生刚刚给她打了安神针,此刻正挂着水。

"病了怎么也不找医生来瞧?"韩孝诚为她盖上了被子,依旧陪着她,没有要走的意思。

他拿起一只苹果,笨拙地削起果皮,他不禁觉得好笑,这对他而言竟是一桩不简单的事。

屋子里安静极了,连一根绣花针落在地上都能听见声响。

秦静菲犹豫了许久,终于还是开口道:"为什么非要杀了那两个人?"

韩孝诚一愣,不禁停下了手里的事,在这之前,他从来没有想过要向谁去解释这样的事。

"因为他们该死,卖烟土的时候就已经该死了,绑架囡囡施加威胁,更该死。"

"你可以打断他们的腿,给他们什么样的教训都可以,为什么非要杀了他们。这世上没有人是该死的,你到底有没有心……"

他坐在她的面前,抿紧了双唇,片刻后才道:"他们是什么样的人你不知道吗?!"

"我当然知道,他们是季泽文的人,他们正在为青龙会做事。"

言语中是止不住的悲伤,她和他们是一样的,都是韩孝诚不会放过的人。

韩孝诚一时怔住,他完全没有想到她竟会说这样的话,许久以后,终于憋出一句话来:"所以,不该杀吗?"

她哽咽着,连呼吸都觉得困难,问道:"就因为他们在为青龙会做事,坏了你的规矩,是吗?"

他失望道:"你在怪我……"

她慢慢地躺下去,打发道:"你走吧,我很累,想要休息了。"

一时间,外头的大雨声盖过了一切声响。

他们之间,连最初的相遇都是蓄谋已久的一场戏,往后走,结局越来越近,她的身份一旦被他察觉,她的下场,似乎也是意料之中的事情。

那天以后,他们没有再见过面。

金碧辉煌的"不夜城",耳边传来动听的旋律,带着丝丝靡靡之音,暗哑柔和的灯光投射到舞厅各处,空气中飘荡着魅惑的女人香气,为这里增添了许多迷人的魅力。

一切似乎又回到了原点,她还没有接到渡边建一的任务,也没有遇见过韩孝诚。

"菲菲,明天可是舞后评选的半决赛了,韩少爷会来吗?"丁守财终于忍不住问道。

秦静菲的心明显一抽,说道:"他来不来,你该问他呀,我又怎么会知道呢!"

只看她的神色,丁守财便知定是二人之间出了事,小心翼翼道:"韩少爷已经好几天没有出现了,我怎么问他呀?"

这个名字似乎是硬生生地戳着她的心,连日来所有的不快与委屈在此时一股脑地涌了出来。她努力克制着自己,泪水却不由自主地滑落下来。

"反正别问我。"

丁守财"哎呦"一声,便不知所措起来:"菲菲啊,好好地怎么哭了,你和韩少爷之间该不会真出了什么事吧?"

她偷偷拭了已经落下的泪珠,道:"我没哭。"

丁守财才要劝她,突然听见化妆间外的哄闹声传了进来,紧接着便是一声枪声响起。

舞厅里,季泽文带着一众人冲进来,他冲着天花板开了一枪,大吊灯从高顶上砸下来。一时间所有的人都往外涌,而舞厅的大门很快被关上了,留下一些没有跑出去的客人,恐怕是难逃一劫了。

"秦静菲呢!让她给老子出来!"说话间,他一脚踢翻了韩孝诚在舞厅内的专座,然后死死盯住那把已经倒在地上的座椅,又朝着它开了一枪。

"季老板,这可是韩孝诚韩少爷的场子……您……"平日里,酒保虽然看不上他，但在这样的情境下到底有些害怕，所以说话十分小心翼翼。

季泽文不屑道："老子砸的就是韩孝诚的场子！"

那酒保慢慢向后退去，然后向身边的服务生偷偷吩咐，让他想办法出去找韩孝诚。

"去哪儿啊？"季泽文很快发现了他们的计划，枪口瞄准了那个服务生，然后扣动了扳机，服务生应声倒地。

"你混蛋！他是无辜的！"秦静菲从化妆间跑出来，可是已经为时已晚。

"无辜？"季泽文莫名地大笑起来，"只要是韩孝诚的走狗，统统都是死有余辜。今天，要死的不仅仅是他们，还有韩孝诚！"

她看着满地的血，恨不得此刻就要他抵命。

"季泽文，你这个混蛋，你别后悔！"

季泽文走近她，得意极了，说道："恐怕今天要后悔的不是我，而是韩孝诚！"

秦静菲被季泽文绑在化妆间的椅子上，动弹不了。她不知道季泽文的目的究竟是非要得到她，还是欲借她引韩孝诚入局。但无论是哪一种，她都不能在这里坐以待毙。

她用力蹬了几下，连人带椅子慢慢地靠近化妆台，直到椅子撞上那张妆台，她开始奋力地在椅子上晃动，连带着梳妆台也开始晃动，桌上的几支眉笔、口红因为桌面的晃动而滑落到地上，秦静菲小心翼翼地把它们踢到自己椅子旁边，她触手可及的地方。

此时，季泽文恰好踢门进来，她所有的小动作都只能终止。

他随意拿了把椅子，坐到了秦静菲的面前，他对自己这一刻的成功相当得意。

"怎么样，害怕吗？"

秦静菲鄙夷地看着他，反问道："我现在像是害怕的样子吗？"

"比起韩孝诚，我是不是更心狠手辣？"季泽文问道。

他期待的是秦静菲肯定的回答，可她偏偏不如他的意。

"你为什么总是要跟他比呢？"

季泽文渐渐不满起来，说道："因为我不明白，你到底喜欢他什么？他的钱？他的地位？这些我也有啊。"

"我喜欢他，因为他是个男人。"

季泽文眼中的怒火很快就被她挑起来，他质问道："我不是吗？"

"你？"秦静菲笑起来，甚至有些失态，"在他面前，你就是个窝囊废。"

季泽文压抑住了怒意，道："不幸的是，他今天就要死在我这个窝囊废手里了，只要他跨进'不夜城'，就不可能活着出去。"

他突然感谢韩孝诚烧了他的仓库，也一并烧了青龙会的烟土，和青龙会站在一线的季泽文，胜券在握。

秦静菲完全不知此刻化妆间外的"不夜城"是怎样一番景象，季泽文究竟在那里布置了什么，正等着韩孝诚自投罗网。她一颗心揪着，希望他来救她，又不希望他来救她。

然而，片刻之后，化妆间外，一声枪声响起后，便激起一片枪响。

季泽文看着她的模样，竟是抑制不住的兴奋，说道："我保证，刚才一定有一枪是打在韩孝诚的身上的。"

韩孝诚真的来了，为救她而来。

像是整颗心脏都被人抓起来一样，生生撕裂般疼痛，她疯狂地喊着那个名字，试图能被他听到。

"韩孝诚！韩孝诚！韩孝诚！"

季泽文从未这样得意过："心疼吗，心疼也好，我就是要你心疼他到心甘情愿做我的女人。"

她撕心裂肺地大喊一声："你该死！"

见她如此，季泽文越发兴奋。

"今天就让你看一看，我这个窝囊废是怎么让你心中所谓的男人跪地求饶的。"

她根本没有在意季泽文说了什么，只听得外头的枪声停了，什么动静也没了。那是一种陷入深渊的绝望。

季泽文的脸上露出一抹诡异的笑容，站起身，踢开他原本坐着的那把凳子，靠近秦静菲。

"在韩孝诚之前得到你，也算赢了他一把不是？"

话音落下,他已经脱下了外套,然后一只手用力地捏住她的下颚,将她已经泪流满面的面孔对准自己,欲要亲吻下去。反应过来的秦静菲一脚踢在他的要害上。

一阵巨痛上来,季泽文完全没有预计到她这突如其来的一脚的力道,但此时的季泽文已经丧失了理智,他没有时间去认真地想一想,秦静菲这样一个弱女子,为什么连被绑着的时候都能有这样的反击力。

秦静菲开始疯狂地想挣脱绑着她的粗绳,却毫无作用。而她的这一脚让季泽文更加疯狂,他几乎是向秦静菲扑过来的。她几乎崩溃了,但就在此时,一阵巨响,化妆间的门整个地倒下来,灰尘扬起,韩孝诚就站在门口。

36. 真心

惊讶的季泽文迅速将秦静菲挟制住,以她来威胁韩孝诚。

"韩孝诚,你终于来了。"

韩孝诚看着秦静菲牢牢地被控制在季泽文的手里,不由得握紧了拳头。

"你不是要杀我吗,那就放开她。"

秦静菲的眼神全部落在他的身上,眼眶忍不住一热,滚烫的眼泪落下来,他来了,她的一颗心明明还悬着,却是什么也不怕了。

季泽文更紧地挟住秦静菲,道:"这我可舍不得,你的命和她的人,都得是我的。"

"你是个什么东西,就凭你?"说话间,韩孝诚又逼近了几步,"我和我的女人,你一个也动不了。"

"是吗?"季泽文很少有这样必胜的把握,这唯一的一次竟然还是在韩孝诚面前,所以得意至极。他一只手紧紧地勾住秦静菲的脖颈,一只手掏出枪对准了韩孝诚,而韩孝诚的枪口也在同一时间对准了他。

"韩孝诚,你不用管我,你快走!"连秦静菲都以为,韩孝诚没有胜算。

季泽文用力捂住了她的嘴,他恨听到这样的话,秦静菲被绑在椅子上不能动弹,除了挣扎,什么也做不了。

"放开她!"怒极的韩孝诚又趁机跨前几步。

"站在那里别动!"惊慌失措的季泽文几乎是歇斯底里,面对韩孝诚一步步地靠近,季泽文索性抽出一把小刀,对准秦静菲的面孔,"再往前走一步试试,舍得吗,试试看啊!"

"混蛋!"韩孝诚怒骂一声,终于不敢再向前一步。

"把枪放下!"其实,如果季泽文现在就开枪的话,一定可以杀了韩孝诚,可他太贪心了,他不想用一枪就杀了他恨了这么久的人,"放下枪!"

那把小刀就在秦静菲的眼前,如果不顺季泽文的意,他一定会做丧心病狂的事,韩孝诚只能心甘情愿地放下枪。

季泽文得逞了,他终于放肆地大笑起来:"韩孝诚,原来你真的可以为了一个女人不要命。"

韩孝诚看着秦静菲,满眼除了心疼,再无其他。他极力地忍着即将爆发的怒意,平静道:"你想要什么,我都可以答应你。"

"大世界门口,你,韩孝诚,跪着爬过来,喊老子一声爷爷,我就放了……"

"季泽文!是个男人你就杀了我!"秦静菲打断了他的话,她就是要激怒季泽文,让他将视线转移到自己的身上,这样,韩孝诚就还有赢的机会。

果然,季泽文道:"我怎么舍得呢,我那么喜欢你,你看都不看我一眼,没想到还有今天吧,我再给你一次机会,你现在答应我还来得及。"

趁其不备,她猛地咬住季泽文拿着小刀的那只手,完全顾不得这样做会有多危险,季泽文吃痛间,手竟松开了,韩孝诚就是趁着这一瞬间,一脚将他踢倒在地。

他手里紧握着的手枪也顺势一松,韩孝诚又一脚踢在他的手上,季泽文干脆将手枪往上方一抛,他本想让韩孝诚扑个空,秦静菲迅速将脚下的那支眉笔踢了过去,那本是她想用来防身的,竟在这个时候派上了大用处。韩孝诚迅速捡起，将那支眉笔穿在正要落地的那把手枪的机关中间，手枪转了一圈以后，正好对准了依然躺在地上的季泽文的眉心。而此时的季泽文，也握住了韩孝诚先前扔在地上的那把枪，顶在他的腰间。

季泽文大笑起来，如同失心疯一般说道："这枪可不认主人，对着谁，枪里的子弹都会出来，韩孝诚，你今天死定了。"

"那你开枪啊。"

季泽文毫不犹豫地扣动了扳机……

秦静菲绝望地闭上了眼睛……

然而，枪声未起……

那把枪里根本就没有子弹。

"杀我，你也配！"

这是季泽文这一生听到的最后一句话，韩孝诚将那支眉笔向后一扣，手枪扳机被扣动，季泽文被一枪毙命。

韩孝诚终于松了一口气，转头看向身后的秦静菲。他活了二十七年，得到过什么，又失去过什么，早就数不清了，可是刚才有那么一刻，他真的决定了要抛下所有，用自己的命换她的。

他迅速解开她身上的绳子，勉强扯出一点笑容，安慰道："别怕，都结束了。"

韩孝诚动作轻柔地将瘫软的她揽在怀中，他的声音仿佛有魔力一般，令秦静菲紧张不安的心平缓了许多。她依偎在他的怀里，痛痛快快地大哭一场，她甚至忘了自己哭了有多久，到最后只是不停地抽泣，连眼泪都没有了。

她怎么会不害怕，她怕自己连父母的仇都还没有报就这么死了，她更怕韩孝诚为她而死，这样的话，她就真的要欠他一辈子了。

醒来的时候，她睡在自己房间的大床上。天就要亮了，清晨的阳光射出几道绚丽的光芒，然后慢慢地洒在天地间的每一处。

"不夜城"舞厅经历了一番大修重新开张，所有的一切都是全新的。一切的费用全部由韩孝诚承担，在丁守财的心里，"不夜城"因祸得福，一夜间竟成了上海滩最豪华的舞厅了。

秦静菲坐在吧台边,看着舞台上正唱着歌的尹露。

"这回,竟是露露小姐跑去木子庄园找的韩少爷,这才救了大家,这事儿啊如今想想都后怕。"酒保道。

"给我一杯汽水。"秦静菲只是浅浅一笑,并未接他的话。

"好嘞。"酒保递给她一杯汽水,好奇问道,"秦小姐为什么不喝酒,不喜欢吗?"

"我是容易喝醉的人,一张脸红得吓死人,多不好看。"话音落下,她猛地想起,好像有个人不止一次见过她喝醉的样子。

似是想象出了她喝醉后的样子,服务生忍不住笑起来:"原来是这样啊。"

就在此时,舞厅门外停了一辆韩氏商会的车,从车上下来的人却不是韩孝诚,而是一个打扮精致的女人。

"您是?"门口的服务生小心翼翼问道。

她身边的管家将那服务生推开,道:"没眼力劲儿的东西,这是韩家的大小姐。"

丁守财的消息总是最灵通,已经从舞厅里跑出来迎接。

"韩大小姐,咱们这儿刚刚重新翻修过,您……"

韩孝慧看了一眼"不夜城"全新的招牌,很是厌恶,冷淡道:"我可不是来你们这里消遣的,我来找那位'四小姐'。"

丁守财知是不妙,却不敢不从,说道:"那……您里边请。"

秦静菲依旧在吧台边坐着,倒是那位酒保率先注意到了向着秦静菲走来的气势汹汹的贵妇人。

正是因为酒保的神情,秦静菲亦随着他的目光回头。韩孝慧正由丁守财引着过来。

"这位就是'四小姐'了。"话毕,丁守财偷偷向秦静菲使了个眼色,几乎是在用唇语告知她,这是韩家的大小姐。

秦静菲慢慢地从座椅上站起来,一时间竟有些不知所措,韩孝慧用极其不屑的眼神上下打量了秦静菲一番,除了长得标致些,并未看出她身上有任何的与众不同。

"你就是秦静菲秦小姐?"韩孝慧问道。

"是。"秦静菲似乎是感觉到了来者不善。

"秦小姐果然是容貌出众，难怪会如此吸引舍弟，我说他最近怎么总往'不夜城'跑，竟连自己的未婚妻都顾不上了。"韩孝慧道。

秦静菲本敬她是韩孝诚的姐姐，此刻听她说出这样的话来，顿觉这"敬"还是没有必要了，干脆在吧台前坐下来，道："韩大小姐有什么话，不妨直说。"

韩孝慧直接问道："你知道他有未婚妻这桩事吗？"

秦静菲没有一点要逃避的意思："不知道。"

"那么现在知道了，下回再见到他的时候，是不是应该避嫌呢？"

她清楚，在韩孝慧的心里，她只不过是个交际花罢了，这样的看法是根深蒂固的，所以她没有必要向她去解释自己的清高，干脆道："咱们这里是舞厅，开门营业就是为了赚钱，无论是谁，但凡进来的都是客人，哪有把客人往外推的道理？"

立于一旁的丁守财不禁为秦静菲叫好。

失了面子的韩孝慧不禁冷笑一声，道："瞧瞧，这秦小姐果然是能说会道，只是我的弟弟我最了解，他对什么事情都不长心，兴许这段日子觉得新鲜，过一段日子，大概就不会这么想了。"

秦静菲连看都不看她一眼，道："来也好，不来也好，那都是他的事。"

"秦小姐，其实你这招并不高明，开个价吧，我会尽量满足你的。"韩孝慧从包里拿出一张银行支票，推到秦静菲的面前。

那是一张空白的支票，她想怎么填都可以，但这是侮辱。

"我不明白大小姐为什么要给我钱。"

韩孝慧鄙夷道："以你的身份，是不可能嫁到我们韩家的，还不如拿一笔钱，过自己的小日子。"

她忽然更真切地感觉到了她在韩孝诚心里的地位，问道："大小姐给我钱是为了买我与韩孝诚的将来？"

"将来？"韩孝慧忍不住笑道，"秦小姐，你未免也太高估你自己了吧？"

"不，我不是高估自己，而是您的条件不足以打动我。您应该没有和其他人谈过这样的条件吧，看来在您的心里，我也确实与众不同。"韩孝慧的脸色突变，她刚想要说什么，却被秦静菲打断，"您害怕韩孝诚真的娶了我，对吗？可是，如果他真的有这样的意思，您觉得我会为了钱而断了他这样的念头吗？这些钱和韩孝诚相比，不值一提。"

被秦静菲反击得无力反驳的韩孝慧完全懵了，胸口剧烈地起伏着，此刻，她反倒像个弱者，说道："好极了，真是好极了。"

越是占了上风，秦静菲越是不肯罢休："您这一趟怕是白跑了，并非我要缠着韩孝诚，而是他来缠着我，我的逢场作戏让他当了真，您应该回去劝劝他，少往这里来，少缠着我才好。"

她扔下这句话，完全顾不上身后的韩孝慧是什么反应，便离开了。

韩孝慧的话硬生生戳了她的心，不快与委屈的眼泪一股脑地涌了出来，她知道他们不会有未来，不需要任何人来提醒。

37. 柔情

空气里透着一股湿冷的气息，雨淅淅沥沥地落下，屋檐上积着水，如珠帘一般垂在家家户户的窗前。

秦静菲没有打伞，雨水像水雾一般向她袭来，与泪水混合在一起。

不远处，站着一个熟悉的身影，秦静菲走近了一些，终于认出了那个人。

"志卿？"

若不是因为下雨，秦静菲是不会将他领进屋里的。见他在雨里站了许久，身上的衣服已经湿透了，又伴有一股浓烈的酒气，便又倒了一杯热水递给他。

"等雨停了就回去吧。"

"小菲，我有话对你说。"他猛地握住秦静菲的手。

秦静菲抽开手，说道："我知道你要说什么，可是我们之间，不说破才是最好的。"

"我喜欢你！"陈志卿并没有听她的，还是将这四个字说出来，"我不知道我是什么时候喜欢上你的，但是我知道，这件事情藏在我心里很久了。"

秦静菲无声地笑了，这样的承诺任何一个女人都会无比珍视的，如果她还是曾经的程小姐，那么也不会遇到韩孝诚了，那样的她应该会答应陈志卿的求婚，与他安稳地走完一生。

可是，没有那样的如果。

"志卿，你知道你在说什么吗？"

"我当然知道！小菲，跟我在一起吧，我们离开上海，我带你走，好不好？"他双手抓紧她的双肩，他很想抱抱她，很想。

"很晚了，你还是回家去吧。"

大概是喝过酒的缘故，他完全没有将秦静菲的话当作是拒绝，受够了被摆布的他，只想着尽快摆脱父亲陈应雄的束缚。

"小菲，我知道你心里一定很不喜欢待在这种地方，只要我们离开这里，我会让你过想过的生活，我们两个人在一起一定会幸福的。"

秦静菲的表情没有因为他的话而有丝毫的波动，看着近在咫尺的陈志卿，只是轻轻地摇了摇头道："志卿，我们是朋友。你很善良，我不忍心骗你，你在我心里永远都是我最好的朋友，但不是爱人。"

她的拒绝无关韩孝诚，无关爱情，只因为她自己，她连将来都没有，这辈子大概也不可能再过上所谓安稳的日子了吧。

窗外雨慢慢地停了，远处却依旧是隆隆的雷声。

陈志卿愣愣地看着秦静菲，许久以后，眼神中突然又闪过一丝希望。

"我知道你不喜欢我，你喜欢的是韩孝诚，不过没关系，我知道我有很多地方都比不上他，但是我会慢慢地去改变，我发誓我这辈子只会爱你一个人，但是他不会的……"

"志卿……"她打断了陈志卿的话，"真的对不起。"

剧烈起伏的胸膛终于缓缓地平息下来，眼中燃着的希望也已慢慢地消去，酒精似乎也是在这个时候从他的身上尽数散去，此刻的陈志卿比任何时候都要清醒。

他知道，一些话说出口，会打破之前所有的平衡，可是他不想让它死在自己的心里。哪怕只是一瞬间，她听过，他给她的爱就算存活过。

她知道，他是个很好的人。

他知道，他们没有机会了。

如烟如雾的清冷，笼罩着犹如睡梦中的上海滩。他们已经很久没有像现在这样围在一起吃一顿饭了。

"季泽文死了？"

韩孝诚一怔，韩孝慧竟会在餐中问起这样的话，只应道："嗯。"

晚餐的气氛因为这样的开场白而变得沉重，韩孝茹扒拉着碗里的饭菜，眼神时不时抬起来看看韩孝诚与韩孝慧两人，却不敢插进一句话。

这件轰动一时的事已经过去半个多月了，韩孝慧却突然在今天提起。

"他的死跟你有关系？"

韩孝诚应道："是。"

韩孝慧看着对面的韩孝诚，突然将手里的筷子摔在餐桌上，说道："又是为了那个'四小姐'！"

"不是。"韩孝诚丝毫不受影响，依旧平静地吃着碗里的饭菜。

韩孝慧冷哼一声道："究竟是不是，你自己心里最清楚。"

"这是我跟季泽文的恩怨，跟别人没有关系。"

"就算季泽文想要对付你，他抓不到你的软肋也不可能就冒然出手，那个'四小姐'就是你的软肋。"话毕，韩孝诚依旧没有任何的反应，韩孝慧又道，"那个'四小姐'我见到了。"

韩孝诚终于怔住，然后极力地掩饰着心中的无措与愤怒，问道："您去找过她了？您找她干什么呀？"

"我希望她离开你，好在她的意思也非常明确，是你把她的逢场作戏当了真。"这话确实是秦静菲亲口说的，韩孝慧不认为是断章取义。

韩孝诚深吸一口气，没有太大的反应，只是苦笑一声，道："是吗，原来她是这样说的。"

见韩孝诚的态度有所变化，韩孝慧便也缓和了语气："她不择手段地接近我们韩家，肯定有她的意图，你要相信大姐的话，那个秦静菲和项雨浓不一样，这个女人迟早会害了你的。"

韩孝诚放下碗筷，拿了手边的帕子轻轻抹了抹嘴边，然后郑重道："大姐，并不是她缠着我，而是我缠着她，我很喜欢她。"

韩孝慧狠狠瞪着他，气急道："你想喜欢谁就喜欢谁，大姐早就管不动你了，但是她休想进我们韩家！你要娶的人，只能是陈家的小姐陈婉仪。"

韩孝诚终于忍不住顶撞道："我也说过，我不会娶一个我不喜欢的人。"

"大姐，"韩孝茹终于开口道，"二哥喜欢谁本来就是他的自由嘛，就像大哥的事你不就……"

韩孝慧即刻打断道："你闭嘴！你也帮着他说话是不是，都不把我放在眼里了是不是！"

见韩孝慧发了怒，韩孝茹十分识趣地放下手里的碗筷。

韩孝诚沉默一阵，道："大姐有没有想过，要是真的娶了那个陈婉仪，我这辈子不会幸福的，我不爱她，她也不会幸福。"

韩孝慧的眼里隐隐有了泪水，歇斯底里道："总之，只要我在一天，那个'四小姐'就休想进韩家的门。整个上海滩你去问一问，哪一户人家愿意把一个交际花，把一个歌女娶回家来，更何况，还是我们这样的人家，你可以不喜欢陈婉仪，那么多名门的小姐任你挑，总会有你喜欢的。"

韩孝诚亦察觉了她眼里的泪光，语气终于平和了许多："我们这样的人家又怎么样，名门小姐再多又怎么样，我就非得娶一个不喜欢的女人放在家里当摆设吗？"

"你说得不错，就算是摆设，也轮不到她一个交际花。"

这话完完全全刺痛了韩孝诚，他纠正道："请大姐不要一口一个交际花来形容她。"

"怎么，难道她不是吗？"

"好，"韩孝诚猛地站起身，宣布道，"那我今天也表个态，秦静菲，无论她是什么人，我都要定了，我是不会改变主意的。"

话音落下，韩孝诚便离开了餐桌，完全不顾韩孝慧是什么感受。

韩孝茹来到他的房间时，韩孝诚正将衣橱里的一些衣服装进箱子里，看来他又打算在外头住一段日子了。

"二哥，你又何苦气大姐呢，她刚才都哭了。"

韩孝诚顿了顿，到底有些心疼，说道："我不是气大姐，我只是把我未来要做的事提前告诉她,免得她措手不及。"

韩孝茹其实是站在韩孝诚这一边的,只是这样的话她不能直说罢了。

"大姐是什么时候去找秦小姐的?"韩孝诚问道。

"昨天。"

"昨天?"韩孝诚一惊,这在他看来,即便他想要去解释什么,都已经晚了,"你为什么不早告诉我?"

"哪儿敢呀,大姐昨天晚上回来的时候,气得像是要杀人一般,我都不敢靠近。"

韩孝诚不由得白了她一眼道:"大姐都跟她说什么了?"

韩孝茹小声道:"我倒是问了跟着大姐去的人,他们说那个秦小姐可真是厉害,把大姐的话都给顶了回去,而且大姐开出的条件她都没接受。"

韩孝诚又问:"大姐开的什么条件?"

韩孝茹的声音越来越轻:"还能是什么条件,拿钱换她离你远一些呗。"

韩孝诚提着整理好的箱子便要走,却被韩孝茹一把拉住。

"二哥,大姐最近又开始抱着孩子的东西,都这么多年了,她……"韩孝茹似是不愿提及那段过往,只劝道,"她心里也不好受,你能不能别跟她怄气?"

"你放心,我又不会真的生大姐的气。"

"那你真的不回来住啦?"

他扯出了个鬼脸,说道:"回啊,等带着你二嫂一起回来住。"

马斯南路上的"酒庄"是韩孝诚的私人生意,与整个商会无关。此刻,一众人忙碌开来,他们正按着他的吩咐进行打扫,几乎是想要将整个酒庄改头换面。

项雨浓望着他们进进出出的身影,一杯又一杯将杯中的红酒饮尽。

"这是有什么要紧的事吗,连酒都换上新的了?"她已经瘦得脱了相,伙计愣了片刻方才认出这是项雨浓。

伙计回答道:"是阿贵哥特意吩咐的,明天晚上少爷约了'不夜城'

的'四小姐'在这儿吃饭。"

陆永贵正要阻止那伙计,却已经来不及了,只责骂道:"废什么话,没活儿干呐,滚回去做事去。"

项雨浓的神情并没有因为伙计的这番话而有任何的变化,她只是又倒满了一杯酒,然后仰头饮尽。

"从前没看出来,项小姐您还挺能喝的。"陆永贵在她的对面坐下来,见项雨浓并不理会他,复又关心道,"这酒太烈,对身体不好的。"

才喝空的酒杯里,又被她倒满了深红色的葡萄酒,深红色的葡萄酒在半空中划出优雅的弧度,缓缓注入高脚杯中,这样的日子,她过了许久了。

"怎么,怕我喝了你的好酒,不付账啊?"

"我是怕您这么喝,要是被……被少爷看见了,他会不高兴的。"

项雨浓不禁声苦笑道:"阿贵啊,你跟在他身边那么久,究竟是真不明白还是假不明白。他不会不高兴的,我喝再多的酒,他都不会不高兴的。"

陆永贵似乎至今都不知韩孝诚离开项雨浓的真正原因,茫然道:"韩少爷一直都很关心项小姐的,也很照顾项小姐。"

"关心我?照顾我?"项雨浓笑了,那笑容讽刺极了,"从前他都没有真正关心过我,何况现在。"

"少爷给您买大房子、大汽车,还有这么多好看的衣裳、首饰,那都是因为韩少爷他心里有您。难道项小姐觉得这些还不够吗?"若不是陆永贵这一问,她几乎从未感觉到这段感情由她亲手摧毁正是因为她太贪心。

灯光离合,酒杯倒映出人影绰绰,然而记忆却在瞬间清晰如昨。

"如果我做了错事,应该拿什么来弥补?"只有后悔的人才会问这样的话。

面对如此的项雨浓,陆永贵倒是措手不及,微怔后道:"项小姐说的话,我听不太懂。"

大概是因为喝醉了,昏昏醒醒,她突然又觉得错不在她,错依旧是韩孝诚酿成的,若是他当初将她放在心上,她不会背叛他的,一定不会的。

想到这里,她问阿贵:"你见过他给那位'四小姐'买大房子、大汽车、昂贵的香水、好看的衣服吗?"

陆永贵茫然道:"从来没有……"

她点了一支烟,烟雾下,性感的红唇,依旧撩人无比。

"因为这些东西在韩孝诚的眼里根本一文不值,他想给她的是他认为有价值的东西。他会把她娶进木子庄园,她会成为韩家的少奶奶,可是,他从来没有想过要和我结婚。"

她说了很多很多的话,直到醉过去。陆永贵依然将她送回了贝当路的房子,即便他不懂什么叫感情,也还是有些同情她,为什么那位"四小姐"才出现这些时日,却已经远远超过了项雨浓的这两年?

38.委屈

这一年的冬日有些漫长,寒气依旧四溢,哪怕是阳光下的温度,也不过杯水车薪。

"把这儿,还有那儿都给我擦干净了,晚上'四小姐'会过来,看到这些乱七八糟的东西,她能高兴吗?"

面对陆永贵鸡蛋里挑骨头的要求,小伙计自是不买账的,说道:"都擦过好几百遍了,一会儿就是一层灰,没办法。"

"那就一直擦!"

那小伙计被陆永贵一吼,倒是怕了,复又讨好般地问道:"阿贵哥,'四小姐'难得过来,为什么要整得这么整整齐齐的……"

他忍不住瞪了那小伙计一眼,道:"让你弄干净你就赶紧弄干净,哪儿来的这么多废话!"

小伙计像是明白了什么,来了兴致,小声问道:"这以后是不是咱们都得听'四小姐'的吩咐了?"

陆永贵抬起腿一脚踹在那小伙计的身上,喝道:"你个臭小子!这是你该问的话吗?"

小伙计终于意识到自己已经越界了,开脱道:"我就是随便问问,关心一下那个'四小姐'嘛。"

"'四小姐'又不是你亲妹子,你瞎关心什么,不要命啦!"

"我倒巴不得她是我亲妹子呢……"他说完就跑,终究是个极年轻的小子,说话没有什么轻重。

陆永贵又好气又好笑:"你个小赤佬……"

见酒庄焕然一新的归置,韩孝诚一进来便是心情大好。

"呦,动作挺快啊,收拾得这么干净。"

"晚上'四小姐'要来,自然是要好好收拾的,按照您的吩咐准备好了,您进去瞧瞧还有什么不妥的。"

"阿贵,"韩孝诚莫名地脸色一沉,"你跟我过来一下!"

陆永贵有些捉摸不透,问道:"少爷,是不是我哪里办得还不够妥帖?"

韩孝诚表现出丝丝不悦,道:"怎么还叫'四小姐',告诉下面的人,以后都给我喊秦小姐!"

陆永贵先是一震,随即道:"是,是,少爷,是我疏忽了。"

身后的林正反倒忍不住笑起来,韩孝诚这样上心秦静菲,他心里很高兴。

见林正在身后,陆永贵拉着韩孝诚往酒庄后头的小屋去了,他嘴上说是看一看备下的酒合不合适,实则是向韩孝诚说了昨晚的事。在他眼中,林正到底是秦静菲那头的人,不能叫他听见韩孝诚与项雨浓的事。

"什么事不能让阿正听?"韩孝诚一眼便看穿了陆永贵。

"昨天晚上,项小姐在酒庄喝多了。"陆永贵道。

韩孝诚微微一怔,他知道项雨浓是常来的,这在平常,陆永贵从来不会向他汇报这些,今日倒是有些反常。

"她说了什么没有?"

陆永贵不知该从何说起,只道:"也没说什么,就一直在唠叨……唠叨少爷您呢。"

韩孝诚只是"哦"了一声,再无其他反应,陆永贵便又问道:"少爷,您以后都不管项小姐了吗?"

韩孝诚不知如何向陆永贵说明他与项雨浓之间发生的事,只问道:

"阿贵，你知道怎么样来区分女人吗？"

陆永贵茫然地摇头道："不知道。"

韩孝诚靠在桌前，道："女人其实很容易就可以区分的，在我眼里只有两种。"

"两种？哪两种啊？"

"贪心和不贪心的，不贪心的女人一颗心都在你的身上，贪心的女人把心放在你的价值上。"韩孝诚道。

陆永贵注视着韩孝诚的神情，他知道许多话不该说，但依旧还是忍不住。

"大概是我阿贵太笨了，我听不懂少爷话里的意思。有句话，我虽然知道不该讲的，但是我还是要讲。"

韩孝诚的目光直视着他说道："讲。"

陆永贵不敢直视他，低声道："项小姐如果不简单，那秦小姐就更不简单了。"

这句话，更像是陆永贵在为项雨浓打抱不平，韩孝诚当然听出来了，却没有一句责怪，而是说道："每个人心里都允许有秘密，有秘密不一定就是不简单，但是，如果是因为贪心而生的念头，那么她做出来的事情就是意想不到的了。"

"我……明白了少爷……"陆永贵其实没有明白，他只是知道，韩孝诚的决定，连韩孝慧都扭转不了，更何况他。

秦静菲是林正去接的，才不过几天，韩孝慧的话还依稀在耳边，依着她的性子是绝不会赴约的，可偏偏韩孝诚派来的是林正，为了不让林正难做，她只好乖乖上了车。

车子停在一个陌生的地方，她越发后悔跟着林正来了这里。

"这是哪里？"

"少爷的酒庄，知道的人不多。"

林正将她引入酒庄后院的小屋里，便离开了。

满屋的玫瑰香气、烛光和酒，那是韩孝诚为她精心准备的，因为他听说她喜欢法国的浪漫。

门且敞着，韩孝诚在屋里，她却依旧站在门口，刻意与他保持着距离。

"你就这么怕我吗?"韩孝诚走近她,拦腰将她抱入怀中。等秦静菲反应过来,门已经顺势关上,她整个人靠在门上,韩孝诚就在眼前,他们靠得很近,她的眼神很难避开他。

"前几天,我大姐是不是来找过你?"他开口便是这句话,竟然是质问的口气。

秦静菲推不开挡在眼前的他,只好放弃,冰冷的眼神望向他道:"这事儿你应该回去问你大姐,而不是跑来这儿质问我。"

韩孝诚看着她生气的模样,反而笑起来,说道:"可是我要你亲口告诉我,你是怎么跟我大姐说的!"

秦静菲似是拿他没了办法,无奈道:"好,那你听好了,我让你大姐转告你,从今以后都别再缠着我了,离我越远越好。还有!别再拿你们家的钱来侮辱……"

他的双唇覆上来,堵住了她即将出口的话,即便她还在挣扎,不停地拍打他。她的力气不小,他却依旧抱着她。她心里很委屈,似是找不到发泄的出口,干脆抓起韩孝诚的手,一口咬了下去。

一阵剧痛上来,韩孝诚才终于放开她。

"你是属小狗的吗,怎么还咬人啊!"

"她凭什么这么说我!"这恐怕是积压已久的委屈了,所以才会在忽然间哭得这样伤心,以至于让韩孝诚完全忘了手上的疼痛,立在她眼前束手无策。

他沉默了片刻,然后心疼地把她揽进怀中,所有的委屈他都能看见。

"我大姐可是很少这么大方的,没想到你的胃口这么大,放着大笔的钱不要,竟然要我。放心,我保证,谁说都没用,我会一直缠着你。"

她还是推开了韩孝诚,说道:"这些天是怎么了,怎么都来向我作保证。"

"你不相信我吗?"

秦静菲仰起头,质问他道:"项雨浓就是最好的例子,她跟在你身边那么久了,你真的爱过她吗?哪怕一点点,有吗?"

他的神色不知何时变得认真起来,接着道:"有,只是那样的喜欢什么也经不起。"

秦静菲不自禁地露出了一抹无可奈何的笑容,她完全没有想到,韩孝诚会如此坦白。

"果真是一句大实话。"

一只手伸来紧紧地握住了她的手,如此坚定和温柔,如此轻而易举地拂去了她的彷徨和无助。

"但你跟她不一样。"

韩孝诚的话明明挑动着她所有的神经,她却还是毫不犹豫地回答:"当然不一样,我不会像她那样委屈自己然后去讨好你,我更不会像个傻瓜一样发了疯似的爱上你。"

她倔强的表情让韩孝诚轻叹了口气,却又不得不被她霸占着整颗心。

"你不用讨好我,我喜欢的是你,你原本的样子。"

秦静菲神情颇为认真地看着他,说道:"韩孝诚,你怎么就不明白……"

他打断了她的话:"我明白,是你不明白,你明明知道你在我心里是什么位置,为什么总是在逃避?"

但凡女人,都想做被捧在手心的宝,可是有些人,却注定是飘零的尘,她不能爱上他,最好他也不要爱上她。

"我对你的看法,依然只有两个字,讨厌。"

韩孝诚一点没有生气,看着她的眼神反倒渐渐温柔。他说道:"即使你很讨厌我,即使我让你很不自在,可是……我还是想靠近你,像现在这样,靠近你……"

秦静菲的身子猛地一颤,慌乱逃脱他的视线,却还是被他一把揽入怀中。

"我喜欢你……你是我韩孝诚唯一喜欢过的女人,逃开我?想都别想。"他的声音很轻很轻,却犹如一声响雷,将秦静菲的大脑炸得一片空白。

他不自禁地捧起她的脸,轻轻吻上她的唇,再好的克制力也终究抵不过情深,这是她第一次回应他的爱。

她喜欢他……

这不正是她精心策划的结果吗,从接近韩孝诚那一天起,她就在等这个结果,此刻终于等到了,顿觉发现"喜欢"两个字太过奢侈,她这一生终究要为这份蓄谋已久的感情付出代价,也许就是"不得善终"。

她很快清醒过来,忽然意识到现在的自己在做多么荒谬的事。

"可是……"

"嘘,"他打断她,"我不想听后面的话。"

她不知道哪个才是真正的自己,爱他的?还是利用他的?

面对这一开始就知道了结局的爱,绝望之下,她本能地想要拒绝,却又不能拒绝,为了完成任务,更为了她远在日本的弟弟程可欢。

她心中悲苦,却不得不微笑,然后慢慢抬头,正好对上他的眼睛。"我是想说,送我回家好吗?"她问道。

他在她的额头轻轻一吻,恰在此时,一阵急促的敲门声响起。

韩孝诚开门出去,竟是脸色煞白的陆永贵。

"少爷,项小姐那边……"

秦静菲只听到了这一句,只见陆永贵在韩孝诚的耳边不知说了什么,韩孝诚的神色开始变得有些难看。

"出什么事了吗?"秦静菲问道。

韩孝诚紧紧握着她的手道:"让阿贵先送你回家去,我明日一早就去找你。"

项雨浓依然住在贝当路的房子里。

不过几个月而已,日日客来客往的小公馆,如今竟是腐败没落的气息。

客厅里没有开灯,黑漆漆的一片,韩孝诚喊了几声她的名字,无人应答。

他往楼上去,而此刻卧室里的景象,让他不由得震惊。

项雨浓正躺在榻上,大口大口地抽着烟土,早已是渗入骨髓的瘾,醉生梦死的她正在烟雾缭绕中享受着"快意人生"。

韩孝诚一股怒气上来,猛地打掉了她手里的烟杆,说道:"哪个混蛋让你碰烟土的!"

项雨浓这才意识到是韩孝诚来了,她慢慢地坐起身,神绪仍是飘飘然的，她的脸上没有一点血色可言，整了整有些凌乱的头发，曾占尽人间春色的电影皇后，如今只渴求别让他看到自己那么狼狈的一面。

她试图去捡起地上的烟杆，同时说道："这是个好东西，比酒还要好的东西，我快要死的时候，只有它能救我。"

韩孝诚紧紧握着烟杆的另一头，防止被她夺过去，竟发现她抬起的手臂上，有一条条的青紫。

"你身上怎么还有伤？赵显明干的？"

项雨浓苦笑一声，她本想站起来，却倒坐在地上，然后无力地看着床沿。

"不重要了。"

他目光复杂地看向她，一时间许多话涌上心头，最终说出口的却只有一句："我会给你一笔钱，离开上海吧。"

"孝诚……"项雨浓完全没有想到韩孝诚会做这个决定，但她知道这是对她而言最好的结果，"可是走了，就再也见不到你了……"

"明天，我会让阿贵把钱送来，"他站起身，看着地上的烟杆，轻叹了一声，道，"别再抽这个了，戒了吧。"

"你要当心赵显明，他已经和青龙会勾结在一起了……"

韩孝诚没有再回应她，只是轻轻地关上门，离开了。

她依然靠坐在地上，直到再也听不见韩孝诚的脚步声。她是影星，是所有人触不可及的人，她从未有过这样苍白的容颜，从未有过这样绝望的眼神，她知道，这是她最后一次见韩孝诚了，离开上海，是最好的结果，可她的一生，已经被她自己断送了。

39. 逼迫

"舞后"的评选进入到了白热化的阶段，秦静菲成为了全民关注的热门人选。小报记者更是十分乐意将秦静菲最终会不会加冕一事与其身后的韩孝诚关联起来，制造有看头的新闻。

而尹露的突然退赛也一样成为了热点，人们将其原因归结于她与秦静菲的不睦，就在街头巷尾的小道消息铺天盖地时，"不夜城"里，尹露刚刚宣布了她即将离开"不夜城"，离开上海的消息。

化妆间的门口，尹露正与姐妹们道别。秦静菲就站在不远处，正犹豫着要不要与她说上几句道别的话。

直到人群散去，走廊里就剩下她们两个人。尹露倒是一点没有要回避她的意思，向她迎面走去。

"你要走？"

尹露点点头，眉间拂过一丝苦楚，说道："他病了，不大好，我回南京去照顾他。"

她口中说的"他"正是南京那位与她有过婚书的大户人家的少爷，如今得了病，正室竟带着孩子回了娘家。

这一刻，秦静菲突然发现自己好像从没真正认识过她，只这一瞬间，那些过往的种种摩擦都被抚平了。

"上次的事一直没有谢你。"

"你说哪一件？"见秦静菲一愣，尹露倒是释然地笑了，她当然知道秦静菲说的是哪一件，"就算我再不喜欢你，也不至于眼睁睁看着季泽文要你的命。"

两人终于相视一笑，化解了过往所有的不快。秦静菲似有未完的话要说，却又不知道该说什么，她不喜欢"再见"这个词，只笑着道一句："以后，要好好的。"

尹露点点头，泛起泪水，答道："你也是，好好的。"

回到化妆间的时候，韩孝诚正在里头等她。桌上放着一些点心，是专门为她准备的。

"刚才跟谁说话呢？"韩孝诚问。

"尹露，她要走了。"

见她有些失落，韩孝诚拉着她的手，然后一个用力直接把她抱到了腿上。秦静菲低呼一声，却没有要逃离的意思。

他往她嘴里喂了一口小糕点，然后道："大哥来信了。"

秦静菲果然提起了兴致，急忙问："是吗，信里说了什么？小曼怎么样了?"

"小曼……"韩孝诚故意卖起了关子,随即笑道,"恐怕以后,我得改口叫嫂子了。"

秦静菲忍不住兴奋起来,确认道:"真的吗,他们什么时候回来?"

"他们打算在那里再玩儿一个月,恐怕是逍遥的日子过上了瘾。"

"真是太好了。"若不是因为这件大喜事,她都快忘了发自内心的高兴是什么感觉。

韩孝诚目不转睛地看着她,说道:"怎么别人的事情,比你自己的事还高兴。"

"本来就是一桩天大的好事。"

"既然是好事,咱们是不是也该……"

他话未说完,秦静菲竟不自禁地泛起一阵羞涩,索性拿了桌上一块小糕往他的嘴里塞去。

初春,深夜的弄堂,安静与祥和替代了白天的嘈杂,只有微风下树叶的沙沙声。夜空里闪着星辰的微光,这个时间,这条小路,仿佛是只属于他们两个人,如果可以永远这样静静地走,一直一直地走。

"到了。"

"明天见。"

身后的韩孝诚望着她进屋,屋里亮起一盏灯。

她轻轻关上房门,走至窗前,见他仍站在原地,她微微笑着,轻轻挥手,目送他离开。

"是韩孝诚送你回来的?"

秦静菲猛地怔住,那个冰冷而可怕的声音再次在耳边响起,仿佛是在提醒她,她刚刚所经历的一切都只是一场梦,这才是最真实的她,她是秦静菲,青龙会的特工。

"是……"

渡边建一就靠坐在她身后的沙发上。

"最近,好像一点进展也没有?他除了办舞后评选,就没有做其他的事吗?"

秦静菲顿了几秒,似乎找不到更好的理由来搪塞,只道:"没有。"

渡边建一的目光紧紧盯着她的眼睛，问道："真的与他谈起恋爱来了？"

"这不是渡边先生的意思吗？"

渡边忽然大笑起来，然后扔出一个信封到她面前，上面写着"绝密"二字。

"有一件要紧的事，要告诉你。"

"这是什么？"

渡边建一告诉她，这是昨天刚刚获取的情报，青龙会里有一位被称为"三爷"的洪门卧底。又说，几个月前方庆生带着人到"不夜城"抓捕洪门的"螺旋"和"蜘蛛"一无所获的事情和这个叫"三爷"的人脱不了干系，而陈子明秘密被捕的消息应该就是这个"三爷"走漏的，才会让"螺旋"和"蜘蛛"顺利逃脱。以及当日，韩孝俊才到"不夜城"门口，便掉头回去了，他越发怀疑韩家与洪门的关系。

"先生哪里得来的情报？"

渡边注视了她几秒，然后笑起来，说道："我们这里混入了他们的人，他们那里自然也有我们的人。你知道，他们最想得到的是什么信息吗？"

"什么？"

渡边建一似笑非笑地注视着她，然后道："他们铁了心要找出我们青龙会四大杀手中一直隐藏着的那个人，也就是找出你。"

秦静菲不语，渡边接着说道："我现在不得不怀疑，韩孝诚和韩孝俊他们兄弟二人和洪门的关系，或许韩孝诚就是我们要找的'蜘蛛'。而让我觉得更疑惑的是，你跟他接触了这么久，难道就没有发现这一点吗？"

"渡边先生怕是高估了韩孝诚吧，他确实能一手遮天上海滩的半边天，可是洪门那边，和他一定没有关系。"她用了"一定"二字为韩孝诚撇清，心里却早已开始怀疑他与洪门的关联，在他身边这些日子，她不止一次有过这样的怀疑。

渡边建一扬起一抹冷笑："你可要知道，如果他是洪门的人，他一旦知道了你的身份，接下来要做的就是杀了你，你却还这么护着他。"

她的眼中没有一丝慌乱，反而冷静道："他是不是洪门的人现在都只是你的猜测，难道非要我去证明你的猜测是错误的吗？"

"不，"渡边建一摆摆手道，"他是不是洪门的人已经不重要了，我要证明的是另一桩事。"

秦静菲的心里升起一道不祥的预感，问道："什么？"

"日本方面下达了一个特别的任务，需要你的配合。"渡边建一将那封密电推到了她的面前，"暗杀韩孝诚。"

她的心紧接着一颤，强烈的恐惧感郁结在胸口，就要炸裂开来一般。

"为什么？"她表现得有些难以置信。

渡边建一已经完全看穿了她的心思，说道："这不是你该问的。既然你对他没有感情，那就照做，不要忘了，让你接近他就是为了这一天。"

"好，"她努力平复着心中的狂浪，"要我做些什么？"

"明晚，他会去杏花楼饭店，是不是洪门的人立刻就可以揭晓了。"

秦静菲睁大眼睛，不可思议地望着渡边，质疑道："就算出现在那里，就一定是洪门的人吗？"

渡边露出些许不满，道："你看看你，说的每一句话都是在为他开脱。"

"我没有在为他开脱，我只是不想滥杀无辜，如果他不是洪门的人呢？"

他紧接着秦静菲的话道："他就算不是洪门的人，也是青龙会在上海扩展势力的最大阻力，烧了我们那么多的烟土，一条命来补偿，不算过分吧。明天杏花楼会有洪门的人，他就是去见他们的。这是杀他的最好时机。到时候有你出现在他的身边，那么他的死就不会和青龙会扯上关系了。"

她已经尽可能地在控制自己，可胸膛剧烈的起伏却怎么也掩饰不了。

"怎么样才能不扯上关系？"

渡边的笑容中又添了几分得意，提议道："把暗杀变成一场英雄救美的大戏，你说好不好？"

青龙会的手段她是十分清楚的，韩孝诚怕是难以逃脱了。

"让我看到你对青龙会的忠诚。"

渡边建一走到门口，留下程可欢的一张照片和四个字："祝你成功！"

天空黑得像是被墨染过了一般，没有一丝动静。

"绝望"两个字这样切实地摆在她的面前，暗杀计划已经悄然生成，她静静地靠在床边，想了很久，她想的是该怎么救韩孝诚，在骗过青龙会，又不暴露自己身份的情况下，救下韩孝诚。

杏花楼饭店的周围，一定会被青龙会提前布置，饭店内会有乔装打扮的杀手混进来，而楼对面也一定布置好了狙击手，时刻准备着。

她要顾及的人太多了，她该怎么做？但也就是在这一刻，以生命为代价，毫不犹豫选择站在韩孝诚身边的这一刻，她终于明白了自己的心，即便她的爱是绝望的。

辗转一夜无眠，眼角的清泪，成了这黑夜里唯一的光明。外头的天终于亮了。她拨通了韩孝诚办公室的电话。

"晚上，你会来'不夜城'吗？"

电话那头的韩孝诚完全没有察觉她的异常，答道："当然，不过，我要晚一些时候再过来。"

"你有事要办？"

"我去见一个老朋友。"韩孝诚回答。

她的心不由得一颤，说道："什么样的朋友啊，下次也带我见一见。"

"当然可以，我办完了事会尽快过来的。"

"好。"

这是一个漫无边际的清晨，阳光透过窗照进来，映出她的影子和翩翩起舞的灰尘。

她一直这样坐着，直到电话铃声终于在宁静的午后猛地响起，显得极为突兀，那是来自渡边建一的暗示，行动要开始了。

40．谎言

黄昏即将谢幕，杏花楼门前，一片绚丽的霓虹闪耀，车水马龙，喧嚷热闹，一切看似如常。

一辆黄包车突然撞上缓缓向杏花楼驶来的黑色轿车，只听得司机破口大骂一声，车座后的人即刻下车，竟是韩孝诚。

见那黄包车夫躺在地上，看上去伤势不轻，他低头问那车夫，伤在了哪里，而待韩孝诚靠近时，车夫却说："有人让我告诉你，立刻离开这里。"

韩孝诚知道一定是要出事了，可是要跟他见面的那个人已经在饭店里了，他不能就这么走了。

秦静菲就站在街边的一个角落，暗中注视着周围的每一个人，这一刻，在她的眼里，目光所及的每一个人都像是在伪装。

她看到韩孝诚依旧往饭店方向去了，她知道韩孝诚一定不会因为一句"立刻离开这里"而改变计划，她这样做是为了让他提高警惕。

在韩孝诚进入饭店以后，秦静菲也跟了进去。

"'四小姐'？您是来找韩先生的吧？"

饭店的服务生忽然叫住她，是啊，她是大红的舞后候选人，这里的人都是认得她的。

秦静菲停住脚步，问道："是啊，他在哪个包间？"

"我带您去。"

"不用了，你告诉我就好。"

"三〇二。"

"多谢。"

此时的秦静菲非常肯定，韩孝诚在被那个黄包车夫"提醒"以后，一定会在暗中换掉包间。所以，服务生所说的三〇二包间，应该是他原先所预定的那一间，此刻该是空无一人的。

没有人知道韩孝诚换了房间，她也仍然往三〇二包间去了，她接下来要付出的是以命换命的代价，她知道的。

那天，韩孝诚所在的包厢内，算上他和陆永贵，一共是三个人。没有人知道他们说了些什么。只知道,某间包间里突然连着传来两声枪响以及玻璃窗震碎的声音。

走廊内,一片惊乱。

韩孝诚非常清楚地听到枪声是来自他之前预定的三〇二房间。他立刻吩咐陆永贵带着他的"朋友"从后门离开,然后逆着人群往那间房间而去,枪声是冲他而来,他希望找到一些蛛丝马迹。

然后,推门的那一刻,眼前的景象让他霎时震惊。

"菲菲!"

韩孝诚完全没有顾及到房间里中枪倒地的还有另一个人,他用力按住秦静菲身上不断渗出血的伤口,她脸上血色全无,但尚存一些意识,胸口剧烈地抽搐着,她用力抓紧韩孝诚的胸襟,竭力地想从窒息中挣脱出来,却还是痛到昏厥过去。

爱情果然是药效超强的毒品,竟让她一个杀手用自己的命,保全那个与她站在对立面的爱人。她一点也不后悔用这样的方式救了韩孝诚,当青龙会始终胜券在握之时,她却随时预备着结束这一场必输的局。

是的,那颗原本为韩孝诚准备的子弹,穿透玻璃窗,就打在了她的身上。而那个狙击手被韩孝诚的人当场击毙了。

直到当天深夜,回到小洋楼的林正终于带回了消息,杏花楼饭店被巡捕房围了起来,三〇二房间里那个死去的女服务员并非饭店员工,很显然,她是冲着韩孝诚而来,可是秦静菲为什么会出现在那里?

他突然生出了一个可怕的念头……

房间的灯光在她苍白如纸的脸上勾勒出凄冷的线条。

子弹打在她的左肩上,所幸没有生命危险。

韩孝诚轻轻抚过包扎在她伤口上的纱布,问道:"还疼吗,虽然子弹没有留在身上,但划出了一道很深的伤口,刚才医生给你缝针的时候打了麻醉。"

"不疼了。"

他终于展了一些笑颜,说道:"我看到你的时候,你已经受伤晕过去了,吓死我了。"

她没有说话,看着窗外银白色月光下的树影不停变幻着,沉默许久之后,才终于开口。

"你……到底是什么人?"

她犹豫了很久才问出这句话,而对于韩孝诚而言,他对她也有同样的疑问。

"我?"他唇边的笑容未消失,"和你心里想的一样。"

韩孝诚是在一瞬间决定这样说的,因为不想欺骗她。

秦静菲的背后一阵阵地发凉,韩孝诚竟在她的面前承认了他的身份。如渡边建一所言,他是洪门的人,而她是他要杀的人。

她看着他欲言又止的模样,心里很清楚,几个小时前在杏花楼发生的一切,已经让他对她生疑了。

"你是不是也有话想要问我?"秦静菲直截了当道。

韩孝诚深深地看着她,两只手越握越紧,终于开口了:"你为什么会出现在杏花楼饭店?"

"因为有人让我去那里找你。"这是她早就想好的一套说辞,所以在回答他这个问题的时候显得异常平静。

"是谁?"

"我不知道,有人派人送来了字条。"

韩孝诚有一些震惊,问道:"字条呢?"

"不过随手一扔,可能现在还在'不夜城'的梳妆台上。"

那张所谓的字条也是她派人送给自己的,她安排得这样周密,却疏忽了一点,越是找不出一丝漏洞的话,越是容易让人生疑。

"杏花楼门口的那个车夫,你认识吗?"韩孝诚又问。

她摇摇头道:"不认识。"

看着她的反应,韩孝诚沉默了片刻,还是决定问道:"你手臂上的这一枪,是谁打的?"

"那个服务员。"

"那她身上的那一枪呢?"

"不知道,只知道是从窗户外头打进来的。"

"你为什么会去那个房间?"

"是一个服务员告诉我你在那里,他说你预订了那个房间。"

韩孝诚的问题一个接着一个,而当时,杏花楼饭店三○二包间里真正发生了什么,只有她知道。

第一声枪响,是她将那个假扮女服务员的暗杀者击毙,对面的狙击者见秦静菲未按约定好的行动,便决定开枪,这颗从窗外射进来的子弹就打在她的左肩上。

"那个服务员……"

"问完了吗?"她终于忍不住打断了韩孝诚的话,"你在怀疑我吗?"

"我没有怀疑你。"一种可怕的感觉正向他袭来,如果不是秦静菲点破,他甚至都没有在意到他正在怀疑她。

"你对我的这些质疑,难道不是怀疑吗?"

这个场景在她心里预演过很多次了,终究有一天她的身份会被他揭穿,到那时候,他又会对她怎么样。

"我只是想要搞清楚,在包间里到底发生了什么是我不知道的,那个服务员和隐藏在对面的狙击手都已经死了,我只能问你,我怕有人又利用你来威胁我。"

"拿我威胁你?"她不禁苦笑起来,"韩孝诚我告诉你,你所有的怀疑都是对的,我会害死你的,所以请你离我远一点,越远越好,明白了吗?"

"不明白!"秦静菲莫名奇妙的一番话倒是引得韩孝诚一腔怒火无处发泄。

"你怀疑我早就知道了杏花楼那里会发生什么,是不是?"

韩孝诚蹙着眉,无奈道:"我听不懂你在说些什么。"

他正在努力说服自己收起对她的怀疑,可秦静菲却似乎是在有意地引导韩孝诚加深对她的怀疑。也许正是这样的处境让她绝望了,倒不如毁灭所有的幻想,直到她有勇气对他说出她真实的身份。

"不,你懂。"

韩孝诚没有接她的话,他不打算将这场争吵继续下去。

伤口在此时疼痛起来,她累了,静静地闭上眼睛,直到许久以后听到很小声的关门声。韩孝诚离开了,她睁着眼睛,绝望与痛苦在黑夜里聚得更深,随之而来的便是辗转反侧。

车子在上海街头漫无目的地开了好几圈,终于在外白渡桥的桥头停下。

韩孝诚静静地倚着桥栏站着。他喝了点酒,此刻冷风一吹,酒意有点上涌,他感到些许晕眩。他吸了一口寒夜里的空气,试图把翻涌的酒意压下去。

夜已经很深了,黄浦江水在夜风下奔流不息,让人不免生出一种错觉,以为能追回过往的痕迹。

他怀疑她吗?不,不会的……

可是,他又真的完完全全地相信她说的话吗?

41. 识破

此时,小洋楼里,一阵急促的敲门声响起,打破了深夜的寂静。

秦静菲在这阵敲门声中惊醒,她开门从房间里出来,林正和两个老妈子正站在走廊里,犹豫着要不要去开门。

"为什么不开门?"

林正惊慌道:"家里……家里还有个人。"

秦静菲瞬间领悟了林正的意思,她好像已经猜到了那个人是谁,应该就是在杏花楼和韩孝诚见面的人,洪门的人。

"人在哪里?"

话音才落下,书房的门被打开了,黑暗里走出来一个人,定定地站在秦静菲的眼前,他戴着帽子,帽檐压得很低,看不清模样。

"你们不用管我,我出去就是了。"从声音判断,那是个女人。

秦静菲立刻拦住了她,说道:"你出去了,只会让这里所有的人都跟着你一起遭殃。"转而又向林正道:"都什么时候了,再拖下去,外面的人只会更怀疑。"

"要不打电话去庄园,让少爷尽快回来?"这是林正能想到的唯一办法,他以为韩孝诚回了庄园。

"来不及了。"秦静菲听着敲门声越来越急促,外头的人誓不罢休地要他们立刻开门,"我有办法,阿正去开门,周旋一阵再让他们上楼来。"

秦静菲拉着那个女人往自己屋里去了。林正不知道她的办法是什么,但依旧听了她的吩咐,下楼开门去了。

门一开,门口站着四五个巡捕,他们身上的衣裳几乎就要与黑夜融为一体。林正心里没有底,若是真要搜起来,藏着的那个女人恐怕逃不过去。

"几点了知道吗,深更半夜的你们要干什么!"林正鼓足勇气吼道。

"干什么?我们是巡捕房的,你说我们要干什么?让开!"

领头的警长完全没把林正放在眼里,直接推开了堵在门口的他。林正有些懵,这是韩孝诚的房子,巡捕房的人难道不知道吗,怎敢就这样闯进来。

"你们这是私闯民宅。"林正道。

领头的警长依旧不理会他,站在客厅的中央大致扫了一圈整栋房子,道:"经人举报,有个要紧的逃犯在这儿藏身,所以这一整片区域我们都要搜,妨碍我们执行公务耽误了正事,你担得起吗!"

"这是韩少爷的房子,你们不能乱来。"

那警长不屑地笑起来:"什么寒少爷热少爷,我们只管抓人,滚开。"

巡捕房的人仗着手上有搜查令,根本顾不得其他,带着人便往楼上冲去。

楼上的房间并不多,只有四间,其中一间的门口站着一个伺候的老妈子,她哪里见过这样的阵势,吓得有些哆嗦。

巡捕毫不客气地拉开那个老妈子,直接开了门。

只是,几个人才冲进去,便叫眼前的情形给"吓住"了,就连跟着进来的林正也有些震惊。

一位裹着雪白丝睡裙的女子,正慵懒地躺在大床上,妩媚妖娆。

"呦,你,你是……"

巡捕们目瞪口呆,这小女子见这几个穿着黑衣的大男人就这样闯进来,除了被这动静吓了一跳以外,并不害怕他们。

"深更半夜的,闹这么大动静。"她喃喃抱怨着,慢慢悠悠地将披在睡衣外的那一层纱衣拉好，尽量盖住裸露在外的雪白的肌肤，她坐在床沿，然后娇媚地问道，"您问我是谁？长官，您不会没有见过我吧？"

领头的警长已经完全被秦静菲娇柔的姿态迷住，立刻对胡乱闯进房间来的几个手下道："去去去，没长眼的东西，不知道这是'四小姐'吗！"

胡乱闯进来的那两个巡捕也是连连赔不是。只道他们是来抓逃犯的，并非有意冒犯。

听了这话，秦静菲不由得瞪大了眼睛，震惊道："长官，您开什么玩笑，逃犯？在这里？难不成是我？"

"不不不，怎么可能呢？"那警长为难道，"我们也是接到了举报，说有个逃犯藏躲在这一带，上头让挨家挨户查，没办法，所以请'四小姐'您一定配合，多多包涵了。"

"那就查吧。"秦静菲从床沿站起来，悠悠地往门外走去，见那些人完全没有要离开这间房间的意思，她心里有些害怕，然后佯装淡然地转过身来，靠在门檻上，冷笑着道，"我大概是被韩孝诚那个混蛋给骗了，一点也没有像人家说得那么厉害嘛。"

警长有些摸不着头脑，赔笑着问道："'四小姐'这话是什么意思啊？"

"大半夜的，他的房子，怎么什么人都敢闯进来。"

几个巡捕不禁愣在原地，领头的那个更是傻了眼，说道："韩……韩少爷……这真是韩少爷的房子……我还以为是'四小姐'您的……"

秦静菲不禁瞪起了眼，严肃起来道："这叫什么话，是我的房子就能乱搜？"

那警长不禁联想起坊间关于韩孝诚与秦静菲的那些花边趣事来，又见她此刻穿着随意地躺在韩孝诚的房子里，不免浮想联翩，早已忘了正事。

"我们这就走，请'四小姐'千万包涵，包涵。"

听他这样一说，秦静菲一颗提着的心终于放下了一些，她裹紧了套在外面的纱衣，悠悠地往楼下走去，试图引那些巡捕一同下楼。

"我当然是可以包涵了，只是不知道韩孝诚知道了以后，他是不是也能包涵？"

那些巡捕果然跟在她身后下了楼。

"我们也是执行公务，请'四小姐'在韩先生面前千万替我们说几句好话，恳请韩先生莫要怪罪我们才好。"那警长道。

秦静菲轻轻一笑道："我哪有这么大的面子呀。"

"有有有，就算这整个上海滩谁都没有那个面子，'四小姐'自然是有的。"

秦静菲有意不依不饶道："你们都已经闯进来了，地上都踩脏了。"

秦静菲刚下楼梯，韩孝诚已经站在了大门口，他完全不知道家里发生了什么事，只是莫名地看着衣着异常单薄的秦静菲妖娆地向他走来。她借机递了眼色给他，韩孝诚瞬间会意。

"韩少……"她从来没有用如此撒娇的语气喊过他，然后软软地搂住韩孝诚的脖子，整个人依偎进他的怀里。

韩孝诚瞥了一眼她身后那个愣在原地的警长，目光重新回到秦静菲身上。韩孝诚感到她的身体在发热，是那种不正常的热，难道是身上的伤口……他不免担心，却依旧不动声色，十分配合地轻轻捏一捏她的鼻尖，安抚道："小委屈的样子，这么晚了不睡觉，跑出来干什么？"

"人家本来睡得好好的，可是你瞧瞧他们呀，"秦静菲一脸埋怨地看着那几个巡捕，委屈道，"突然就闯进来了，一点道理也不讲，幸好没睡着，否则就被人家当逃犯抓走了，等不到你回来了。"

韩孝诚安慰着怀里的人，抬头间，忽然就变了脸色，斥责道："你们闯进来干什么？"

几分钟前还仗着有搜查令的几个巡捕终于开始害怕了，心里头不禁开始嘀咕，他们不知道这是韩孝诚的房子也就罢了，难道上头的人也不知道吗，为什么会下这样的搜查令？

"那个……"一时间，那警长根本不及去组织好解释的话，"韩少爷，实在不好意思，上头让来查的，我们也没办法，真的不知道这是您的房子，惊扰到'四小姐'，惊扰了您，该死该死。"

韩孝诚听着他的话，明显地感觉到怀里的秦静菲越发不对劲，于是，搂着她在沙发上坐下来。秦静菲靠在他的身上，整个人已是越来越沉。

"既然是上头让来查的那就查吧，我自然不会妨碍你们办公务，不过你可查清楚了,要是再敢这样的阵仗闯进来,我可就要换一种方式招待你们了。"韩孝诚道。

"是小的们不懂事,都已经看过了,方才连'四小姐'的房间都查了。"

带队的警长倒是识趣,见韩孝诚脸色很不好看,接连地赔着不是。

"这深更半夜的,闹出这样的动静,怕要真是有逃犯也早跑了,半夜不让人睡觉,我看你们才像是逃犯呢!"她嘀咕着,丝毫看不出身上的伤口已经巨痛起来。

"是是是,'四小姐',您消消气,韩少爷,对不住对不住,实在是打扰了,我们这就走,这就走,你们休息,休息吧。"

趁着韩孝诚还没有涌出怒火,那警长带着几个巡捕立刻离开了。

林正迅速关上了门,往楼上去安排那个被秦静菲藏起来的人。

秦静菲撑着身子坐起来,她感觉到伤口上的鲜血正在渗出来,很痛很痛。

"这些人敢这样闯进来,恐怕是有确凿的证据……"

"怎么回事?"他惊慌地看着她的唇色开始泛白,没有心情顾及其他,"伤口上的药换过了吗?"

她无力地看着他,道:"明天就请韩少爷送我回家吧,我想一个人静静地休息。"

在听到秦静菲想要离开的瞬间,韩孝诚的确是怒不可遏,看着她苍白的容颜,却什么都做不了。

"你就这么想要逃离我吗?"

她站起身,没有回答他的话,鲜血从单薄的白色衣服里渗出来,鲜红一片,她突然站不住,倒了下来。

42. 离合

夜幕降下来,一弯明月游走在稀薄的云间,柔光如水。

秦静菲从医院的病房里醒过来,身边依旧是韩孝诚在守着她。

"醒啦,医生帮你重新包扎了伤口,已经无碍了,但是你得静养。"他伏在她耳边轻轻说道。

大概是睡得太久的缘故,只觉得脑袋昏沉沉的,她挣扎着坐起来,把头靠在床架上,终于舒服了许多。

"饿了吧,我特地让人给你煮了鸽子汤,有益于结伤口,好得快些。"

汤放在保温桶里,盛出来的时候依旧是滚烫的。韩孝诚捞起一勺,吹一吹后才送到她的嘴边,她却别过头去,一口也没有喝,只是冷冰冰地说道:"何苦救我,我死了,你的怀疑和顾虑也可以打消了。"

韩孝诚知道她还在生他的气,所以一点也不计较地说道:"又说气话了。"

她却依旧认真道:"我说的不是气话,你实在没有道理把一个你不信任的人留在身边。"

无论她说什么,韩孝诚仍当她是没有消气,所以笑容未消,又捞起一勺汤,再次送到她的嘴边,哄道:"怎么还耍小孩子脾气,如果我做了什么让你不高兴的,以后再也不做就是了,都依你。"

她还是没有喝他手里的汤,只看向他,问道:"我要做什么你都依吗?"

他收回手,道:"只要你说。"

"我要回家。"

韩孝诚的脸色终于渐渐严肃起来:"不行,你的伤口完全没有好,回去也没有人能照顾你。"

"自然有。"她垂下眼眸,毫无底气。

韩孝诚的眼中流露出几分失望,却依旧试图掩藏道:"你在上海认识几个人我还不知道,不能出院。"

"那就麻烦你帮我告诉陈志卿,请他来接我出院。"

他眼中升起一股错愕,心里窝着的一团火,无处发泄。满腔的爱与怨何尝不是折磨着两个人。

她依旧倔强道:"我要离得你远远的,这样我就满意了,你也满意了。"

他苦笑一声，随之而来的是像陌生人般冷冰冰的态度。

"好……"

在那以后，她没有再见到韩孝诚。是林正帮她办理了出院手续，医生说伤口仍未痊愈，最好留在医院静养，可是她坚持要出院。

在家静养的很多天里，没有任何人来打扰。

直到这一天的深夜，两个影子趁着夜色，蒙上她的眼睛，然后捂着她的嘴，将她塞进了车里。

青龙会的审讯室她是十分熟悉的，头上的黑布被拿开，迎接她的是一盏有些晃眼的台灯。

渡边建一似笑非笑地坐在她的对面，她面对这张阴狠的面孔，即使猜到接下来会发生什么，也没有一丝害怕。

"不解释一下吗？"渡边建一终于开口了。

"解释什么？"

"豁出命都要救韩孝诚，你可真是让我刮目相看。"

她冷笑一声，早已准备好的那番说辞渡边建一大抵是不会相信的，可是总要试一试。

"韩孝诚早有准备，他换掉了提前预定好的房间，但是没有告诉我，还是让我在原来预定的房间里等他，相信这个信息渡边先生早就在饭店了解到了吧。"

渡边建一猛地站起来，走到她的面前，一把捏紧她的下颚，问道："既然韩孝诚不在那个房间，我们的狙击手又怎么会开枪？而我们派去的那个人，为什么会死在你的身边？"

秦静菲依然笃定道："就是她向我开的枪，我不省人事，什么也不知道。"

"很好。"他松开手，没有继续为难她，只下令道，"带上来吧。"

耳边响起一阵孩子的哭闹声，那孩子正被一个粗壮的男人扛在肩头，向着秦静菲走来，他不断地挣扎着，嘴里不停喊着："姐姐救我！救我！"

那一阵哭救声响起，秦静菲本能地冲过去，却被渡边建一身边两个魁梧的男人拦了下来，姐弟二人近在咫尺，她声嘶力竭地喊着欢欢，一声声都淹没在那孩子的哭闹声中。

她绝望地跪倒在地上,几近崩溃,她央求着渡边,不要伤害她的弟弟。

这样的秦静菲对渡边建一而言才是最有价值的。

"我说过,不要背叛我,我实在没有办法再相信你的话了,除非,你用你的行动告诉我,你依然忠诚于青龙会,忠诚于我。"

她仿佛是走在了绝境里,她知道什么东西可以救欢欢,但那样做便是将韩孝诚推入深渊。

男人拔出尖刀在欢欢的脸上游走,他无助而绝望的呼救声始终盘旋在她的耳边,她没有更多的时间去思考。

"洪门上海区的成员名单,我可以帮你拿到!"

原来心死是这样的感觉。

渡边建一放声大笑,暗杀韩孝诚本就是他试探秦静菲的一招,却得到了巨大的收获,韩孝诚果然就是他找了许久的"蜘蛛"。

"很好,我再给你最后两个月的时间。"

微风摇曳着绿叶,这是初春的上海。

玻璃窗被夕阳的余光染成淡淡的昏黄。窗外,是无数的人来人往,她坐在阳台前,远远地便看见一辆车停在门口,而从车上下来的人,是陈志卿。

他带来的大包小包的补品几乎堆满了整张桌子。

"我还给你带了你最喜欢的奶油蛋糕。"

"你真是有心了。"她心里感激他考虑得周到,却又实在没有什么胃口。

陈志卿不曾察觉出她的异常,脸上依旧堆满了笑容道:"为什么那么喜欢吃甜食?"

她的笑容有些不自然,她其实并不知道该如何面对陈志卿,答道:"因为听人说,吃了甜的以后,会忘记不快乐的事。"

"你身上的伤?"他看着她的脸色,并无异常。

"已经没事了。"

陈志卿看出了她的不自在,便直接将来意说明:"其实我今天来,是有一桩要紧的事要告诉你。"他推了推眼镜,说道:"我就要离开上海了。"

秦静菲一怔,问道:"你要去哪儿?"

"去法国,和孝茹一起走。"

"你们……"对于这个答案秦静菲依然很是震惊,可她不能多问什么。

"我们骗了家里,他们都以为我和孝茹是去法国结婚的。"陈志卿道。

如果刚才是震惊,此刻的秦静菲几乎是不能想象,她所认识的陈志卿竟然会做这样的决定。

"你们就准备这样走了?"她确认道。

"是,"陈志卿倒是一脸的轻松,他已经许久没有过这样的感觉了,"我早就不想留在那个家了。"

秦静菲依旧是不可思议的神情,问道:"那孝茹呢?她也愿意就这样离开家吗?"

"当然,她要去法国寻找她的自由,这丫头活得可比我潇洒多了。现在你是唯一知道这个秘密的人。"

她笑起来,心里不由得替他们庆幸,离开这里是最好的选择。

"我会为你们保守秘密的。"

陈志卿沉默了,他双眉紧皱地注视着她,又向她靠近了一步,郑重道:"就要走了,有句话还是要说,我会一直喜欢你,但是,我尊重你的决定。"

看着他有些咄咄逼人的架势,秦静菲笑了,长长地吐出口气,她点了点头,道:"志卿,真的很谢谢你,你像我的亲人,像哥哥,我永远都不会忘记你这个朋友的。"

他笑了,这才是最适合他们的距离。陈志卿从口袋里掏出一个泥人,交到她的手里,说道:"这个送给你。"

"好可爱的泥人。"

"是我小时候捏的泥人,本是要送人的,可是后来再没见过她。"

秦静菲接过去,笑问道:"那个和我很像的姑娘?"

"是。"

她仔细赏玩着那只捏得并不算好的小泥人,见泥人底部有个字,虽然歪歪扭扭,但完全可以辨认,她诧异道:"上面,为什么刻了一个邹字?"

"因为我原来姓邹。"陈志卿道,"祖母走的那年,家父因思念母亲,所以随了祖母的姓。"

"原来是这样。"她拿着那个小泥人,又看了片刻,问道,"什么时候走,我好去送你。"

"定了下个月。"

他们相视而笑,终于可以回归到好朋友的位置,陈志卿刚要说什么,却见秦静菲的眼神看向门口,突然定住。

门口站着的那个人,让她的脑海中不由得"轰"的一声炸起,她完全没有意识到自己眼神中闪过的惊喜,但紧接着就是失落。

站在门口的韩孝诚,正目不转睛地盯着他们。

四 不是结局的结局

窗外车水马龙,
穿过烟雨朦胧,
是谁的泪光转动,
惊醒了陈痛,
旧时影动,
泪滴梧桐,
说不完的姹紫嫣红,
都在故事中。

43. 起疑

秦静菲心中不由得一紧,有意识地避开他的眼神,不客气道:"你来干什么?"

韩孝诚深情地注视着她,他没有想到这竟是秦静菲与他说的第一句话,眼眸中的冷光越来越深,说道:"来看你。"

"我有什么好看的。"

他看了一眼她身边的陈志卿,紧接着她的话:"你的伤好了没有?"

秦静菲突然嘲讽般地笑起来,她在他毫无音讯的日子里等着他的到来,但此刻他真的来了,却更像是"自投罗网"。

"已经完全愈合了,所以,韩少爷请回吧。"

韩孝诚快步走过去,抓住她的一只手,猛力一拉,她顺势贴在他的胸前。那双黝黑而又深邃的眼眸始终锁着她,是毫不掩饰的恼怒:"别这么跟我说话!"

一时间,两人谁都没有说话,只有眼神交织着。

陈志卿盯着秦静菲被韩孝诚紧紧抓住的手腕,终于忍不住道:"请你放手,小菲她不……"

"滚开!"韩孝诚连看都不看他一眼,直接丢出这两个字。

面对他慑人的怒意,陈志卿依旧重复道:"韩先生,请你放手!"

"砰"的一声巨响,他的身体被猛力一推,直接撞在身后的桌子上。紧接着便是韩孝诚的怒声。

"陈志卿!你马上就要跟我的妹妹结婚了,什么事该做,什么事不该做,还要我提醒你吗!"

看着摔在地上的陈志卿，秦静菲无情地挥出几拳打在韩孝诚的身上，斥责道："韩孝诚，你太过分了。"

片刻之后，捏在她腕上的一只手终于无力地松开了……

"我过分？"他的眼中不禁挂起失望，"你们这么做就不过分吗？"

她转过身，嘴角勾起一抹苦涩的笑，道："不用你管我，免得我这里又发生什么不好的事，让你生疑。"

她知道她心中升腾起的所有愤怒和委屈都是无理取闹，所有一切与她有关的都是陷阱，她推走他，是为了瓦解他心中对她的最后一层防备。

"也好。"许久后，他才从齿间挤出这两个字。

直到听到关门声响起，她才突然一阵鼻酸。她抬起手，极力控制着情绪，却见手掌边缘殷红的渍迹，是血！

她愣了半晌，脸上慢慢浮现出震惊，那血是韩孝诚身上的！

"韩孝诚！"她冲出家门，慌忙跑出弄堂寻找韩孝诚的身影，留下身后不明所以的陈志卿。

"韩孝诚……"

他本来不想停住脚步的，直到秦静菲出现在他的身后，他才僵硬地回头。

秦静菲看着他的左手已经是鲜血淋漓，身上穿着的黑色西服上，也已经是湿漉漉的。她心里猛地抽了一下，眼睛突然模糊了。

"你怎么了……"

他脸上的冷漠因为她的泪水而被击垮。

"你不是讨厌我吗？"

她终于再也说不出话来。

她帮着林正一同将韩孝诚扶上了车。

车后座上，她清晰地感觉到韩孝诚几乎没有力气支撑他自己，大半的重量都压在她身上，她紧咬着下唇，连伤口在哪里她都不知道……

"不回庄园，去小公馆。"韩孝诚道。

"好，去小公馆。"她的眼里是止不住的清泪，此刻她像一个手足无措的孩子。

韩孝诚的唇色微微泛白,可是当他看着这样的秦静菲,嘴角却忍不住扯出一抹笑容,道:"我想和你两个人。"

韩孝诚昏昏沉沉地躺靠在她的身边,从林正的只言片语里,她只知道韩孝诚是在南京回上海的路上被人下了暗手,可对方究竟是谁,连林正也不知道。

秦静菲这才知,他失去消息的这些日子是在南京。

小公馆的房间里,秦静菲坐在床边,注视着脸色苍白的韩孝诚,此时,陈医生正在为他的伤口换药。

韩孝诚一边换着伤口上的纱布,一边紧紧抓着她的手,似乎是生怕一个疏忽,她就会逃开似的。

纱布沾着他伤口的血,已经有些发干,医生掀起纱布时,很明显地看到纱布牵扯着皮肉,秦静菲不禁一阵抖颤,不禁胡乱联想到他身上满身是血的情形。背上的刀伤很深,根本无法想象他是如何挺过来的。察觉到秦静菲的手心正在冒着汗,他笑着下意识地越发用力地握紧了她的手。

陈医生对此情形只当是视而不见,依旧十分小心地为他换上了新的纱布。

直到医生收拾好药品准备离开,秦静菲也想站起身跟出去,至少问一问韩孝诚的伤口究竟如何,可是他却拉着她怎么也不肯放手。

"不许走。"

他的目光难得这样温柔,语气更像是孩子般的乞求。看着他赤裸的上身包扎着厚厚的纱布,她一时间什么话也说不上来。

"其实早就已经不疼了,我刚才是看你不理我,故意吓你的。"他的额头冒着汗,他现在的话才是骗她的。

"我才没有关心你疼不疼呢,少自作多情。"她低下头削着苹果,不愿意让韩孝诚看到她正在打转的泪水。

自这一刻起,他们之间还余下两个月的时间。

黄昏,将暮。夕阳的最后一缕余晖也在慢慢消散。

秦静菲轻轻推开书房的门,韩孝诚正伏在书桌前忙着他的事,这是她第一次进入这间寻常日子里一直都是锁着门的书房,她用余光很快地扫了一圈屋内,她要的东西,应该就在这个房间里。

见是秦静菲进来,韩孝诚迅速放下手里的笔,起身向她走去,而秦静菲也立刻收回她的视线,落到韩孝诚的身上。

"找我?"

她垂下眼帘,不敢面对他,道:"你的伤已经没事了,我就先回去了。"

他不以为然,一把将她搂在怀中,孩子气般道:"不行,我不让你走。"

"我真的该回去了。"秦静菲试图拉开他双手,却反被他握在了手心里。

他猛地捧住她的脸,面向自己,怒目道:"秦静菲,你是不是瞎了,你到底是真的看不出来还是假装看不出来!"

秦静菲亦是毫不避讳地对上他的双眼,说道:"你要我看出来什么!"

"我喜欢你!你看不出来吗,我喜欢你!"

天崩地裂般的绝望向她袭来,她就快要分裂了,究竟是应该为韩孝诚的爱而感动得泪水不止,还是应该警告此刻的自己,这场爱是无望的,因为一开始就知道了结局。

"可我不喜欢你!"

冰冷的目光,坚定的话语,完全没有打消韩孝诚的满腔热情,他自信道:"不可能。你早就爱上我了,从你的眼睛里我就能看出来,你骗不了我的,我不会傻到连这点都感觉不到。"

只觉得唇瓣上忽然火一般地燃烧着,秦静菲的双手被他绊住,连呼吸的余地都没有,他一个用力,两个人便顺势倒在了沙发上,他的吻越发炽热,怀里是他真正想拥有的女人。

"我也很喜欢你……"

无助与绝望在这一刻一同涌上她的心头,一股撕心裂肺般的疼痛,那是她在警告自己,她所做的这一切都是假的,是骗他的。

晚餐过后,陆永贵从木子庄园回来,因为管家前几日来说,自韩孝诚从庄园搬出来住以后,韩孝慧的身子一直不大好,他便交代了陆永贵,带着陈医生前去问诊。

"看到大姐没?"韩孝诚问。

"看见了,大小姐脸色不大好。"

"陈医生怎么说?"

"还不是当年……"陆永贵忽觉不该提及过往,顿了半刻又道,"老毛病了,您不在的日子里,身体更不好。"

"大姐又想起往事了……"韩孝诚的眼中划过一丝心疼,道,"大姐有没有问起我什么?"

"倒是没有。"

心中像是被什么东西堵着一般,说不出话来。他看着窗外,半晌才道:"外头像是要下雨的样子。"

"是。"

"下个月,孝茹就要去法国了,我给她准备了一些东西还有一些钱,你替我整理好,到时候一并交给她吧。"韩孝诚吩咐道。

"是,少爷,我记下了。"

"舞后的终选,我记得是在这个周末,是吧?"韩孝诚问道。

陆永贵低着头,仿佛没有听到他说这句话。

"阿贵?"韩孝诚复又喊了他一次。

陆永贵这才回过神来道:"是的,是在周末。"陆永贵复又瞧了他一眼,问道:"少爷,还有别的吩咐吗?"

"没有了。"

陆永贵的异常总是瞒不住他的,才要走,就被身后的韩孝诚叫住。"阿贵,我看你最近这几天心事很重的样子,是出什么事了吗?"韩孝诚问道。

"嗨……我能出什么事。"陆永贵的神情一变,果然很是心虚。

韩孝诚只以为是陆永贵个人之事,所以关心道:"我还不了解你,心里一定是藏着什么事吧,有什么不能告诉我吗?"

"少爷,我……"他很是为难。

"有什么话就说。"

陆永贵从来没有欺瞒过韩孝诚,这一次也不会例外。他在心中又衡量了片刻，最终决定说出来："是有件事情，不能不告诉少爷。可是……"

韩孝诚渐渐意识到，陆永贵未曾言说的事应该与自己有关。

"你向来不是吞吞吐吐的人，到底什么事，赶紧说！"韩孝诚催促道。

"是关于杏花楼饭店……就是秦小姐受伤那天的事……"

恐惧感将他已经淡忘的那一切又拉回现实，他的整颗心都被提起来，说道："说下去……"

"那个倒在秦小姐身边的女服务员，是眉心的致命枪伤，按照您的意思，巡捕房那边对现场进行了很多次的勘查，已经认定，那一枪，应该是近距离射击所致。"

陆永贵的话犹如惊雷一般将韩孝诚所有的梦都击碎了。

秦静菲的声音突然在耳边响起，他问过她，身上的一枪是谁打的？她说，是那个服务员。他又问，那服务员身上的那一枪呢？她回答说，不知道，只知道子弹是从窗户打进来的。

他没有记错，她就是这样说的。

"近距离射击？"他不敢相信地又问了一次。

"是。"

韩孝诚沉默了。他点燃了一支烟，深深吸了一口。房间里雾气缭绕，模糊了他的面容，半晌，他才吐出一缕残烟。

除非那天在三〇二房间里有第三个人出现，否则那一枪就是……

他不敢再想下去。

"秦小姐会不会提前知道那里会发生什么，她难道就是我们一直要找的……"

"不要再说了！"他拒绝说穿这个真相，也不愿意去面对那个极有可能就是事实的猜测。就算她是又怎么样呢，她做的一切，是在救他。

陆永贵不肯罢休，道："少爷，如果她真的是，那么您还把她留在您的身边……"

韩孝诚狠狠抓起他的衣领，也逼着陆永贵放下那个念头。

"我告诉你，除非让我亲眼看到她开枪杀人，否则，我什么都不会信的！"

"少爷!"

"出去!"

陆永贵紧咬着牙关,最终没有再与他争执下去。

酝酿了一整个下午的大雨,终于在这个时候瓢泼落下,雨水打花了玻璃窗,只能隐隐约约看见窗前那张冷峻的脸。他就这样站着,看着漫天大雨吞噬一切,将他心中所有的幻想击垮。

44. 灭口

霓虹扫过喧嚣的街头,在黑夜中形成一道幻彩,像一场美梦,无人辨识这浮华背后即将到来的血雨腥风。

"不夜城"舞厅被上百支灯光打得如白昼一般明亮,所有人的目光都聚集在这里,秦静菲刚刚成为"不夜城"舞厅的第一位"舞后"。

她身穿一袭浅紫色西洋款长裙,正挽着韩孝诚在万众瞩目的舞台上走来。这是韩孝诚特意送给她的舞裙,穿在她身上演绎出的气质与神采叫人实在舍不得眨眼。

她能感觉到众人的目光,所以一颦一笑,极尽清秀典雅。

他牵着她一直走到舞池中央,一束束的光,笼在她的身上,柔光下,她是他眼中的千娇百媚,她的每一颦每一笑都散发着美。他的心中不免一阵钝痛,他再一次欺骗自己,她不会和青龙会有任何的关系,绝对不会。

"干嘛这样看着我?"

他的目光迷离,道:"你今天真漂亮。"

她笑道:"还得谢谢你送来的这件衣服,很合身。"

"等了这么久,终于把皇冠戴在了你的头上。"

她轻轻靠在他的胸膛上,道:"我也等了很久。"

近在咫尺,却各怀心事。他害怕得到那个答案,她恐惧面对他们的结局。

他忍不住拥住她，在她耳边轻声道："如果可以，我真的好想就这样和你一起，走着走着，我们就老了。"

她完全忽略了他情绪中的失落，只知道落在自己心头的钝痛，那样的未来还会有吗？

"我还不想这么快就变老。"

他的拥抱更紧了一些，道："好啊，那我们就慢慢地老。"

子夜即将到来，街上的霓虹渐渐熄灭，安静极了。秦静菲的手里捧着一大束花，在夜色的衬托下，显得她越发娇柔。

"我送你回去。"车子就停在"不夜城"的门口，如往日一般。

"好。"

他亲自为她开了车门，她才一脚跨出……

黑暗的夜，黑暗的街，黑暗的枪口，黑暗的预谋……

枪声没有防备地响起，鲜血飞溅，濒死的惨叫声穿透弥漫着血腥味的空气，仿佛是无法醒来的梦魇。

韩孝诚脸色一紧，他已经来不及将秦静菲推入车里，于是迅速将她拉到身后，两个人倚靠到车身边，一时间无法逃过。

林正也因为这一阵枪声，被阻隔在距离他们五米以外的藏身之处，无法再靠近。

陆永贵迅速从车上下来，与韩孝诚一同在车身旁靠着，这一刻，算上秦静菲，他们只有四个人，该如何对付那些人。

看着她满脸恐惧的模样，韩孝诚紧紧握住她的手，道："没事的。"

"都给我瞄准了开枪，谁杀了韩孝诚，明爷我重重有赏。"

那是赵显明的声音，韩孝诚阻碍了他的沿途生意以及他和日本人之间的利益往来，如今与青龙会沆瀣一气的他，当然有足够的底气对韩孝诚动手，这是他第二次下手，上一次是在南京。

陆永贵迅速扫了一遍周围的情形，转向韩孝诚问道："少爷，怎么办？"

"他们的目标是我，我有办法把他们引开，你带着菲菲走。"

"你不能去。"秦静菲忽然拉住他，是因为她分明看见，对着他们开枪的除了赵显明的人，还有青龙会的人。渡边建一竟然在等着她拿到名单的同时，根本没打算放过韩孝诚。

"放心，我不会有事的。"

话音落下，韩孝诚迅速换下弹匣，上弹入膛，然后蓦地从车身闪身出去。枪声如狂风骤雨般席卷而来。

枪光明灭，他的脸上交错着孤注一掷的狠决和杀气。

电光火石，人影混乱，枪声迭起，陆永贵根本没有按照韩孝诚的嘱咐守在秦静菲的身边。

秦静菲的耳边只有冲天的枪声，铺天盖地的黑暗遮蔽了她的视线，血腥味从这黑暗的最深处蔓延开来，不可阻挡地向她袭来。

一个人影突然向着她的方向而来，她绝望地看向四周，任何一个人都不可能在这短短的几秒内救下她。

紧接着，一把手枪不知从哪里快速地滑到了她的眼前，韩孝诚惊愕地看着陆永贵的这一举动，他给她枪？他要干什么，他想害死她吗？！

再之后，一片惨烈的枪声中，她忽然听到一声特别清晰的枪响，清晰到将所有的声音都掩盖了。一股突如其来的巨痛感令她目眩，她仿佛断线风筝一样，再也无力支撑起摇摇欲坠的身体。

另一声枪响随之而来，黑影在她的眼前倒下来。

这一切的发生，仅仅两秒。

他击毙了那个黑影，却看到倒在血泊中的她，一时间只有无穷的恐惧和全身都在叫嚣的血液，他奔向她，早已顾及不了四周还有多少个枪口正在瞄准他，他只有一个念头，她不能死。

林正一路掩护着他朝着秦静菲飞奔而去，子弹毫不留情地朝着他们飞来，林正不幸受伤，而另一个子弹也正巧擦过韩孝诚刚愈合不久的伤口，但那种疼痛已经不足以刺激到他。

一抹殷红刺痛了他的双眼。他几乎是整个人覆住了她已经瘫软的身体，然后大喊着她的名字，他很害怕她会突然睡着，再也醒不过来。

她的双唇开始泛起黑紫色，隆隆的枪声，让他几乎感受不到她的心脏还在跳动。他们就这样被困在了枪林弹雨之中，他们根本走不了，他只能眼睁睁地看着她的生命在一分一秒里流逝。

韩孝诚抱着她，记不得在枪林弹雨里等了多久，就在他以为，他们就要陷入绝境的时候，终于，法租界的巡捕车开来。他虚脱般地靠倒在墙上，而怀里的她，已经不省人事。

林正迅速将车子开过来，韩孝诚抱着已经昏迷的秦静菲上了车。

木子庄园是离"不夜城"最近的地方，此时的韩孝诚根本顾不得韩孝慧曾经说过的话，除却韩家媳妇，任何其他的女人都不可以跨进木子庄园半步，他只有一个念头，他不能让她死。

韩孝慧与韩孝茹是在睡梦中被惊醒的。此时的木子庄园灯火通明，陈医生很快赶来，手术就在木子庄园的某个房间里进行。

"韩少爷，请您在外面等一等，先找护士给您包扎一下伤口。"

"不用管我！"他的脸上笼罩着从未见过的寒光，他已经忘了身上的伤，只是不停地在房间外来回踱步，时间一分一秒过去，那扇阻隔着生与死的门似乎随时都会打开，向他宣布一个结果。

韩孝慧就站在二楼楼梯的转角处看着这发生的一切，这是她第一次见到自己的弟弟这样在乎一个女孩。她原本是想要做些什么的，大骂一顿韩孝诚，或者逼着他将秦静菲带走，但是这一刻，她突然做不到了。

见韩孝慧回屋里去了，韩孝茹迫不及待地下了楼。手术还在进行中，韩孝诚像失了魂一样地坐在那里，她完全不知道自己该帮着做些什么。

"二哥……"

韩孝诚缓缓抬起头看着韩孝茹，努力压抑着心中生与死的冲击。

"二哥，秦小姐不会有事的。"

他茫然地点点头，然后点燃一支烟，动作有些慌乱，眼眶的泪水越积越多，终于淌下来。他转过脸，用夹着烟的那只手迅速拭去。如果失去了她，就等于失去了他自己。

终于，房间的门打开了，陈医生的脸色不算好看，他的额头还冒着汗珠子，虽然子弹已经从秦静菲的身上取出，伤口也已经完整地包扎好了，可是她还没有完全脱离危险。

"菲菲？菲菲……"

韩孝诚看着她毫无血色的脸，她离他这么近，近到可以看清她脸上每一个细微的毛孔，可是却又好像很远，远到像是两个世界的人。

就在刚才，他差一点就失去了她。但也就是在那一刻，他放下了心中所有的怀疑和猜忌，无论她是谁，无论她为什么要接近他，对于她，他都不能放开了……

陆永贵一直跪在庄园大厅的门口，几小时前的一幕一遍遍地在他脑海里重演着，枪是他扔给秦静菲的，他知道她会用枪，那一刻他也不知道自己是怎么了，就是鬼使神差地要让韩孝诚亲眼目睹，她会杀人。

而他不知道的是，他的动作引来了隐藏在暗处的渡边建一的注意，他坐在车里，目睹着眼前的这场血战，如果赵显明能杀了韩孝诚自然最好，如果不能，再进行他的另一番计划也不迟。

陆永贵的这一行为是渡边完全没有预料到的，他几乎猜到了韩孝诚这一方的人对秦静菲已经有所怀疑，她一旦拿起了那把枪，身份就会彻底暴露，这样的特工等同于废人，倒不如在这之前了结她。是渡边让车里的狙击手对着秦静菲开的枪，然后扬长而去。

窗外的天逐渐亮了，秦静菲依然没有醒过来。

韩孝慧从楼上下来，见着眼前的景象，陈医生亦不曾离开半步，韩孝诚在客厅的沙发上一坐就是一整夜，佣人们进进出出忙着，不敢有半点差池。陆永贵依旧在门口跪着，韩家的每一个人几乎都在围着那个女人转。

忍无可忍的韩孝慧开口便责问道："阿贵已经在门口跪了一夜了，你没有看到吗？"

韩孝诚面色不改，连头都不抬道："没有人叫他跪着。"

韩孝慧顿时语塞，不禁将所有的责任都算在秦静菲的身上。

"阿贵跟着你这么多年，你问问你自己，他哪件事做得不尽心尽力，你现在为了一个女人，连兄弟之情都不顾了吗？"她责备道。

"这件事，大姐并不了解，就不要插手了。"韩孝诚冷冷道。

这句话无疑是在激怒韩孝慧。

"我也懒得插手这桩事，我只有一个要求，立刻让她走！"韩孝慧命令道。

韩孝诚终于仰起头，他没有想到，一向仁善的韩孝慧竟要为难一个性命垂危的人。

"大姐,你也看到了,她受了这么重的伤,能去哪里!"

韩孝慧没有半点要让步的意思:"她爱去哪儿就去哪儿,但这是我的家,我有权利让她离开。我说过,除非是韩家的媳妇,否则任何其他的女人都不可以踏进韩家半步,昨晚已经是破例了。"

"大姐……"

韩孝慧下定决心道:"她不走也可以,那我就只好派人把她送出去。"

无路可退的韩孝诚依然不打算服软,他苦笑一声,随之而来的是比刚才更冰冷的态度。

"谁都不许动她!我带她走就是了。"他喝道。

见韩孝诚这样强硬的态度,韩孝慧反倒有了一丝后悔,威胁道:"你听好了,今天你要是敢跨出去半步,你就不再是我的弟弟了。"

"大姐,对不起。"韩孝诚向着姐姐深深鞠了一躬,转身离开。他做出这个决定的时候,没有一丝的犹豫。

45.安稳

林正驾着车缓缓往小洋楼驶去,深度昏迷的秦静菲躺在韩孝诚的怀里,依然没有知觉。

他们就这样在小洋楼住了下来。

新一天的阳光,抹去了昨夜的种种。远处的光线安静而热烈,陈医生依旧不能依据秦静菲此刻的状态断言她可以醒过来,生死仍在一线之间。

"我真想杀了你!"林正抓起陆永贵便是一拳,完全不知情的他,根本无法理解陆永贵扔出一把枪给秦静菲的时候,是什么样的心态。

陆永贵只是怒瞪着他,没有反抗。

"不必忍着,要杀就来吧。"

林正挥上去又是一拳,吼道:"混蛋!秦小姐要是有什么意外,我一定不会放过你。"

"阿正!"韩孝诚大喝一声,林正这才放开手。

韩孝诚走过去,抓起陆永贵的衣领,将他从地上拖起来。

"别在这儿待着了,赶紧滚蛋!"

韩孝慧本是不叫他跟来小洋楼的,却拗不过陆永贵坚持,若是秦静菲醒不过来,他终究是要面对韩孝诚的。他"咚"的一声跪在地上,无望道:"少爷,是阿贵一时糊涂,才让秦小姐受伤的,阿贵对不起您,您想杀了我就杀吧,让我给秦小姐抵命。"

"你说的这是什么混蛋话!"韩孝诚恨不得一拳将他打醒,怒道,"你给我听好了,你是我的生死兄弟,她是我最喜欢的女人,我都不能失去。"

陆永贵颓唐地蹲坐在地上,没出息地声嘶力竭起来,那一句,他们是兄弟,风轻云淡,却坚定深厚。他应该是这个世界上最懂得韩孝诚的人,他不再试图去说服韩孝诚,他终于明白,即便此时的韩孝诚已经完完全全地识破了秦静菲的身份,也无关痛痒了。

此时,伺候在秦静菲身边的丫头,突然欣喜地往楼下喊道:"秦小姐有知觉了。"

韩孝诚立刻冲上楼,秦静菲还没有醒来,苍白的面容上依旧是疲倦。

厚重的窗帘阻挡了外头的光线,他拉开窗帘,一瞬间,阳光射进来,夺目刺眼。

也许正是那一丝光亮,让昏睡中的秦静菲一点一点有了意识,那是一个冗长的梦,身处一片旷野中的她怎么也寻不到来时的路。

那个熟悉的声音喊着她的名字,远远地飘在耳边,仿佛天地间只有她一个人,悬在半空,不能落地,然后是一摊鲜红的液体在冰凉的地面上蔓延开来……

她以为自己已经死了。

直到感觉到一股温热的呼吸喷在她的脸上,四周的冰凉慢慢散开,她缓缓地睁开眼睛,才发现,自己斜斜地靠在一个人的怀里,已经睡了好久。

"菲菲?"他试探着喊她的名字,心中的喜悦骤然到了极点,温热的液体在眼眶中打转，面对死神的掠夺，命运的天平最终倒向了他，这仿佛是上天的恩赐，她终于醒了，她活下来了。

昏睡了这些日子，她只觉得每一处的骨骼都变得异常僵硬，才挣扎着微微动了动身体，可伤口传来的那撕心裂肺的疼痛又让她不得不放弃那个念头。

她眼神虚弱地看着周围，她熟悉这个地方——小洋楼，韩孝诚的房间。

而这样的熟悉，让她安心。

"你一直守在这里？在等着我醒过来吗？"秦静菲吃力地问道。

"是啊，"看着她醒来，还是鲜活的一个人，韩孝诚心里不由得浮起一丝欣喜，忍不住与她玩笑道，"这些日子，我每天都躺在你的身边陪着你。"

"你胡说八道什么……啊！"秦静菲吃惊间，伤口的疼痛让她不由得低呼一声，无力地倒在他的怀中。

听到她低沉的呻吟，韩孝诚脸色一变，连忙问道："怎么了，是不是扯到伤口了？"

秦静菲能听出他语气里的焦灼和担心，身上那种疼痛难以忍受，她说不出话来，只是轻轻地喘息着。

韩孝诚的心中不由得涌上一股内疚，小心翼翼用棉球擦了擦她有些干裂的嘴唇，道："医生说，你要静养，你就住在这里，什么都不要想。"

她眨了眨眼皮，即便伤口依然疼痛，她依然凝起一股力气，问道："这次冲我们来的是什么人？"

"赵显明和青龙会，赵显明已经死了。"那一瞬间危机的情形又一次浮现在他的眼前，扑向秦静菲并朝她开枪的人正是赵显明。

"他早就想取我而代之，他跟青龙会做烟土生意，我烧了他在上海和南京囤放烟土的仓库，他自然忍无可忍。"韩孝诚道。

秦静菲轻轻地闭上眼睛，不叫他看穿她的心思，她清楚地知道，即便他与洪门毫无瓜葛，青龙会也不会放过他了。

"青龙会也不会罢休的，你不怕吗？"她还是忍不住提醒他。

窗外的天色渐渐暗下去，房间里没有开灯。

那双深黑如夜的眼眸流泻出骨子里难以掩饰的傲骨之气。

"怕有用吗,那我岂不是早就吓死了。"

她浅浅一笑,听着他强有力的心跳声,忽然间一股睡意上来,她努力克制着这股倦意,终于还是昏沉沉地睡了过去。

察觉到她已经睡熟,韩孝诚忍不住低头凝视着她的睡颜。他不受控制地抬起一只手,轻轻地抚摸着她的脸颊,感受着她的温度。他有点害怕她突然睁开眼睛,看见这样的自己,一定又想着要逃开他的怀抱。他开始觉得自己可笑,什么时候他爱上一个女人也要趁人之危?

外头的天已经黑透了,月色下的一切都是柔柔的。

她睡得很沉,很安心。

次日午后的时候,秦静菲只醒了一小会儿,韩孝诚亲自喂她喝了一点稀薄的菜粥,可她还是昏昏沉沉的样子,叫人担心。

陈医生对她的伤口再次进行了清理,又做了全身检查,他收起了听诊器,替秦静菲盖好了被子,终于松了一口气。

"怎么样了?"韩孝诚问道。

"韩少爷您放心,秦小姐已经没有生命危险了,等一会儿我再开一点消炎的药,按时服用,不会有什么大碍了。"

韩孝诚接着他的话问道:"伤口这边要不要再开一些药,我听她一直喊着痛。"

"韩少爷,止痛的药可是不能胡乱用的。"医生抬了抬架在鼻梁上的眼镜,似乎很能体会韩孝诚的担心,复又提醒道,"鉴于秦小姐的伤比较重,要是饿了,也只能喝些清淡的粥。"

"她流了那么多血,补药也不能喝吗?"

"是的,现在还不能喝。"

韩孝诚点头笑了,在这一方面他确实一无所知,他谢道:"我知道了,多谢。"

见秦静菲已经脱离了危险,韩孝诚亲自送陈医生离开,迎面便见一辆车向着他的小洋楼驶过来,这是家里的车,他很熟悉。

韩孝茹是瞒着韩孝慧偷偷跑来的,为他们送来一些必需品的同时,顺便来辞别。

"一忙都忘了你就要走了，明天哥去送你。"韩孝诚不免自责。

"你可别来，撞见了大姐又该起争执了，再说了，我又不是不回来了，干嘛弄得很伤感的样子。"韩孝茹嘴上虽是这样说，却早已哭得上气不接下气，这是少有的。

韩孝诚心疼地揉了揉小妹的脑袋，在他眼里，孝茹虽然只比他小了三岁，但终究是个小孩子。

"那你哭什么。"韩孝诚嘴上这样，却难掩心中不舍。

韩孝茹抱着他，久久不愿退开，早已哭成了泪人。她哭并非因为即将远走他乡，而是她做的那个决定，大概是她这辈子做过的最叛逆的一件事了。

"其实我去法国，我……我……"

韩孝诚见她吞吞吐吐，便知是大事了，不禁严肃道："说呀，你去法国怎么了？"

韩孝茹大哭一声，像是有满腹的委屈一般，道："我不是去和陈志卿结婚的！"

"你说什么?！"韩孝诚着实惊讶了，半晌才问道，"这事大姐知道吗？"

"当然不知道，要是让大姐知道了，那还得了。"这话一说完，孝茹的眼泪倒是止住了，除了还有一些哽咽外。

"你也知道！"韩孝诚忍不住戳了戳她的脑袋，又问道，"既然不是结婚，那你和陈志卿跑去法国做什么？"

她注视着韩孝诚，已经完全没有了方才的心理负担，吞吞吐吐道："我……我……我要和我的一个同学结婚。"

"什么同学？"

韩孝茹底气全无，交底道："法国的一个同学，他一直在等我。"

韩孝诚愕然大惊道："你要死啊。你嫁给法国人，大姐要是知道了，有你好果子吃。"

韩孝茹完全知道自己的这个决定有多叫人难以接受，所以讨好道："所以我才来找你嘛，等我在法国安顿下来以后，你再把这件事告诉大姐。"

"不对，"完全被她打乱思路的韩孝诚忽然问道，"你不是和陈志卿一同去法国吗,这桩事情他知道吗?"

从韩孝茹的表情里便可知,她早就计划好了一切。

"自然是知道的,反正他又不想同我结婚,去法国对他而言也是一种解脱。"

面对韩孝茹带来的一次又一次的惊愕消息,韩孝诚彻底懵了,说道:"你说他也不想同你结婚?!"

"你说呢,他心里想同谁结婚你又不是不知道,你还得感谢我,要不是我把他带走,秦小姐还不一定选择谁呢。"韩孝茹道。

"就凭他?"韩孝诚才要反驳,忽然意识到这是韩孝茹有意岔开话题的小伎俩,复又回到正题上,"别扯我,说你呢。你可真是让我大开眼界,只听说过一男一女为了爱情私奔的,没听说过一对未婚夫妻一块儿逃走是为了悔婚的,这不是小事啊!"

韩孝茹噘着嘴,带着几分哀求地看着他:"二哥,求你了,你帮不帮我嘛,这是我一辈子的幸福。"

"你也知道这是一辈子的事,还敢这么干!"他很少这样微带怒气地与韩孝茹说话。

"二哥,这回你要是不帮我,我就真的要成婚姻的牺牲品了。"韩孝茹求道。

韩孝诚面露难色,指责她道:"你呀你,让我说你什么好,你倒是学了大哥,瞒着大姐就把婚结了。"

眼角还挂着泪珠子的韩孝茹终于笑起来,她忽然很佩服自己,看惯了韩孝慧干涉婚姻的她,竟能做得出这样的决定。

"我不仅学大哥,我还学了你,你和秦小姐走到今天,难道还不能理解我吗?"

"别扯上我,"韩孝诚坐下来,他当然理解孝茹,"在婚姻这桩事情上,我们三个,包括大哥,确实都太不让大姐省心了。"

兄妹俩说着说着就笑了,笑着笑着又哭了。韩家的四兄妹中,孝茹是最像他的,是他教会了她能哭能笑的随性,敢爱敢恨的勇气,为什么要阻止她真正地去爱一次呢?爱本来就没有特定的法则,也从来不讲什么规矩,它兴致勃勃而来,就应该轰轰烈烈。他终究答应了孝茹帮她暂时瞒着韩孝慧,他可爱的小妹,应该幸福。

46. 爱情

半个月以后，秦静菲终于可以下地了。

安静的房间内流动着平静温和的空气。

阳光照进窗里，眼前朦胧的画面逐渐清晰，她闭着眼睛坐在窗前，重伤完全打乱了她的计划，她必须赶在渡边建一再一次动手之前拿到名单，她才有资格与他进行交易。而名单应该就在韩孝诚的书房里，她要尽快拿到书房的钥匙。

房间的门忽然开了，进来的是韩孝诚。

"他们说你醒了，今天感觉好些了吗，伤口还疼不疼？"

她微微一笑，道："嗯，已经不疼了。"

看着她渐渐恢复，韩孝诚心中不免安慰，说道："想吃些什么，我让人去给你准备。"

她说话的时候还是没有什么力气："不想吃，没什么胃口。"

"没胃口可不行，刚刚还说好些了，不吃东西怎么会好。"他的内敛在秦静菲面前早就荡然无存，就像哄孩子一样说着话，这是只属于她的最独一无二的韩孝诚了。

"我想躺一会儿，可以抱我回去吗？"她轻声道。

"当然。"

韩孝诚将她打横抱起，她靠在他的身上，这样亲密的动作以及她敏锐的感知，让她完全可以感觉到，他身上除了一把枪、一盒烟，还有两把钥匙。

韩孝诚将她抱到床榻上，替她盖好了被子，然后在床沿坐下来。

"你好像已经认床了。"韩孝诚眯缝起眼睛，坏笑着看向她。

秦静菲似乎读懂了他话里的意思，羞道："胡说八道。"

韩孝诚似乎十分享受她红着脸的模样，眼神变得越来越温柔，然后缓缓把她的面孔转向自己，道："只要你愿意，就做这里的女主人吧。"

秦静菲的心蓦然收紧，面对着他眼睛里盛满的深情和期待，她知道他在等，等她的答案。

她没有说话，只感觉到被他双手捧住的脸颊上的温度。她轻轻闭上眼睛，在他的唇瓣上轻轻一吻，然后退开。面对秦静菲第一次对自己这样主动，韩孝诚微怔了一下以后，未及她反应过来，他的手已经扣住她的后脑，无处可逃的秦静菲被他深深吻住。

这一股狂浪让秦静菲不由得一颤，无措间，不知究竟是该推开，还是靠近……

顾及到她身上的伤，韩孝诚才终于放开了她。

他凝视着她没有一丝表情的面孔，沉默了一会儿，说道："我不是一个贪心的人，但是遇到你以后，我就是控制不住地喜欢你，特别地想拥有你。"

这样霸道的话是每个女人都想要听到的。她双手环在他的脖颈间，依偎进了他的怀里，他的心跳声清晰地传来，她慢慢地闭上眼睛，感受着他身上的味道，她轻轻地问自己，她真的不爱他吗？

答案是，爱，很爱。

他抚着她鬓边柔软的发，然后紧紧地搂住了她，唇边不由得扬起柔和而又满足的笑容，道："菲菲……"

他低头吻上了她的唇，从温和变得迷幻，渐渐狂乱。

直到一阵敲门声很不合时宜地响起，他突然僵住，秦静菲慢慢地推开他的怀抱，看到他脸上的不满，她竟是忍不住笑起来。

"什么事？"

门外的人回应道："秦小姐的药已经备好了。"

他只能压下满心的不悦，道："送进来吧。"

离渡边建一给的最后期限只剩下一个月的时间了，也是她与韩孝诚最后的日子了，她知道的。她除了躺在这张床上以外，什么也做不了。

她曾想过所有的结局，唯独没有想到的是，她竟然会爱上他了。她始终记得初见韩孝诚时的景象，这大概就是她最终会爱上他的伏笔。

骗自己总要比骗别人容易些，她说服自己，更像是在告诫自己，即便在这场预谋已久的剧本里越陷越深，那也只是一场戏。可无论她怎么说服自己，意志力还是一点一点地在崩溃。

林曼的归来成了她绝望日子里，唯一的明亮。

"你该不会是？"她看着林曼已经隆起的肚子，不由得兴奋起来。

林曼的脸一阵通红,一只手覆在肚子上,满是幸福道:"已经四个月了。"

"我现在是不是应该叫你大少奶奶了。"她替林曼高兴,那种高兴里还夹杂着抑制不住的羡慕。

婚后,走出阴霾的林曼果然与过往更不同了,不再是那个跟在她身后的小妹了。

"还是叫我小曼吧,就像从前一样,什么少奶奶不少奶奶的,听得人怪不自在的。"

秦静菲紧紧拉着她的手,这样的日子恐怕不会再有了。

"能再见着你真好。"

林曼没有听出她话中的古怪,道:"我心里也一直记挂着你,孝诚的信里说你受伤了,我立刻就回来了。"

她们始终有说不完的话。

窗外的小雨伴随着春雷淅淅沥沥地下了一整天。一阵微风吹进来,空气中弥漫着花香与水蒸气,还夹带一丝丝青草的香味。

秦静菲的伤势逐渐痊愈,在韩孝诚的坚持下,她依旧在小洋楼住着。

这会儿,韩孝诚往康源百货去了。小洋楼里只余下秦静菲和两个伺候的佣人。

这对她而言是绝佳的机会。

听得外头什么动静也没有,她轻手轻脚地从二楼的房间出来,往书房走去。那头的光线极弱,她弯着腰,仔细研究着门上的钥匙孔,那是再寻常不过的门锁,她想着,如果不需要钥匙就可以打开的话……

她从发间取下一只细长的发夹,在钥匙孔里试了又试,却没有一点反应。

"秦小姐,您在做什么?"说话声在身后忽然响起,吓得她清晰地感觉到伤口处传来一丝疼痛。

她转过身来,逼着自己镇定下来,解释道:"我……我随便看一看,听着这门里像是传来什么声音,大概是因为外头风太大了。"

佣人警惕地看了一眼那门锁,并未有什么异常,这才安下心来。

"有什么事吗？"秦静菲问道。

"陈家的大小姐来看您了。"

陈婉仪的到来的确是秦静菲始料未及的，她坐在客厅里，俨然一副女主人的模样。

"听说秦小姐受了点伤，所以特意带了些补气血的药品。"桌上堆满了昂贵的补品，可这阵势完全不像是来看望病人。

"多谢陈小姐关心。"秦静菲已经将陈婉仪的来意猜了个大概。

"秦小姐不会打算一直在孝诚这里养伤了吧。"果然，她开口便直奔主题，这位自傲的陈家大小姐，何曾会将秦静菲这样的人放在眼里。

她流露出的是秦静菲最讨厌的眼光，所以秦静菲也不再与她客套："陈小姐有什么话，不妨直说。"

陈婉仪啜了一口茶，趾高气昂道："我的确不该在这个时候说这些，可秦小姐是知道的，我才是孝诚的未婚妻，我想没有任何一个女人可以容忍自己未婚夫的家里住着别的女人吧。"

"未婚妻？"秦静菲不可思议地笑起来，略带讥讽，"他有给过你这样的承诺吗？"

陈婉仪似是早有准备的，冷静道："秦小姐，我知道你的打算，你一个女孩子不容易，需要钱很正常，这点要求我都可以满足你，你不需要费那么大的力气去缠住孝诚的。"

秦静菲收起方才的笑容，面色变得有所期待："看来陈小姐今天是要带着很诱人的条件来与我交易咯？"

"要支票还是金条都随你选，或者是出国，去英国还是法国，我也都可以答应你，离开他，你依然可以过非常富足的生活。"

这是陈婉仪的条件，与不久之前韩孝慧的那番话竟是如出一辙。

"只有把我支得很远，你才安心吗？"秦静菲完全不为所动，"可是抱歉了陈小姐，你开出的这些条件根本不足以打动我。"

秦静菲的拒绝不在陈婉仪的意料之内。

"那你还想要什么！"

她的目光在陈婉仪的脸上停顿了片刻，问道："你怎么不问问韩孝诚他能给我什么呢？"

陈婉仪的心中早就已经骂了她无数遍，此刻更是难掩怒气："太贪心的话，你什么都不会得到的。"

"并非我贪心，而是在韩孝诚看来，他所拥有的就等同于是我拥有的，那可不是几张支票，几根金条就可以比拟的。"她缓缓站起身，是送客之意。

而当她拿这些话搪塞陈婉仪的同时，也不禁为自己庆幸，被这样的男人爱过一场，也算得此生之幸吧。

"可别敬酒不吃吃罚酒，不管孝诚跟你说过什么，他铁定是要娶我的，这是韩大小姐亲口答应的，你是什么样的身份你自己很清楚，何必苦苦挣扎。"

她苦笑着往楼上去，完全顾不上陈婉仪说了什么，没有半点要再争辩下去的意思。所有的结局只有她自己知道，陈婉仪想要毁灭的那个她与韩孝诚所谓的未来，根本就不可能发生。

窗外，大雨倾盆而下，夜风猛烈，疯狂地嚎叫着。她坐在窗边，听着窗外的风声雨声，这恐怕又是一场无眠之夜。

"怎么还不睡，忘了大夫说过，你下床的时间不能太久的。"韩孝诚是见着门缝里还亮着灯，才特地进来的。

她悠悠地转过头，目光灼灼地注视着他，道："我知道。"

而她的异常让韩孝诚的心中不免划过一道不安，他问道："怎么了？"

"不知道为什么，突然很想等你回来。"秦静菲缓缓靠近他，轻轻地依偎在他的胸膛上。她喜欢这样，因为只有这样，才能清晰地感觉到他的心跳。

对于秦静菲这样突然的殷勤，韩孝诚的笑容越发温柔，他情不自禁低头吻住她，道："原来是想我了……"

"嗯……"

秦静菲微微勾起嘴角，然后缓缓地抬起头，眼神温柔地看向他，道："孝诚……"

"嗯？"他低头，对上她的眼睛。

她的双手环在他的腰间，大概是因为陈婉仪的刺激，也或许是她想尽快完成任务。

"我不想再伪装自己了，我会因为你的开心而开心，也会因为你的难过而难过，看到别的女人出现在你身边的时候，我会在心里小声地骂你……我终于明白了一件事情。"

"什么事？"韩孝诚心中已是万分欣喜，他迫切地想知道答案，但他更希望听到秦静菲亲口说出来。

她的脸又一次贴到了他的胸膛上，道："我爱你，真的很爱很爱你。"

说完这番话的秦静菲淡然得很，静静地等待着他接下来的反应。

韩孝诚没有说话，愣了几秒钟以后，忽然大笑起来，那仿佛是他这么多年来遇到的最满足的事，他紧紧拥住怀中的人，不停地低喃着："我就知道！我就知道这一天一定会来的！"

他的大喜却是她的大悲，一张天罗地网已经布下。秦静菲扬起眼帘，深情地看着他。除了她自己，没有人知道，这番情绪究竟是真的，还是酝酿而得。又或者，这所有的甜言蜜语，也不过是引他入局的一出戏。

两个人的身体紧紧地契合着，他的鼻间萦绕着的是她身上的淡淡香气。呼吸在急促又灼热间，越来越缠绵。

他爱她，爱到了骨髓里。

夜半时分，窗外的大雨早已经停了，远处隆隆的雷声依旧清晰。

躺在身边的韩孝诚已经熟睡。她蹑手蹑脚地下了床，在黑夜中一番摸索，终于从他的衣袋里拿到了书房的钥匙。

她去过那间书房，里面是十分简洁的布置。书架上堆满了不大翻看的书，上头有一层薄薄的灰尘。她判断她要的东西应该在他书桌的屉子里。

书桌只有两个屉子。她仔仔细细地翻找了两遍，竟是一无所获。

47．合谋

渡边建一是亲自登门来拜访陈应雄的。自认已与韩家攀亲的陈应雄与往日大为不同，他并不欢迎渡边的到来，生怕引来韩孝诚的误会。

一番客套的开场白过后，渡边建一不顾陈应雄冷淡的态度，便直奔了主题。

"十一年前，木子庄园大火，程宗耀一家四口全部葬身火海一事，陈先生可知道？"

陈应雄一怔，尽管他极力地掩饰着，但依旧可以看出他神色中明显的慌张。

"当然知道，确实是太惨了。"

渡边建一似笑非笑地看向他，更像是在试探："那场大火来得蹊跷，即便十几年过去了，依旧牵动人心啊，连韩孝诚最近也开始追查起这桩陈年旧事了。"

渡边没有骗他，韩孝诚的确是瞒着所有人在暗中彻查这桩事。

"是吗？"陈应雄的神情变得相当不自然，显得有些慌乱。

"你对这桩事就不好奇吗？邹先生？"渡边的重音有意识地落在最后三个字上，等待着陈应雄的反应。

他竟称陈应雄为邹先生？

陈应雄果然愣在那里，一时间所有的表情已经荡然无存，取而代之的是无限的惊恐，现在他唯一能做的就是否认。

"渡边先生……"

"邹先生如果一定要否认的话，到时候韩孝诚一旦有了什么证据，我就会很难办，说不定他已经有证据了。"渡边的脸上始终挂着真诚的微笑，然后将一张老旧的照片推到陈应雄的面前，那是他当年还未到上海时的旧照。

陈应雄拿起那张依然清晰可辨的相片，止不住地颤抖起来，十几年前的那一晚，冲天的火光再一次出现在眼前，他的罪行不可能随时间而消逝。

"我要告诉你的是，程家的那位小姐还活着。"渡边建一道。

大惊之下的陈应雄深深吸了一口气,强作镇定,冒着冷汗的双手不禁握紧。

"活着?程家女儿现在在哪儿?"他的声音却有些发颤,潜意识告诉他,这个女孩子或许就在他的周围。

"陈先生是见过的,"渡边的笑容很值得玩味,"就是'不夜城'的那位'四小姐',怎么样,想不到吧?"

陈应雄愣在当场,他迅速反应到的是,韩孝诚难道就是为了她才会彻查当年的往事?

正得意的渡边喝了一口茶,笃定道:"邹先生一定不希望韩孝诚查出当年那场大火的起因吧,当然,我们也不希望看到这样的结果。"

恐惧未散的陈应雄并未答话,只听渡边建一又说道:"青龙会不仅可以帮你了结了这桩事,还可以让你取韩孝诚而代之。"

陈应雄苦笑一声,他听明白了渡边的话外之音,与青龙会合作成了他唯一的选择。

"如何取而代之?"

"程家的大火,为什么不能与韩家有关呢?"

陈应雄瞬间领会了他的意思,这自然是一个再好不过的主意,可是他还是犹豫道:"只是……"

渡边建一当然知道陈应雄的野心,也知道他此刻的犹豫不过是因为他自认与韩家已经结亲,若是韩家倒了,对他而言未必是件好事,但这个顾虑很快就被打消了。

"还有一个要紧的消息。"

惊恐未定的陈应雄对这样的话已经难以招架,问道:"何事?"

他的神色不免叫渡边有些看轻他,难怪他不是韩孝诚的对手。

"听闻贵公子志卿少爷与韩家的孝茹小姐去了法国?"

"正是,他们是去成婚的。"

渡边建一取出一张印有中、法两种文字的文件,递给陈应雄,道:"我也是刚刚得到的消息,韩小姐确实一到法国就结婚了,不过,新郎不是陈少爷,而是个法国人。"

惊愕的陈应雄,一时间说不出话来。他一遍又一遍地看着手中的那张纸,试图找到其中的破绽,却未能如愿。

"这……这不可能的……"他渐渐冷静下来,侥幸想着,这极有可能是青龙会的离间之举,韩家总不至于拿婚姻大事来开玩笑。

渡边建一假意不平道:"看来韩家兄妹几个,都不曾把陈先生放在眼里啊。"

陈应雄颤抖着双手,他得到的一切本就无法承载他的野心,而这一次,是韩孝诚,是整个韩氏逼他走上绝路的。他宁愿向日本人低头,也要毁了韩氏。

"听渡边先生的就是了。"简短的几个字,即将改变一切。

陈应雄将渡边建一送出去的时候恰遇跌跌撞撞走进来的陈婉仪,她身上有浓烈的酒气,眼神恍惚地看向前方,完全忽略了渡边建一的存在。

她依然在笑自己的傻,过多的期望大多以失望为结局。

就好比几个小时以前,她以为韩孝诚突然的邀约或许是因为他已经回心转意,可是他说,他把她当作妹妹,就像孝茹一样,除此之外,无法再给她更多的承诺。陈婉仪终于醒悟,一厢情愿的爱,是得不到回应的,他们不可能有未来。

"这位是?"渡边建一看着此刻已经醉躺在客厅餐桌边的陈婉仪,倒是提起了兴致。

"我的女儿。"

"哦?"渡边建一笑起来,"韩孝诚的未婚妻?"

未等陈应雄回答,陈婉仪猛地站起来,借着酒力愤愤道:"别跟我提韩孝诚!我才不是他的未婚妻,我恨他!恨他!"

"他真的要和那位'四小姐'在一起了?"渡边建一这样问着,没有人会想到,这位"四小姐"就是他亲自指派到韩孝诚身边的。如今全盘都握在他的手里,是必胜的把握。

"他们会有报应的。"话毕,便是陈婉仪无止尽的疯笑。

送走了渡边建一,心事重重的陈应雄一转身,便撞上了立在他身后的陈婉仪。

陈应雄忍不住责骂道:"怎么还站在这里,喝了这么多酒,尽说些丢人的疯话。"

陈婉仪完全收起了方才的醉态，十分清醒地说道："刚才你们在里面说的话，我都听见了。"

陈应雄一怔，问道："你没喝醉？"

还未等开口，愤恨的泪水已经夺眶而出。

"爸爸，他们是日本人，有一天他们会输得什么都不剩，到时候他们可以走，但你走不了，你会留在这里，替他们受所有的谴责。"

"爸爸已经没有退路了。"这时候的陈应雄或许是有一丝后悔的，可是当年的罪行已经成了别人的把柄，只能一步步往下走。

陈婉仪依旧拦着他的去路，方才渡边建一与陈应雄的每一句话都印在她脑海里。

"爸爸，十一年前，你究竟做了什么？"

陈应雄欲言又止，只道一句"再也不许问这样的话"，便撇下她，径直往屋里去。

青龙会针对整个韩氏的打击终于开始了。

贺启楠是在毫无预兆的情况下被捕的，渡边建一早已察觉他就是隐藏在青龙会中的洪门"三爷"，留着现在抓捕他，是在等一个最好的时机。

"告诉我，这是什么？这是什么！"

方庆生万万没有想到，他最信任的兄弟，从一开始就不是与他站在一线的。而此时，他拿在手里的是贺启楠两周前寄出去的一封信，竟落到了渡边建一的手里。

"信啊。"贺启楠轻描淡写道。

方庆生青筋暴起，克制着即将爆发的情绪，道："信？写给谁的信？"

贺启楠依旧理直气壮道："写给我姐姐的信。"

方庆生将那封信展开在他的眼前，问道："那我问你，为什么要用这样的纸？"

贺启楠未曾抬头看一眼展开在他眼前的信纸，只道："这是很普通的信纸，有什么用不得的吗？"

"说得好，这确实是很普通的信纸，可是对你来说它就不普通了，纸上面的格子让每一个字都对得整整齐齐，横着看，竖着看，甚至对角看，都可以成句。上面的内容，很快就会被我们知道了。"方庆生咬牙切齿地说着每一个字，为什么背叛的人偏偏是贺启楠。

"既然看出来了，那就别白费功夫了，青龙会的手段我很清楚，来吧。"贺启楠知道自己已经没有逃脱的机会了，只求一个痛快。

方庆生终究下不去手，道："你是我的兄弟，我给你一个机会，你自己说，只要你都说出来，你还可以重获自由，不会遭罪的。"

这样的话贺启楠听过很多遍了，每一个坐在这里的人都听过这样的话，于是嘲讽般地笑道："我怎么可能跟你这样的人做兄弟？至于机会，我已经说过了，我没有什么要说的，要杀要剐，随你们便吧。"

他的确没有什么要说的，青龙会对一切都了如指掌。此刻唯一遗憾的是，他无法将自己被捕的消息送出去了，不知情的"蜘蛛"若是再跟他联系，一定会暴露。

初春，天尚未大亮，蒙蒙的雾气笼罩着每一栋建筑。

秦静菲睁开眼睛的时候，韩孝诚正躺在她的身边，全神贯注地看着她方才熟睡的样子。第一缕阳光正透过窗帷，漫在她的脸上。

"你在看什么？"她在朦朦胧胧间问道。

韩孝诚轻轻抚着她额前的碎发，道："每次我特别想你的时候，总是想不起你的样子。所以要一直一直看，这样就能把你的样子刻在脑子里了。"

她笑起来，逐渐清醒："你就是这么会哄人。"

"我没有在哄你，我对你说的每一句话都是真的。"韩孝诚在她的额头上轻轻一吻，道，"要不要把囡囡接过来，陪你一阵子？"

一阵子……此刻的韩孝诚并不知道，她可以在他身边的日子不超过一个月。

秦静菲其实没有什么兴致，却还是要佯装出一些惊喜的样子。

"这个主意倒是好，囡囡会欢喜的。"

"既然你喜欢，明天我就派人去办。"

她靠在他的怀里，泛起丝丝心疼。

"你真好。"

"我呀，还有更好的一面。"

他的身体覆过来，欲要吻上她的唇，却被本就防备着他的秦静菲无情推开。

"我还要你答应一件事。"

"你说。"

"过些日子，我还想回'不夜城'唱歌。"秦静菲的确在征求他的意见。

韩孝诚不解道："为什么？"

"突然离开，会舍不得的。"

他好像找不到拒绝的理由。

"好吧，只要你的伤快快好起来，你说什么我都答应。"

"那……那……"

"什么？"

"要是我想住回去呢？"她本是要直截了当地问他关于名单之事，可是话到了嘴边又咽了回去，此刻倒成故意撩逗他了。

韩孝诚果然瞪着眼睛道："不行。"

秦静菲白他一眼，道："霸道，连我自己的家都不让我回。"

"有我的地方才是你的家。"

他紧紧拥抱着她，在这个初春的清晨。

挂在她链子上的那只戒指从她的颈间滑落出来，正好落在他的手心上。

"这条链子你戴了很久。"

他想起初见这条链子上的那只戒指时的场景，不由得又燃起一股歉意。

"是啊，"秦静菲看着那只戒指，不禁想起了往事，"上面的这只戒指是我妈妈留给我的，当然要一直戴着。"

韩孝诚一惊，戒指上面的花纹是他熟悉的图案，所以当日，在他见到这只戒指被留在庄园的书房门口时，会那样肯定秦静菲是有意接近他的，而这个判断似乎是错的，她好像并不知道戒指上花纹图案的出处。

"你说这戒指是你妈妈的？不是你特意去打的？"

"你想什么呢，我为什么要特意去做一枚戒指呀？"

韩孝诚突然语塞，只搪塞道："因为……这个花纹太特别了……"

48. 血缘

这是囡囡头一回来到韩孝诚的小洋楼，所以觉得各处都是新鲜的。

"小菲姐姐，你为什么和孝诚哥哥住在一起呢？"她揉着小脑袋从柱子后面探出来，眨巴着眼睛等着秦静菲的回答。

秦静菲一愣。

"因为……"她好像答不上这个问题。

韩孝诚看一眼为难的秦静菲，笑着向囡囡道："因为，我们是夫妻啊。"

囡囡两只小手捂着嘴，惊讶道："夫妻？就是结婚的意思吗？"

韩孝诚一把抱起囡囡，道："囡囡真聪明，就是这个意思。"

"小菲姐姐，你怎么脸红啦？"

囡囡这样一言，秦静菲更是羞极了，韩孝诚亦浮起柔柔的笑容，看着她，满是心疼。他对秦静菲的暗中调查在几天前终于有了结果，她程家大小姐的身份，她的经历，慢慢地在他眼前铺陈开来。

正在他想得有些出神的时候，门外，韩孝慧的车已经到了。

韩孝诚脸色突变，为避免引起不必要的冲突，便要秦静菲带着囡囡往二楼去，却已经来不及了。

"一个都别走！"

韩晓慧快步走进来，囡囡立刻躲到了秦静菲的身后，孩子很害怕。

"大姐……"韩孝诚拦在韩孝慧的面前，他竟对他的姐姐有了一些防备。

"若不是因为这件要紧的事，我是不会来的！"她愤愤地瞪着他身后的秦静菲，最后将目光定在韩孝诚的身上，道，"我问你，孝茹已经跟一个法国人结婚了，这件事你知道吗！"

韩孝诚没有打算要否认："知道。"

话音才落下,只听得"啪"的一声,韩孝慧一掌落下,在韩孝诚的脸上留下几道红痕。然后又一次将所有的责任都归结到了秦静菲的身上。

"都是因为这个女人,自从她来到你的身边,你看看这个家,都成什么样子了!"

韩孝诚依旧挡在秦静菲的面前:"大姐,我们总该讲一些道理吧,这件事情跟她又有什么关系。"

"鬼迷心窍了你!"韩孝慧颤颤地指着韩孝诚,似乎她是一个被完全割裂在局外的人,"我管不了你的事了,但你必须把我的孝茹还给我!还给我!"

角落里忽然传来孩子嘤嘤的哭声,哭喊着要回孤儿院的囡囡引来了韩孝慧的瞩目。

秦静菲安慰着囡囡,她却越发伤心。

韩孝慧的反应极是奇怪,她愣了许久,目光始终在囡囡的身上。

"这孩子是谁?"

"大姐……"韩孝诚挡在韩孝慧的面前,唯恐她失去理智,引来孩子更多的恐惧。

韩孝慧完全没有收起方才的敌意,一步步向囡囡靠近,问道:"小姑娘,你叫什么名字?"

囡囡本就有些害怕,这会儿被韩孝慧这样盯着问话,自然再也憋不住情绪,已是哭得昏天黑地。

韩孝慧看着她脖子上那条熟悉的钥匙挂件,忍不住流下眼泪来。

"小姑娘,你别哭,你告诉我,你身上的钥匙是谁给你的?"

囡囡下意识地护住胸前挂着的那把钥匙,依旧躲在秦静菲的身后。

韩孝诚忽然意识到韩孝慧会有这样的反应绝不是冲着秦静菲而来。

"大姐,你别逼孩子,你想知道什么,我帮你问。"

"那个钥匙……"她指着囡囡胸前的那把钥匙,眼前一黑,瘫倒在了地上。

虚虚实实的画面里,依旧是多年前的景象。如果那年贺启楠不曾加入青龙会,韩泽鸿又怎会将襁褓中的孩子送走,作为母亲,她唯一能做的便是将那把并不值钱的钥匙挂件挂在孩子的身上，只求等着韩泽鸿消气后，还能将孩子接回。

在这之后，韩家也不再承认贺启楠与韩孝慧的婚约，而孩子被韩泽鸿派人送走后，收养的那户人家也是人去楼空，再也没有音讯。

她挣扎着从梦中醒来，天色已经暗了，守在她身边的人是韩孝诚。

"大姐，你醒啦？"

一阵胀裂开来的头痛过后，韩孝慧下了床，就要往门外冲去，韩孝诚知道她是冲着囡囡去的，率先挡在了门前。

"大姐要做什么？"

"我的事，不劳驾你管了。"

"那个孩子以前受过惊吓。"他很不愿意提起这样的事情，但这有必要告诉韩孝慧。

"她脖子上……钥匙……我认得的。"韩孝慧紧紧抓着韩孝诚，很艰难地说完了这些话。

韩孝诚几乎不敢相信，猜测道："所以，她是……"

情绪尚未稳定的韩孝慧依旧浑身颤抖着，这明明是她人生中的大惊喜，如今却不知道该怎么面对。

"钥匙是我亲手挂上去的，所以她一定是……"

韩孝诚劝慰了许久，韩孝慧才终于肯先回木子庄园去。而此刻的韩孝诚亦是既兴奋又觉得不可思议，囡囡竟是韩家的孩子。

他将这事告诉秦静菲的时候，依然觉得像是在做梦，这世间的缘分实在奇妙，兜兜转转，失去的都会回来。

"该怎么把这事告诉囡囡？"

他想了一想，道："再等等吧。"

次日的清晨，韩孝诚前脚离开，韩孝慧便出现在了小洋楼。她静静地坐在客厅，完全没了昨日来时的敌意。

秦静菲抱着囡囡下楼来的时候，着实有些惊讶。

"我特意叫厨房做了些好吃的，还有一些补身子的汤，你身上的伤还在恢复期，不能疏忽。"她说这些话的时候十分不自然，她没有要服软的意思，只是为了感谢秦静菲这几年对囡囡的照顾。

"谢谢……大小姐。"秦静菲无措道。

囡囡依旧躲在秦静菲的身后，不愿意靠近韩孝慧。

她看着囡囡，忍不住泪水打转，心疼地讨好道："囡囡过来吃早饭好不好？阿姨带了好多好吃的。"

囡囡从秦静菲的身后探出一点点脑袋，依然有些害怕道："可是……我想和小菲姐姐一起吃早饭。"

小孩子是很好哄的，尤其她们还有血亲，那是冥冥之中的牵连，囡囡很快对韩孝慧卸下了防备。

餐厅里，韩孝慧从来没有想过她会这样心平气和地与秦静菲说话。当然，秦静菲会为毫无血缘的囡囡做那么多事，也是她没有想到的。

"我听孝诚说，去年，囡囡得了一场大病。"她的眼中闪过一丝泪光，那是为母之人不由自主的心疼。

"是，不过好在没留下什么病根。"在这一句轻描淡写的背后，秦静菲是付出最多的人。

"是你四处筹钱，为她治病。"

秦静菲微微一笑，她不需要韩孝慧的感激。

"我喜欢这孩子，不忍心看她受苦。"

这是第一次，韩孝慧对秦静菲产生了一些好感。

"谢谢你秦小姐，我心里感激你。"

秦静菲微微一笑，似乎还是不敢相信囡囡是韩孝慧的孩子。

"韩小姐不必感激我，我是真心喜欢囡囡的。"

韩孝慧心中划过一丝歉意，说道："我问过医生了，你身上的伤还在恢复，这里的条件终究不比庄园，秦小姐不如跟我回庄园吧，再说了，囡囡离不开你，我也不好强行把她带走。"

秦静菲自然是心动的，木子庄园……那曾是她的家，而如今比这个更要紧的是，小洋楼没有她要的东西，名单或许在庄园里。

"就听大小姐的安排吧。"

直到傍晚，韩孝诚才得到秦静菲被接去了木子庄园的消息。他回到庄园的时候，是极度紧张的，但眼前的景象让他完全愣住了。韩孝俊、林曼、大姐、囡囡包括秦静菲正围坐在一起用晚餐，他悬着的一颗心终于平静下来，如果以后的每一天都是这样的日子，该多好。

此刻，秦静菲所在的房间，是她最熟悉不过的，那曾是她住了好些年的房间。透过窗户，正好可以看见花园的一角，她记得那里曾经有一个秋千架。

她看着这里熟悉的一切，开始倒计时，还有二十天不到的日子。她几次想要向韩孝诚摊牌，可是话到嘴边还是收回了。他爱她的程度真的足以让她自信到说出自己青龙会特工的身份吗？

韩孝诚轻轻地从门外进来，小小的动静足以将秦静菲的思绪拉回。他从身后紧紧抱住她，方才的美好始终挥之不去，以至于让他更害怕失去。

"这一天我等了很久。"其实，他等着秦静菲告诉他一切，尽管他已经完完全全地知道了。

"等什么？"

他的头埋在她的脖颈间，问道："你可知道，大姐亲自把你接来木子庄园，意味着什么吗？"

"什么？"她其实知道韩孝诚的意思，可是那样的一天，她是等不到的。

他的吻落在她的脖颈间，说道："我们会结婚。"

这句话听来甜蜜，可她的笑容却十分苦涩。

"如果……如果我做了不好的事，你还会想娶我吗？"

"当然，无论你做了什么，"他将她抱得更紧，"所以如果你心里藏着什么事，一定要告诉我。"

怀里的人没有丝毫的反应，深深的恐惧感浮上他的心头。

"你会离开我吗？"他又问，更像是试探。

那仿佛是一种心照不宣的痛苦，她转过身，靠在他的肩头，答道："当然不会。"

那天的阳光格外好，上海的初春很少有这样烈的日头，竟有了些晚春的暖意。

林曼说特别想吃葡萄，韩孝俊笑起来，看来肚子里的是个男孩，他可能得不到一件小棉袄了。

可是，那个季节是没有葡萄的，他亲自去集市挑了些发青的樱桃，连摊贩都笑他，发青的樱桃是酸的，他笑着说，他的太太想吃酸的。

也就是在这一天，提着一袋青樱桃的韩孝俊被送进了青龙会的优待室。渡边建一笑脸相迎，这是他设下的陷阱，以贺启楠的名义引诱"蜘蛛"上钩，果然颇见成效。

而他唯一判断错误的是，"蜘蛛"不是韩孝诚，而是韩孝俊。

"'蜘蛛'先生，你好。"

韩孝俊坐在那里从纸袋里拿了一颗樱桃咬在嘴里，那果子果然酸极了，他想着林曼应该已经等着急了。

"真是不好意思，没想到还是惊动了渡边先生。"韩孝俊没有打算浪费时间去否认他的身份。

渡边见他的脸上和手上都已经负伤，看来在带回青龙会的时候也经历了一番挣扎。

"跟你们说过多少次了，对待我们请来的客人，要有礼貌，对待我们的对手，更要有礼貌。"

方庆生愣愣地站在渡边建一的身边，韩家的大少爷，林曼的丈夫，竟是洪门的人。

渡边建一完全是一副胜利者的姿态："请恕在下眼拙，和'蜘蛛'先生也算是打过多次交道了，竟然没有看出您的与众不同。"

韩孝俊面无表情地坐在那里，直接开门见山提出要见韩孝诚，在这之前，他什么也不会说的，渡边建一很爽快地答应了他的条件。

49. 恐惧

收到消息的时候，林曼几乎昏死过去。韩孝俊是洪门的成员，是青龙会要铲除的人，也是他们口口声声说破坏中日共荣的罪人。

这里早已不再是昔日的上海滩，这里已经是青龙会一手遮天的地方，没落的气息肆意飘摇，吞噬着摇摇欲坠的梦。

"大哥。"韩孝诚是在青龙会的优待室里见到的韩孝俊，已经没有谁会因为他的面子而对韩孝俊心慈手软。

"好好照顾你的嫂子，让她别为我担心。"这是韩孝俊交代弟弟的第一句话。

"放心吧大哥，我会的，他们没有为难你吧？"

韩孝俊摇摇头道："他们说，我是洪门的人，还问我要名单。你是最清楚的，你的大哥只会写诗。"

韩孝诚似乎明白了什么，话里应该有他要交代的要紧事。他若有所悟道："当然。"

韩孝俊微微点头，这是兄弟间的默契。

"所以记得，书房里的诗集一定帮我收拾好。"他补充道。

"我会的。"

他将一切的希望都寄托在韩孝诚身上，他知道他们的谈话一定会被窃听，他正在设法告诉韩孝诚那份青龙会一直想要的情报——洪门上海区的名单，究竟在哪里。

"还有一本，很久以前我就送给秦小姐了，因为她把我写的诗都唱成了歌，她很喜欢，你就让她收着吧，就当送给你们的新婚礼物。"

韩孝诚掩藏着震惊，愣愣地点头应道："我记住了。"

就在韩孝诚离开青龙会半个小时以后，韩孝俊被押入了审讯室。

他终于开口了，他说自己是五年前加入洪门的，又说到他和林曼是如何相识的，他追求林曼的时候，方庆生也在追求林曼，但是林曼嫁给了他。他说这些话的时候，始终想着林曼，他的脸上漾着笑容。

渡边终于坐不住了，他看了方庆生一眼，交代说，无论用什么方法，他都要得到那份名单。

方庆生很清楚，韩孝俊怕是出不去了。

秦静菲是主动和渡边建一联络的。在一间咖啡厅不起眼的角落里，他戴着礼帽，帽檐压得极低，根本认不来，他们就像陌生人一般，相对而坐。

"身上的伤，没有什么大碍了吧，韩孝诚应该把你照顾得很好。"渡边建一道。

"让一些人遗憾了，没能杀了我。"秦静菲不会不知道，她身上的这一枪是青龙会下的毒手。

"这完全是他们擅自行动,我已经下令处决了开枪的人,算是给你出口气。"渡边轻描淡写的一句话,妄图将所有的罪恶都一笔勾销。

此时的秦静菲已经没有工夫再听他说这些没有意义的话,她的手不停地颤抖,怒瞪着他道:"为什么要带走韩孝俊!你在逼我吗!"

这才是她要见渡边建一的目的,如果不是顾及到周围的人,她恐怕就要歇斯底里。

"我是在帮你尽快完成任务,"渡边依旧无比冷静,"知道你为什么在韩孝诚这里拿不到名单吗?"

秦静菲隐隐地害怕,她已经不知道到底什么才是真的。

"韩孝俊才是洪门的人,代号'蜘蛛',韩孝诚只不过是一个用来蒙蔽我们的幌子,这么久以来,我们都被骗了。"渡边道。

秦静菲愣愣地坐在那里不说话,难道她的身份早就在他面前暴露了吗?韩孝诚蒙蔽青龙会那些人的同时,也骗过了她,她清楚地记得他向她承认,他才是洪门的人。

"看来我要说的,你已经意识到了。不错,韩孝诚很早就开始怀疑你了,而你唯一能相信的人只有我,我对你的承诺一定会做到。"渡边建一的笑容依然真诚,没有人会相信他是又一个骗局的缔造者。

"渡边先生想要什么?"她清楚,即便他口口声声说的承诺是一场骗局,但依旧需要她付出代价。

"韩孝诚的命。"渡边建一道。

外头阳光正好,温和地穿过窗户,眼前的一切都成为影子落在地上,没有温度的影子。

"到时候,木子庄园依然可以归还给你,到时候我一定会让你带着欢欢离开上海的,你们马上就要自由了。"渡边以为无论何时只要利用程可欢,就可以拿捏住秦静菲。

他又一次利用了程可欢,她的弟弟……

一种可怕而强烈的感觉向她袭来,一个奇怪的声音在告诉她,即便她完成了这个任务,也不可能再与她的弟弟团聚了。

"我知道你一直都犹犹豫豫舍不得,但是如果你知道了这件事以后,也许可以帮助你快一些做出决定。"

渡边从口袋里摸出一张旧照片,递到秦静菲的手里。

"不得不说,你母亲年轻的时候,非常漂亮。"

照片上是秦静菲的母亲李木子与韩泽鸿的旧时合照,从他们的亲密度上不难看出,当时的他们正在热恋。

"这张照片,是从哪里来的?"她的双手止不住地颤抖,泪水大颗大颗地落在照片上,模糊了视线。

"我也很想知道。"片刻后,渡边建一又说道,"其实,我也一直很好奇,韩泽鸿花重金买下木子庄园,却始终保留原貌,连名字都舍不得改,原来也是个痴情种。"

"你到底想说什么!"

在她的记忆中,父母亲的相敬如宾绝不是假的,即便母亲与韩泽鸿有过情谊,那也不过是往事罢了,不该被拿来诋毁。

渡边建一始终注视着秦静菲的神色:"照片背面有一个印章花纹,你不陌生吧?和你颈间那枚戒指上的花纹如出一辙。这印章是韩家的私章,韩泽鸿离开你母亲以后,再未使用过。我答应过你,要帮你找到杀父仇人的……"

她几乎已经猜出渡边接下来的话了,立刻打断道:"不可能!"

"韩孝诚见过你身上的这枚戒指吧,他为什么不告诉你他的父亲也有相同花纹的印章呢?"

她咬着唇,渗出血来也不自知,渡边建一十分乐意见到她这样的反应。

"男人为了得到一个女人什么事都做得出来的,尤其是自己深爱的女人。"

秦静菲的神经渐渐地崩溃。

"这只是一张不会说话的照片而已,怎么就能肯定他是我的杀父仇人?"

"那你的母亲临死前,为什么要把这个戒指交到你的手里呢?她的目的是什么呢?"

秦静菲无力反驳。

一切都在渡边建一的精心策划下发生。

"你大可以去问一问你松江的那位卢姨,几十年前的事情,她应该知道的不少。"

初春的天空湛蓝而纯净,大朵大朵的白云舒卷着,变幻着。随处可见的嫩绿上流动着光泽,空气中亦有隐隐的清香。

可是这样的世道,没有人会因为景致而眷恋这里。

林曼在青龙会的门口站了许久,直到方庆生出来相见。

"小……"方庆生是不敢面对林曼的,所以连这样一句话都说得支离破碎,"韩太太,你怎么到这里来了?"

林曼低着头,问道:"他在里面还好吗?"

方庆生见她已经隆起的肚子,犹豫着,该怎么回答她的这个问题。

"我可以进去见他一面吗?"她带着哀求的口吻道。

方庆生回避着她的目光道:"对不起韩太太,他现在什么人也不能见。"

林曼含泪苦笑一声,她想到了这个结果,也做了最坏的打算:"他做了什么事,为什么人做事,我全部都知道,你把我也抓进去吧,让我和孝俊在一起!"

林曼的歇斯底里很快引来守卫日本兵的注意,他很怕她现在的样子会引来青龙会的误会,或者让渡边建一再利用林曼,挖出更多的情报来。

"韩太太!这话我只当没有听过,你记住,无论你知道还是不知道,为了你肚子里的孩子,你对韩孝俊所做的一切必须一无所知,明白吗?"这样的方庆生恐怕连他自己都不认识了,他的狠毒不能用来对付他喜欢的人。

不曾冷静下来的林曼根本听不出方庆生的这一句提醒是豁出性命的。

"方先生,我求求你,救救他吧。"她哀求道。

他难以忘怀的正是这样的林曼,他一生冷漠,却愿意为她做任何的事,哪怕是为了另一个男人。

"我救不了他,但是我保证,一定不会为难他。"他承诺道。

他看着林曼离开,脸上流露出不经意的心疼,这是他留给这个世界唯一的温度。他永远记得,他第一眼见到她时,她的美丽和天真,就如同这春日里的艳阳，照进他早就已经冰冷的内心，他开始分辨什么是善恶是非，可惜他既成魔鬼就只能是魔鬼，再也没有选择的机会了。

秦静菲没有知会任何人，便往松江去了。

她每次回来，卢氏不是在帮人洗衣就是在缝补，这一日倒像是知道了她要去似的，竟就在屋里坐着，满怀心事的模样。

"小宝不在家吗？"周围怪异的气氛让秦静菲有些不自在，却又说不上来是哪里不对。

卢氏的脸色很不好看，支支吾吾道："她……出去玩儿去了。"

秦静菲"哦"了一声，在卢氏身边坐下来，又道："我在上海有了新的住址，等方便了，我就接你和小宝去上海。"

卢氏摇摇头道："我在这里已经住惯了，不想走了。"

"卢姨怎么不问，我住在哪儿？"

秦静菲越发觉得卢氏奇怪，若是放在从前，她一定会追问秦静菲，为什么会搬新的住址，在哪里，住得习不习惯。

卢氏尽可能地保持自然："是啊，你住哪儿？"

她始终注视着卢氏的目光："韩氏商会的韩孝诚，卢姨应该听过这个名字吧，我就住在他的房子里。"

卢氏越发心虚："听过，当然听过。"

秦静菲接着追问道："他的父亲是韩泽鸿，曾经和我的妈妈有很深的交情，卢姨知道吗？"

"自然……自然知道。"卢氏不是个善于伪装的人，她的脸色已经十分难看。

秦静菲取下脖颈间的项链，指着串在上头的戒指道："这个戒指上的花纹，您可还在哪里见过相同的吗？"

她接过项链的手越发地颤抖，说道："从我跟着夫人开始，夫人就有这个戒指了，只不过她不常戴着，至于相同的花纹，我没有见过。"

"妈妈为什么要在最后的时候把这个戒指给我？我一直以为，这只不过是一件纪念品而已，现在才知道，拥有与这个戒指花纹相同物件的人就是杀害我父母亲的凶手！"她试图用这些话引出卢氏所知晓的更多往事。

"小姐……"

"而韩泽鸿有一枚相同花纹图案的印章,他跟妈妈到底是什么样的交情,当年究竟发生了什么事?"

面对秦静菲的逼问,卢氏开始闪躲:"小姐,你就别问了。"

"这个人害死了我的全家,而我却把这个东西当作宝贝一样地戴在身上,戴了十几年!"她紧紧地握着那条链子,链纹在她的手指上刻下印痕。

"小姐,这件事情我们没有证据,不好乱猜的。"

泪水落在戒指上,真相已经不远了。

"所以卢姨,你跟我的怀疑是一样的,你也只是没有证据是不是?"她确认道。

卢氏低着头,她在逃避秦静菲,却又不得不说接下来的话:"那几天,韩泽鸿确实来找过夫人,也见了老爷,我以为只是生意场上的一些朋友……"

十几年前的往事,开始清晰起来。

50. 狂风

天色渐渐暗下来,小雨慢慢地落了下来。街灯亮起来,光束下飘着细密的雨丝。

一辆黑汽车从她的身边擦过,若不是溅了她一身的泥水,她还不曾注意那个车牌号甚是熟悉……

车从她来的方向来。她愣了片刻以后,一瞬间,仿佛被一股恐惧的力量牵引着,奋力地往回跑。雨越下越大,叫人辨不清方向。

浓重的血腥味袭来,血泊中的人,方才还鲜活地出现在她的面前。

她恨自己百密一疏,怎么就没有发现,她在和卢氏说话的时候,房间里一直是藏着人的。

"卢姨!小宝!"

屋内明显有因为挣扎而出现的打斗痕迹,小宝是被一刀致命的,已经完全没有了呼吸,卢氏身中数刀,秦静菲抱起她的时候,鲜血依然在从她的身体里渗出来,不停地往外涌,在地上蔓延开来。

"卢姨,到底怎么回事,这到底是怎么回事!"她的视线里,只能看见眼前的殷红一片。

"邹……邹……"

卢氏用尽最后一口气说出这两个字,她的声音很轻很轻,轻到几乎听不见,她咽下最后一口气的时候,也不知道秦静菲到底有没有明白她的意思。

"卢姨!小宝!小宝!"她奋力嘶吼着,和雨声一同回荡在这个雨夜中,却再也得不到她们的回应。

韩孝诚找到她的时候,她正在她曾居住的"安居里",她完全不好奇韩孝诚是怎么知道她在这里的。

当然,她也没有要向他解释,她这些日子去了哪里。

她不说,他也没有问。

"我刚刚失去了两个亲人。"这是两个人呆坐了许久以后,秦静菲开口说的第一句话。

韩孝诚没有问她嘴里说的那两个亲人究竟是谁,他好像知道是谁。"想哭的话,就哭出来吧。"他安慰道。

她望着他许久,由熟悉到陌生,从这一刻开始,一切的一切都结束了。她拿下项链上的戒指,没有任何的开场白,问道:"这条链子上的戒指花纹,你是很熟悉的吧?"

如她所料,韩孝诚的脸色果然变得十分不自然。

"怎么了,怎么突然问这个?"

她抚摸着戒指表面的花纹,脸上没有一丝表情。

"因为你的父亲有一个印章,上面的花纹和这个戒指是一模一样的,对吗?"

韩孝诚深深地凝视着她的目光,没有否认。

对于韩孝诚的坦白,她有些意外。

"既然你一直都知道,那为什么当初看到链子上这枚戒指的时候,什么都不问我?"

"你要我问你什么?"

她移步到他的面前,情绪里早已经没有了任何的起伏。她说道:"你一直在调查我,你早就开始怀疑我的身份了,早就知道我不姓秦,也早就知道了我是程宗耀的女儿,对不对?"

"对,我早就知道了。"一切都像是暴风雨来临前的宁静。韩孝诚并没有否认他一直在调查她的事实。

她忽然笑起来,早已看透结果的她,也早就为这一日做好了准备。"好啊,那我也没有必要再瞒着你了,我就是程宗耀的女儿,我还是青龙会的杀手,你一直想要找的人。"她交底道。

"我知道。"

他的回答没有透露出惊讶,反成了秦静菲未曾料及之事,她苦笑起来,她小心翼翼地伪装,却早已经被撕下了面具,这些日子以来,她就像个小丑一样,在他的面前演戏。

"什么时候?"

"杏花楼的那个女服务员,是你开枪打死的,那个时候我就知道你和青龙会有关系。这一次你中枪受伤以后,我更确定你的身份,阿贵给你枪,青龙会的人怕你暴露身份,就对你开枪了。"韩孝诚没有一点要隐瞒她的意思。

"所以,从始至终,你都是在耍弄我,你把我看得透透的,却还要把我留在身边。"这就是她曾不惜一切代价救他的结果,可她没有后悔。

"菲菲,离开青龙会吧,他们什么都帮不了你的,相信我,所有的一切都交给我来办。"韩孝诚试图说服她,他想救她。

"韩孝诚!你还在骗我!"她激怒之下,终于怒道,"我只问你,卢姨和小宝是不是被你害死的?!"

韩孝诚不可置信地看着她,这句话竟是从她的口中说出来的。

"你怎么会这样想?"

失去理智的秦静菲听不进他的任何一句话。

"不要再装了,告诉我是不是!"

韩孝诚百口莫辩:"卢姨和小宝怎么可能是我杀的,我为什么要杀她们?!"

"因为你的父亲和我父母的往事,卢姨是这个世上唯一的见证人,你杀了她,是为了掩盖你父亲灭我满门的事实。"

韩孝诚自知无力辩说,抿紧了嘴唇愣愣地站着,目光不可思议地注视着眼前的人。

"菲菲,你被利用了,完完全全地被利用了。"

"谁在利用我,我心里清楚,我和你的仇终究是要了结的,"她终于掏出手枪,顶在他的胸膛上,"把洪门上海区成员的名单给我。否则,我真的会开枪!"

他睁大了瞳孔,眼眶里的泪顺势滑下来,他拼尽全力要保护的女人,正拿枪指着他。

"菲菲,你知道你在干什么吗?"他一脸难以置信道。

"给我!"

"我没有名单,你开枪吧。"

思绪开始凌乱,她像是被一股奇怪的力量擒住一般,吼道:"韩孝诚,你别逼我!"

"开枪啊!"

他一声怒吼之后,紧紧抓住秦静菲握枪的那只手的手腕。她手一松,手枪掉落在地,她随即转身不知从哪里抽出一把水果刀,向他刺去。韩孝诚完全没有想到,秦静菲会有这样好的身手。直到他的手臂被划出一道口子,随后韩孝诚便一股重力打在她的后脑勺上,她终于瘫软下去,晕倒在他的怀中。

"小菲,你醒了。"

朦胧间,半梦半醒的秦静菲听到的竟然是伊娜的声音。

她清醒过来,头靠在床头,疼痛难耐,问道:"我怎么会在这里?"

"是韩先生送你过来的。"伊娜道。

"他人呢?"

"已经走了。"

她清楚地记得昨晚发生的一切,更清楚她与韩孝诚说那番话的原因。

"你们之间,是不是发生了什么事?"伊娜终究还是忍不住要问。

秦静菲苦笑了一声，显然是痛心疾首的无助。

"我和他，完了。"

伊娜一怔："小菲，你说什么呢？"

"他的父亲韩泽鸿就是我的灭门仇人，韩泽鸿还不了的，只能他来还。"她的脸色是苍白的，目光散乱，不知落在何处。

伊娜几乎不敢相信，问道："难道你是找到了什么证据吗？"

"已经不需要证据了，就是他。"她的语气间没有丝毫的起伏，却是斩钉截铁。

"小菲，我不知道究竟发生了什么，但总不能凭着没有说服力的证据，就下这样的定论。当年的事情，或许还有很多隐情呢。"

秦静菲摇摇头，反常得有点不像她。

"你不必劝我，我心里都是明白的。"

"那你会怎么做？"伊娜急得发慌。

她披上衣服，下床来。

"在这之前，我要先确定一件事情，我就知道该怎么做了。"

而此时，青龙会要她暗杀韩孝诚的指令已经到了最后期限，她必须有所行动，过了眼前这一关。

"大姐……"韩孝诚将一只旧男士手表交到韩孝慧的手心里。

"是他的，这是他的东西。"手表和囡囡身上的钥匙挂件是一对，她认得的。

她将那块旧表捧在手心里，如获至宝，问道："什么时候的事？"

韩孝诚垂下眉目，不忍韩孝慧再看见他的伤心，说道："前天早上。"

贺启楠是被青龙会秘密枪杀的，直到最后一刻，他都没有要背叛他的信仰。他是青龙会向韩孝诚示威的牺牲品。

"他做的事，对得起所有人。"韩孝慧红了眼眶，恨不得痛哭一场。

韩孝慧将那块表戴到自己的手腕上，她的手打着颤，几次都戴不好，那是伤心导致的瑟瑟发抖。

她异常冷静，大概是因为伤心至极之时，都是没有眼泪的。她只是怪自己，也许这一生都会怪自己，她误会了他这么多年，他都没有等来她一句道歉，或者他对她也有所亏欠。

囡囡完全不知发生了什么事，只见韩孝诚与韩孝慧二人的脸色都极其难看，便嘤嘤地哭起来。

她抱着囡囡，不知该怎么告诉这个孩子，她再也没有爸爸了。

"孝俊呢，他会不会……"她将声音压得很低很低，生恐被林曼听见这话。林曼的肚子日渐大了，终日不说话，只一人躺在房间里，谁都不见。

韩孝诚终于跪下来，决绝道："大姐，你放心，不管用什么办法，我一定会把大哥救出来的，一定。"

韩孝慧的情绪终于崩溃，抱着囡囡大哭一场。她心里是极其明白的，上海滩就要变天了。

夜，黑得出奇，也冷得出奇。被大雨清洗过的夜，依旧暗淡。

韩孝诚下了车，陆永贵与林正二人已经按照他的指示，做好了一切准备，要救韩孝俊出来，除了劫狱，没有更好的办法了。

"后天动手。"

"是！"

"砰！砰！"两声划破天际的枪声在他正要进入庄园的那一刻响起。

他转身向枪声响起的方向看去，身体瞬间凝固了，仿佛是一座雕塑一般僵立在雨中，随时都会化为尘土。他尽可能地欺骗自己，那个远处的黑色身影绝对不是她，怎么可能是她呢？

这只是一场梦而已……很快，很快……就会醒来吧？

失去理智的陆永贵带着几个弟兄，疯了一样举枪对着枪声传来的方向拼命射击。那个人的身手很是不错，在众人这样的奋力追击之下，依然在黑夜的掩护下顺利脱了身。

这时，冷静下来的陆永贵才发现了呆立在门边仿佛僵死的韩孝诚，他的眼中空荡荡的，似乎整个世界都已经在黑夜中幻灭。

忽然，韩孝诚全身一震，毫无力气地跪倒在地上，她要杀他？她是真的要杀他……

"少爷……您怎么了……少爷？"林正试图扶起他，却怎么也使不上力。

天空是没有希望的深黑，两阵雷声以后，雨水狠狠地砸落下来……

"少爷！您说句话呀！"陆永贵立刻进行确认，韩孝诚的身上并没有受伤。

脸颊上滚落下来的是止不住的泪，夹杂着雨水。他像一个手足无措的孩子，自言自语道："希望是我看错了。"

"少爷……少爷看到了什么？"林正似乎是听懂了他的意思，那个逃走的黑影他何尝不熟悉。

"不会是她的，不会的。"韩孝诚喃喃自言着，他欠她多少，她又欠他多少，都叫他一个人来偿还吧。

雨水淋透了她的全身。寒冷侵蚀着她的身体，疼痛的心似与这冰冷融合到了一起，不断地交织、缠绕，紧紧地束缚着她。

没有一把伞，为她遮去这肆意的雨。

寂寥无人的大街上，只余下她的身影，泪与雨融到了一起，流入嘴角，是那么苦，那么涩。

狂风怒号着，她终于倒了下去。

51. 复仇

其实，许多事情从一开始就已经知道了结局，往后所发生的一切，都不过是为了拖延散场的时间而已。

"这么好的机会，你竟然错过了！"渡边建一狠狠地摔出一只杯子。杯子撞击到玻璃上，散出玻璃渣子来。

秦静菲依然一动不动地站在那里，说道："下一次，我一定不会放过他的。"

"下一次？你觉得他还会给你下一次机会吗？"渡边建一收起了脸上一惯的笑容，要不是秦静菲还有利用的价值，他早已经杀了她了，"你别忘了，他有无数个理由杀了你，他只为洪门做事，而你是我青龙会的杀手，他日日夜夜想要杀的人就是你，到那个时候，你会心软，他可不会。"

渡边建一已经完全失去了耐心,道:"小菲,我已经给过你很多次机会了,这是最后一次机会,我要韩孝诚的命!如果你还是做不到,或许你就真的见不到你的弟弟了!这一次,我说到做到,不会再心软!"

秦静菲似乎被触及到了底线,她突然怒吼一声:"不要再拿我的弟弟威胁我!"

对她这样的反应,渡边建一更是震怒道:"不是我威胁你,而是你一次又一次地在挑战我的耐心!"

几秒以后,他从抽屉里拿出一张纸,展开在秦静菲的面前,说道:"这是你弟弟写给你的,他的字已经写得非常漂亮了,真难得。"

这是她第一次看到程可欢的字迹,他写的是,姐姐,我很想你,什么时候能见到你……

"你是欢欢在这世上唯一的亲人,你们已经十一年没见过了,我答应过的,等完成了这次的任务,你们就可以团聚了。但必须拿韩孝诚的命来换,听清楚了吗?"

"他是我仇人的儿子,我会杀了他的。"她抬起头,注视着渡边建一,"但在这之前,我有一个条件,我想见一见我弟弟。"

"不行。"渡边建一都没有考虑,直接给出了这个答案。

她的泪水突然就泛上来了,越发肯定心中的怀疑,问道:"为什么?"

"我说过,必须要等你完成任务以后才能见。"

她失望道:"我已经十一年没有见过他了,我只能记得弟弟右边手臂上有一块扇形的胎记,其他的都不记得了。"

渡边建一明显一怔,随即又摆出一副安然自若的样子来,说道:"自然还在。"

秦静菲的目光紧紧地盯着他,问道:"真的吗?"

"当然。"

心中所有的怀疑已经全都被证实了,眼泪大颗大颗地掉下来,她没有亲人了,早就没有亲人了。

她弟弟程可欢的身上从来就没有胎记,这十一年以来,她视为珍宝收藏起的每一张照片上的人,根本就不是他的弟弟。她在这个谎言里活了这样久，久到几乎是一生。

纵然心中的怨恨已经到了极点，却无法在她的脸上看出半分，她淡淡道："好，我知道该怎么做了。"

春雨季节，吹在身上的风依旧是凉飕飕的，紧一阵疏一阵地刮过上海滩的每一处角落。

渡边建一与陈应雄正酝酿着更大的计划。

陈婉仪看着陈应雄恭恭敬敬地将渡边建一送了出去，她听到了他们所有的计划，心里厌恶至极。

"爸爸，就算我求你，不要这样做。"

"是韩孝诚逼我的！"陈应雄确实是被逼到绝境的人，只不过逼他的人并非韩孝诚，而是他自己。

"如果你恨韩孝诚，为什么不直接对付他，为什么要帮着青龙会做事，究竟是为了报复韩孝诚，还是为了掩盖你曾经做过的事？"

"你放肆！"他一掌挥上去，在陈婉仪的脸上留下一道红印。

他用一个又一个的谎言，一次又一次的伤害，掩藏起了那一夜的罪行。

陈婉仪心里是知道的，韩孝俊之所以会被青龙会的人带走，与父亲陈应雄有直接的关系。而眼下，他们正策划着以韩孝俊为诱饵，诱杀韩孝诚，彻底绝了后患。

"秦静菲就是当年程宗耀程老板的女儿，你不仅想要孝诚的命，你还想要她也永远地消失，这样，程宗耀的死，就再也不会有人提起了，是不是？"

面对陈婉仪的直接拆穿，陈应雄无措地站在原地，许久后，才道："这些话都是谁跟你说的？"

"还用谁跟我说吗？爸爸，你不应该与青龙会扯上关系，他们不会真心帮你的，等到他们得到了自己想要的，你对他们来说就没有用了，青龙会怎样对待那些失去利用价值的人，你比我清楚。"

陈婉仪的这番道理他又何尝不知，他比任何人都懂得后悔的滋味，可是，再也来不及了。

"爸爸已经没有选择了，没有了！"

"你忘了哥哥为什么不愿意回家吗?!你连我也要失去吗?!"

无论陈婉仪用什么样的理由，终究拦不住他，他下令将陈婉仪锁进了房间，任谁都不可以阻拦他的计划，他认为万无一失的计划。

行动是在第二日的深夜进行的。

青龙会门口早已是枪火遍布，一片狼藉。双方皆是伤亡惨重。

那扇大门就是个爆炸点，韩孝诚带着林正、陆永贵还有几个兄弟拼命地向远处跑，而当身后的烟雾散尽后，青龙会的人又追了上来。

一阵密集的枪声响起，韩孝诚一边开枪一边退，他穿梭在子弹横飞中，青龙会的周围都是渡边建一设下的埋伏，他是救不出韩孝俊的，而他自己也已经深陷在圈套之中。

"少爷，这是个陷阱！"其实不必陆永贵提醒，他已经知道了，但是，他没有退路了。

身上的血，有兄弟的，还有他自己的。

最后，他带来的人只剩下寥寥几个，陆永贵与林正依旧掩护着他，一路退到一个隐秘的角落里，枪声暂时停了。但只要他跨出去一步，无数枪口都会对准他。

他点起一支烟，尼古丁的麻醉效果让他暂时忘记了身上的疼痛，这大概就是他人生的终点了，绝望的深渊。

"孝诚，孝诚！"

一个熟悉的女人的声音忽然响起，这样的绝境中，出现在他身后的竟是陈婉仪。

"婉仪？你怎么在这里？"

枪声依旧在耳边盘旋。

"别管我，你快去找秦小姐。"

韩孝诚一怔，随即便仿佛看到了一丝希望，问道："她在哪里？"

陈婉仪的语速极快："她带着孝俊哥哥上了一辆车，已经顺利出了青龙会了。"

"你说什么？"一瞬间，所有的一切他好像都明白了。

"我爸爸已经和青龙会联手了，你根本就闯不进去，他们就是为了要对付你，要杀了你……"陈婉仪猛地意识到，没有时间再说那么多了，拉起韩孝诚的手，预备带着他走，"我先带你出去。"

陈婉仪带着他们几个人，往小路只是才走了半程，一声枪响以后，还来不及判断声音是从哪里来，挡在韩孝诚面前的陈婉仪，倒了下来。

那是隐藏在暗处的狙击枪，林正对着那方向开了几枪，不确定有没有射击到目标，可是这一阵枪声一响，很快就会引来青龙会的其他人，他们必须赶快离开这里。

"婉仪！你怎么样？"他感觉到她身体里的血沿着他的手掌流下来。

疼痛感突然加剧，她忽然间没了力气。她断断续续说道："青龙会的人想拿孝俊哥哥引诱你上钩……他们知道你一定会救他……秦小姐来不及通知你了……赶在你之前救出了孝俊哥哥……青龙会的人不会放过她的……"

他终于明白了所有的一切。

"走，我带你走！"

韩孝诚抱起重伤的陈婉仪，才走了没多远，就明显地感觉到她的身体在往下沉，她拉着韩孝诚的衣服，抗拒着他，她知道自己是走不了的了。

"你快去找秦小姐，否则就出不去了。"

陈婉仪使出仅有的力气，阻止韩孝诚再往前走，他无奈地将她放在地上，面对着这样的陈婉仪，竟是这样的无能为力。

"我走不了了，你要是对我还有一点点的怜悯……倒不如给我一个痛快……"

他终于红了眼眶，道："胡说！"

"我的爸爸是汉奸……那个家我不想再回去了……我也不能被青龙会的人带走，那样会生不如死……"

韩孝诚的一只手覆在她的伤口上，另一只手紧紧握住她，仿佛什么东西就要彻底地失去了。他说道："婉仪，我可以带你走的。"

她无力地靠在韩孝诚的怀中，竟然微微地笑起来："这样也许是最好的，这样……我终于可以永远留在你心里了。我一直都知道，秦小姐在你的心里有多重要，可是，你在我心里也是那么重要，我不想你恨我。"

她这一辈子好像都只在做一件事，她期望着读懂他血液里的每一个字句，可是看到的，却是另一个人的名字。

"傻丫头，我怎么可能会恨你呢。"

泪水顺着他挺直的鼻梁慢慢滑下，他的脸庞在昏暗路灯的映照下苍白冷峻，他为她流了眼泪，却不是因为爱。

远处，阵阵的脚步声传来，是青龙会的人追上来了。

陆永贵警觉地举起了枪，道："少爷，我们必须快走！你带着陈小姐，我们断后。"

"你一定不希望我痛苦的……"陈婉仪将韩孝诚手中的枪，顶在自己的胸前，"孝诚，我真的很喜欢你……"

她用最后一股力气扣动扳机，子弹穿过心脏，那是她留给他，留给这个世界最后的话。

她倒在血泊之中，还存留着最后一丝意识，她清晰地听见韩孝诚为她痛哭失声，她终于在他心里扎了根。从此以后，她将成为他记忆里最重要的一部分，他将永远记得她，也许还会在某个寂静的夜里梦到她，在心底某个不会与任何一个人说起但却永远不会消失的角落里，一直一直，想念她。

此时，陈应雄正坐在陈宅的书房里，等着青龙会告诉他韩孝诚已经毙命的好消息。

直到一把黑黝黝的枪口对准他的太阳穴时，他才意识到，他的身边连一个护卫都没有。

"你是谁！你怎么进来的！"

秦静菲拿下围在脸上的黑布，露出了真颜，说道："我的身份，青龙会的人难道没有告诉你吗？"

陈应雄突然紧张起来，说道："秦小姐……你要干什么……"

她手里的枪口用力顶着他的脑袋，道："我不是秦小姐，我是程静菲。"

陈应雄浑身打着颤，话也说不利索："你……你……有什么话咱们不能好好说的。"

"我没有什么话要和你说的了，我只要你的命，来抵我父亲母亲的命！"

"小菲……当年……是韩家,不是我……真的不是我……孩子,你听我说……"

"韩家?还在骗我!你以为渡边建一说什么我都会信吗?他拿我早已经死去的弟弟骗了我十几年,我还会信他吗?"手里的枪柄一记打在陈应雄的脑袋上,倒地的陈应雄终于如梦初醒,这些日子,秦静菲都是在演戏,她至始至终都知道,她的仇人不是韩孝诚。

"你杀了我父母,就是为了得到我们家所有的财产,你想用一把火把你的罪孽都烧干净,没想到苍天有眼,我没死。"

"不不不,小菲,你听我说……你听我说……"他不断地重复着这句话,却始终说不出一句辩词来,这只是他的求生欲罢了。

"什么都不必说了,今天,我先送你走。"

未等秦静菲扣动扳机,他的眉心中枪,即刻毙命,而替她开这一枪的人正是韩孝诚。

窗外,夜风猛烈,狂风嚎叫,惊心动魄。

52. 别离

月亮的周围发出黄晕,陈旧而又模糊。干枯的梧桐枝在灰白的湿墙上投下影子,此时的上海,似乎就像这受过潮的墙一般,看上去软弱无力,随时都会倒塌。

睡梦中的秦静菲喃喃地叫着韩孝诚的名字,每一声都在敲打着他的耳膜,让他无法躲避。

他将熟睡中的她紧紧抱入怀中,一刻也不肯放开。她醒过来的时候很是心安,萦绕着她的是一股她眷恋而又熟悉的气息。

"孝诚……我好想你……"把头靠在他温暖的胸口,倾听着他那熟悉的坚定心跳,一遍又一遍。

"我也是……"他紧紧地,紧紧地把她抱在怀里,轻声地重复着,"一切都结束了,留在我的身边,不要再走了好不好。"

冰冷的月光游离在她苍白的脸上，她问道："你会恨我吗？"

他没有回答，呼吸间弥漫着一种若有若无的气味……是心疼的味道。

她失望了，韩孝诚这个名字，终其一生也只能留存在她心底最为隐匿的角落里，他是被她掩盖在千层伪装之下的爱人，不可靠近，也不可断绝。

她不知道他现在是什么样的眼神，仇恨、陌生，还是心痛。她说："我和你之间，连最开始的相遇都是预谋已久的一场戏，所以那不是缘分，走到今天的结果，应该也是意料之中的事情。"

他的心头一阵猛烈的钝痛，像被千斤石压在胸口一样，终于开口说道："但是我爱你，你也爱我，这不是可以预谋的。"

他轻轻地覆上了她的唇，留恋着彼此的一切。

沉默地凝视着黄浦江，夕阳下，滔滔江水泛着淡淡的光芒，仿佛一张发黄的旧照片。

多少年了，他日日在各股势力间周旋，在腥风血雨里闯荡，上海滩的灯红酒绿，纸醉金迷，不过是包裹在这醒醒黑暗外流光溢彩的外衣，繁华热闹，夜夜笙歌也只是背地里勾心斗角的点缀，他真的太累了。

"少爷，您问我当初为什么要来上海？这个问题我总是问自己，有时候问多了，连我自己也不知道为什么了。"林正就站在他的身边，他来上海以后唯一的梦想就是为了有一天能和韩孝诚这样并肩站着。

"每一个来到上海滩的人，都不知道是为了什么。"

江风徐徐吹来，他享受着暴风雨来临前的惬意。

"我曾经以为只要我来了就能飞黄腾达，这里充满了奇迹，多少人一辈子的梦都在这里。后来才知道，想要得到那些，是要拼命的。"

"所以啊，上海滩本来就是个人吃人的地方。现在又来了一群魔鬼，一群专啃人骨头的魔鬼，你后悔来这里了吗？"

林正摇摇头道："我也不知道。我只记得那时候，老家的人做梦都想着能和程老板打交道，少爷您知道吗，程先生的名字在我们绍兴就像是神一样的名字。可是到头来呢，看看程老板这一生，突然就觉得什么希望也没有了。他在这里叱咤了那么多年，翻手云覆手雨的日子就在眼前，结局却是如此。"

"要是能知道自己的结局，许多过程就不会让它发生了。"

远处的天空像一幅绚烂的油彩画，各种颜色融合在一起，夕阳在这样的衬托下，于视线中渐行渐远。

暴风雨就要来临，在安排了整个韩氏商会上上下下几百口人以后，家中的至亲也即将被他送走。

韩孝诚手里拿着的是当晚的船票，算上韩孝慧、韩孝俊、林曼、秦静菲、陆永贵、林正、林好以及在韩家做工多年的佣人，正好十八人，但在这些人里他没有算上他自己。

"大哥、大姐，你们放心，父亲说过，我们韩家要做正经的生意，这个规矩世世代代都不能改变。"

"我就知道，爸爸不会选错人的。"

韩孝俊本不愿走，可韩孝诚说，他的离开是带着任务的，那本藏有名单的诗集需要他安全带离上海。

泪流不止的韩孝慧紧紧拉住两个弟弟的手，久久不愿松开，鼓励道："只要有我在，我们姐弟几个还在，这个家是不会散的。"

月亮慵懒地栖息在暗灰的夜空中，晚风徐来，路旁的梧桐枝叶沙沙作响。她看着湛蓝的天空，心中前所未有的坦然平静。

韩孝诚轻轻推开门，他没有说话，只是轻轻抱住她，若不是不得已，他其实舍不得她走。

"我走了，你打算什么时候来接我？"

韩孝诚毫不犹豫地回答说："一个月，最迟不会超过三个月。"

她摇摇头道："太久了。"

他笑起来问："那你说多久？"

她脱开他的怀抱，走到窗边，说道："孝诚，我不走。"

"听话。"他知道她的脾气，想不出能够说服她的话。

"你别想赶我走。"果然，她将一只手伸到窗外，摊开手心，夜风吹走的是她撕碎的那张船票。

在码头亲自安排他们离开的人竟是方庆生。

"渡边的人我已经全部引开了，尽快走。"

林曼不安地问道:"那你呢,青龙会会不会对你……"

只这一句对他的关怀,方庆生觉得什么都值得了。

"不用担心我,这是我唯一能为你做的事,以后想起我的时候,千万别恨我。"

"谢谢你,方先生。"

一如初见,她温婉的笑容成了他生命中唯一的明亮。

他冲她笑了,笑这一生就像做了一场梦,而这场梦里只有一个她,近在咫尺却远在天涯的人。

没有人知道,那一晚以后方庆生去了哪里,也许是因为背叛而被青龙会秘密处决了,又或者,他成功逃离了那个地狱。

日升日落,是时光的流逝。

五月的上海滩,繁华依旧,奢靡依旧,仿佛不曾察觉到,在这浮华背后即将要发生的一切。

一曲曲的醉人笙歌,一场场的觥筹交错,一声声的温言软语,推杯换盏间就可以完成利益交锋,美人妙目流转间倒映金钱光辉,依旧是昔日的"不夜城"。

而这一日,舞厅里只有他们两个人,是他特意安排的。

秦静菲拿了一张唱片放在唱片机上,她默默地注视着唱片机里不停转动的圆盘,传来的是尹露的歌。

"怎么会忽然想到听她的歌?"韩孝诚问道。

"从前不喜欢,现在听起来,她唱的歌其实很好听。"

他抱着她,额头轻轻顶在她的额头上,问道:"你也肯服输?"

她笑道:"其实,我偷偷跟她较过劲,我要是一心唱歌,一定比她唱得好,我要是会嫁人,也一定会比她嫁得好。"

他忽然很想听她接下来的话,问道:"那后来呢?"

韩孝诚双手环住她的腰,她偎进了他的怀里,慢慢地闭上眼睛,说道:"后来……我用了大哥的词谱了曲,再后来,遇到了你。"

她的故事里终究会有他。

他的脸上浮起释然的笑意。

"菲菲……"他轻轻地呢喃着她的名字,"我突然发现了一件很要紧的事。"

"什么事？"

他的眼神里盈满了再也无法弥补的遗憾。

"你好像从来都没有为我一个人唱过歌。"

"你想听吗？"

他用期待的目光看着她，她在他的耳边轻轻唱起来，她唱的是他们初见时的那首歌，没有人会预料到，包括她自己，这一次，竟成为了她一生的"绝唱"。

"你会永远那么爱我吗？"

他看着她的模样，视线一刻也不愿意离开。

"我这一生，唯一爱的女人就是你。"

她再次扑入他的怀中，满意地笑了。

韩孝诚凑到她耳边，轻轻说道："我看过书上说，这世上的爱情有两种幸福，一种是和爱的人在一起，一种是让爱的人能够好好的。"

"所以呢，你是哪一种？"

他笑道："第一种……我大约是得不到了。"

只觉得脑后一股重力，秦静菲是在毫无预兆之下，突然失去了知觉，倒在他的怀里晕厥了过去。

他抱着她，轻轻地在她额头一吻，自此以后，大概再也见不到了。人间的这一场场相遇和离别，在生死面前，都成了过眼云烟。

她静静地躺在他的怀里，醒来以后，不会再有他了。

他将两张船票和昏迷的秦静菲交给林正，吩咐道："阿正，带她走。"

"少爷……"

"走！马上走！"

林正抱着秦静菲，这是他最难以抉择的一次。他急忙问道："那少爷你呢？你怎么办？"

韩孝诚的眼神一直落在她的身上，说道："别管我，只要她好好的，一定要让她好好的，明白吗？！"

"少爷……"

"走啊！"

他看着林正带着秦静菲从后门离开,悬着的一颗心终于落下来,他是没有后顾之忧的人了,做什么都可以。

几分钟以后,"不夜城"就被青龙会包围了,渡边建一在外喊话,要他立刻投降,他不可能脱身,也不想脱身。

"少爷。"他的身边只有陆永贵了。

韩孝诚笑起来,他替陆永贵整了整衣领,然后紧了紧领带上的结:"好兄弟!还像以前一样,咱们一起冲出去。"

陆永贵笑着,没有一丝的害怕:"少爷,我说过,我阿贵这辈子都会跟着你。"

"韩孝诚,你还有最后的机会。"那是渡边建一的声音。

他和陆永贵从铺着鹅绒红毯的旋转木门里出去。他大喊道:"我这一生确实做过很多错事,但我一定不会做汉奸。"

接连不断的枪声响彻整个上海滩,没有了谁都一样。他曾经说过,他不是什么英雄,他只是一个还有些良知的流氓。

五 尾声

一九四九年六月——上海

那是一个初夏的午后,抬头可见蔚蓝无云的天,路旁的梧桐已满是绿意,阳光透过随风摇摆着的树叶洒下来,星星点点。

老人坐在阳光下的街角,怔怔地看着"不夜城"舞厅的招牌被小心翼翼地拆了下来,往事像默片一般播放着,一段又一段的旧时光,涌入脑海。他流着眼泪,笑了哭,哭了又笑。

那个故事明明很长,本以为怎么也说不完的,却已在不知不觉中落幕了。

"那后来呢?"

"后来?"老人问。

"'四小姐'究竟被送去了哪里?"

老人回答道:"我也不知道,再也没有人见过她了……也许她真的被韩家少爷安全送离了上海滩,也可能,那一晚她根本就没走。"

一阵轻叹后,又有人问:"老人家可见过她真人的模样吗?"

"当然,许多年前,来到'不夜城'的每一位客人,都可以见到她,然后听她唱两首歌。"

两首歌……他不禁想起秦静菲曾与他约法三章的霸道条件,含泪笑起来。

"她到底有多漂亮?"

尾声

"她……很漂亮,尤其是在韩少爷的眼里。"

记忆中的她依旧穿着尽显曼妙身姿的新式旗袍,从眼前袅袅走过,眼波中依旧是遗世独立的落寞与柔情似水的诱惑。

老人不知道该怎么告诉这群孩子,她好似乱世中一抹悲凉的云彩,她是这样高贵,这样大气,却又这样令人惋惜。

"很多人都说,这个'四小姐'就是当年青龙会的头号杀手,她是个坏人。"

"坏人?"老人摇摇头,"你见过拿自己的命去救别人的坏人吗?"

"她救过韩少爷?"

"不,她救过很多人。"

"听说她录了许多的歌呢,她最喜欢韩孝俊先生的诗,几乎把韩家大少爷的诗全部都唱成了歌,可是,那些歌呢?"

老人的目光不由自主地看向"不夜城"的大门,感叹道:"太可惜了,一把大火全给烧了,什么都没有留下来。"

他们的一生那么短,可他们的故事却怎么也说不完。

她是为了杀他才有意接近他,却爱上了他;他明知她的目的是杀他,却还是爱上了她。

"不夜城"不再营业了,他们的故事也在这里谢幕了。

但也许,在星稀的冬夜里,点燃一堆火,慢慢地想起从前,想起他们,想起在"不夜城"的初相逢,想起那个为她解围的俊美男子对她说的第一句话:"原来,这位就是'四小姐'?"

眼前走过的是谁的身影,抬起头,阳光垂垂温暖……

图书在版编目（CIP）数据

谍案上海 / 由宝儿著 . -- 上海 : 上海社会科学院出版社 , 2019
ISBN 978-7-5520-2815-7

Ⅰ.①谍… Ⅱ.①由… Ⅲ.①长篇小说－中国－当代 Ⅳ.① I247.5

中国版本图书馆CIP数据核字（2019）第132242号

谍案上海

著　者：	由宝儿
责任编辑：	王　勤
封面设计：	主语设计
出版发行：	上海社会科学院出版社
	上海市顺昌路 622 号　邮编 200025
	电话总机 021-63315900　销售热线 021-53063735
	http://www.sassp.org.cn　E-mail:sassp@sass.org.cn
印　刷：	上海盛通时代印刷有限公司
开　本：	890×1240 毫米　1/32 开
印　张：	9.125
字　数：	272 千字
版　次：	2019 年 8 月第一版　2019 年 8 月第一次印刷

ISBN 978-7-5520-2815-7/I·341　　　　　　定价：45.00 元

版权所有　翻印必究